젊음, 사랑을 품고 세계를 날다

젊음, 사랑을 품고 세계를 날다

글쓴이 / 오태호
펴낸이 / 孫貞順
펴낸곳 / 모아드림

1판 1쇄 / 2011년 4월 12일

서울 서대문구 북아현3동 1-1278
전화 / 365-8111~2
팩시밀리 / 365-8110
E-mail / morebook@morebook.co.kr
http://www.morebook.co.kr
등록번호 / 제2-2264호(1996.10.24)

* 잘못된 책은 구입하신 서점에서 바꾸어 드립니다.
* 지은이와의 협의하에 인지를 붙이지 않습니다.

값 14,000원

젊음, 사랑을 품고
세계를 날다

— 국제자원봉사 프로젝트

글·사진 오태호

모아드림

CONTENTS

벽인 줄 알았는데 밀다보니 문이더라

나는 바다가 좋다. 아니 바다가 나를 좋아했는지도 모른다. 내가 태어났을 때 집 앞에 망망대해가 펼쳐졌으며 흰 파도는 내가 사는 육지를 향해 끊임없이 손짓했다.

닻을 올리고 출항하는 배들은 그 바다에 길을 내며 어딘가로 떠났고, 그 때마다 나는 수평선 그 너머엔 어떤 세계가 있을까 동경하게 되었다. 내가 소년으로 성장하면서 그 동경은 이제 꿈으로 자리 잡았다. 그 꿈은 내가 자라 그 바닷가 마을을 벗어날 때까지도 좀처럼 수그러들 줄 몰랐다. 대학 일년을 마치고 국가로부터 부여된 국방의 임무를 수행하고 다시 학생의 신분으로 돌아왔을 때 많은 생각이 들었다.

지금, 20대가 아니면 안 되는 것들에 대해 곰곰이 생각해 보았다. 내가 하고 있는 공부가 과연 옳은 선택이었나에 대하여 회의가 일기 시작했다. 내가 하고 있는 학문이 장차 어떻게 사회에 기여하게 될 것인가에 대하여 확인해 보고 싶어졌다. 한편 어쩜 내게는 다른 달란트가 숨어 있는데 그걸 아직 발견해 내지 못하고 있을지도 모르지 않는가, 라는 의문이 들면서 내가 선택한 전공에 대하여 점점 더 회의가 일기 시작했다. 복학을 해야 할 시점이었으므로 만일 뒤집는다면 바로 여기, 지금 이 순간이 적기라고 생각했다.

한편으로, 막연하게 동경해왔던 해외로의 꿈에 도전해봐야겠다는 욕구에 도전받았다.

해외로 나가는 데는 여러 가지 방법이 있지만 학생의 신분으로는 크게 두 가지가 있다. 어학연수와 유럽 배낭여행.

인터넷에 들어가 관련 자료를 검색하던 중에 경험자들이 올린 남미, 아프리카, 인도, 중동 사진 등을 보면서 세계를 두루 돌아다녀 보고 싶다는 욕구가 생겨났다. 그러기 위해선 장기전을 펼쳐야 하겠는데 그 자금이 만만찮을 듯했다. 그쪽으로 자료를 수집했다.

세계 여러 나라 젊은이들과 함께 할 수 있는 일 중에는 여행도 있지만 봉사활동도 있다는 걸 그때 알게 되었다.

워크캠프, CVA, 키부츠, 마더테레사하우스 그리고 우프 등이 그런 목적으로 만들어진 프로그램이었다.

이렇게 뚜렷한 목표를 세워놓고 2년 동안 세계 일주를 하겠으니 허락해달라고 부모님께 말씀드렸다. 인천공항이 어디에 있는지조차 모르는 내가 세계 일주를 한다고 하니까 부모님은 말리시며 하던 공부나 마저 마친 연후에 해외여행을 하라고 했다. 친구들도 스펙을 쌓아도 밀리는 판국에 해외여행이라니 그럴 바엔 차라리 영어 연수를 가라고 충고했다.

2년이면 동기들은 졸업을 하는, 결코 짧은 시간이 아니다. 만일 2년 동안 착실히 영어 연수를 한다면 능통한 영어 사용자가 될 수도 있겠다는 생각이 들어서 잠시 갈등이 생겼다. 이때 내 머릿속에 강렬하게 떠오르는 한 구절의 메시지가 있었다.

'젊음은 젊은이에게 주기에는 너무 아깝다.'

조지 버나드쇼가 했다는 이 말은 그가 젊음을 다 써버린 후에야 인생에 있어서 젊음이 얼마나 중요한가를 깨달았다는 걸 일깨워 주었다.

한번 써버리면 다시는 되돌릴 수 없는 귀한 시절을 나는 세계를 누비며 경험해보기로 결심했다.

여행지에서의 경험은 한마디로 모든 게 벽 그 자체였다.

우선 영어를 구사하지 못해 나는 입이 있으되 꿀 먹은 벙어리 행세를 해야 했고 그에 상응하는 대접을 받았다. 카메라를 잃기도 했고 짐을 분실하기도 했으며 뉴욕과 파나마에선 바로 눈앞에서 비행기를 놓쳐버려 벌금으로 적지 않은 돈을 날렸고, 아프리카 에티오피아에서는 현지인으로부터 사기를 당해 원주민 마을에서 고립되기도 했다. 호주에서는 백인우월주위를 느끼며 동양인에 대한 멸시를 받았고, 경험의 지평을 넓힌다는 미명 아래 찾아간 남미 아마존에서는 생명의 위협마저 느꼈다.

여행자들로부터 얻은 것도 많았다.

자기보다 훨씬 큰 배낭을 매고 아프리카를 종단하는 또래 여성을 보며 강인한 인간의 의지를 보았으며 어려운 국가고시에 합격하고 난 후 자신을 위해 여행을 하는 친구에게선 이미 써버린 나의 십대의 시간에 대하여 깊은 후회를 하는 계기가 되었다.

워킹홀리데이 비자를 받아서 간 호주에선 농장 일을 처음 해보았는데 돈 버는 게 얼마큼 어려운 건지 몸소 체험했고, 여행 또는 봉사활동을 하며 만났던 해외 친구들로부터 많은 대화를 통해 우리들이 현재 고민하는 것과 우리가 가야할 길들을 토론하며 '우리는 하나' 라는 유대감을 쌓았다.

내가 소속되어 있는 한국이라는 나라는, 중국어를 쓰는지 아니면 일본어를 쓰는지 등의 질문을 받을 때, 한국의 국제적인 위상에 대하여 생각하게 되었다. 세계 여러 나라 국경을 넘으면서 비자 문제가 '문제'로 부딪힐 때 국가의 소속감(존재감)에 대하여 각별한 애정을 갖게 되었다. 한국에서 거주했던 외국인 노동자의 목소리를 듣고 미처 신경 쓰지 못했던 한국 사회의 단면을 외국인 노동자의 시선으로 보게 되면서 생각의 범위가 넓어졌다.

여러 국가에서 온 친구들과 부대끼면서 정치, 종교, 이념 등을 초월해 많은 대화를 나누다보니 자연스럽게 친구가 되었다. 친구들과 강한 유대감과 뜨거운 감정을 공유하고 그들을 통해 또한 한국 문화와 세계 속에서 한국의 현재 위치를 알 수 있었다. 이런 과정 속에서 영어연수는 덤으로 따라왔다.

한국인이 아니라 세계인이 된 것처럼 세계 모든 뉴스가 직접 피부로 와 닿게 되었다.

나는 지금도 에티오피아에서 화상을 입고 거리에 누워 있던 소녀를 만났던 때의 일을 잊지 못하고 있다. 그 순간 내 인생의 목표가 설정되었다. 재생의학을 공부하여 병마에 시달리는 환자를 구원하는 일, 그 일에 나는 일생을 바치기로 했다.

또한 마더테레사하우스에서 했던 봉사활동을 떠올릴 때마다 내 젊은 피가 끓어오른다. 봉사라는 경험은 그동안 내가 스물두 해 동안 배운 공부와 읽은 책을 무색하게 만들었다. 나는 이 현장에서의 체험으로 내 삶의 방향이 오롯이 결정되었다. 공부하고 연구하는 틈틈이 봉사하면서 사는 삶, 이게 내 인생의 큰 그림이다.

여행하면서 끊임없이 나는 누구인지, 어떤 기질과 재능을 가지고 있는지 묻고 그리고 확인해보았다. 그런 시간 속에서 무엇을 할 때 가장 행복한지 스스로 알아차려졌다. 인류를 위해 도움이 되는 일을 하고 싶어 하는 나 자신을 발견했을 때 나는 무척 흥분되었다.

계획한 대로 나는 이제 길거리에서 외국인을 만나도 얼마든지 영어로 소통할 수가 있을 뿐더러 필요하면 집에 앉아서 외국의 관공서에 공문을 보낼 수가 있으며, 원서로 공부할 수가 있을 정도가 되었다. 게다가 함께 봉사활동을 한 많은 외국 친구들과 친분을 쌓아 수시로 이메일로 연락을 주고받고 있다. 이만하면 족하다.

나는 어려서부터 한다, 안 한다 선택해야 하는 기로에 섰을 때는 '한다' 쪽으로 행동한다 하는 행동 강령을 지침으로 삼아 왔다.

만일 지금 이 순간에도 해외여행을 할까 말까 고민하는 친구가 있다면 난 자신 있게 말해주고 싶다.

"벽인 줄 알았는데 밀다보니 문이더라."

시행착오를 줄이기 위해, 구체적인 자료가 필요했다. 그러나 봉사활동을 주제로 다룬 책은 거의 없었고 대부분 여행 책에 봉사활동을 한두 번씩 겪었다는 것 정도여서 아쉬움이 많았다.

이런 아쉬움을 느끼는 후배들에게 도움이 되었으면 하는 바람이 이 책을 쓰게 된 동기다. 이 책은 일기를 쓰듯이 꾸밈없이 내가 겪은 경험담을 진솔하게 적었다.

요약하자면 스물세 살의 대학생이 휴학을 하고 591일간 6대륙을 배낭여행과 봉사활동을 하면서 체험한 이야기이다.

세계 여러 나라의 다양한 봉사활동 프로그램과 국제캠프에 참가하려는 친구들에게 구체적인 길라잡이가 되었으면 좋겠다.

끝으로 좋은 말씀 얹어 주신 유안진 선생님께 머리 숙여 감사 인사 올린다.

아울러 출간에 협조해주신 모아드림 출판사의 손정순 대표님과 편집부 직원 여러분께도 감사드린다.

2011년 새봄, 오태호

첫 번째 프로젝트,
호주 CVAConServation Volunteers Australia 자연보호 봉사활동

CVA 봉사활동을 하면서 좋은 점 중 하나는 오전에는 일하고 오후에는 여기저기 구경하러 다닐 수 있다는 것이다. 게다가 우리가 구경하는 곳들은 여행객들이 가지 못하는 곳이니 일하면서 즐길 수 있고 돈도 저렴하고 좋은 일하며 다문화를 접할 수 있다. 그날의 봉사를 마치면 팀 리더는 국립공원이나 전망대 등 타운즈빌의 명소로 우리를 안내했다. 아이를 구경하러 다니기도 하고 도마뱀과 야생독수리, 그리고 딩고 발자국을 찾아 나서기도 하고. 등산객이 편하게 다닐 수 있도록 등산로에 계단을 만들어 잘 다듬거나 자갈을 치우며 보수 작업을 했다. 2주 동안 등산로를 따라 길을 만들었고 산의 산사태 방지를 위해 배수로를 만들었고 500그루가 넘는 나무를 심었다. 강한 햇빛 아래 흙을 만지고, 돌을 나르는 것이 쉬운 일이 아니다.

호주 CVAConservation Volunteers Australia
자연보호 봉사활동

CVA는 Conservation Volunteers Australia 약자로 호주 환경 보호 활동을 위해 설립된 호주 내의 비영리 단체이다. 호주 곳곳의 지역에서 나무 심기, 씨앗 채취, 멸종위기 동물 보호, 트랙 제작 등 환경 보호를 위한 다양한 활동을 하고 있고, 동시에 각국에서 모인 청소년들 약 10명 정도로 구성되는 팀원들에게 문화교류의 기회를 제공한다.

우리가 봉사활동을 하는 곳은 호주 퀸즐랜드Queensland주의 타운스빌Townsville인데 비교적 동양인이 적고 인근 마그네틱 아일랜드Magnetic island로 코알라를 보러 관광객들이 찾는 도시이다.

CVA 단체로부터 미팅 포인트, 시간, 찾아가는 법 그리고 봉사활동 일정 등의 구체적인 정보가 담겨 있는 문서를 미리 받았다. CVA 사무실에 찾아갔더니 같이 지원한 한국인 둘과 일본인 친구 한 명이 있었다. 우리는 CVA 직원의 설명으로 간단한 오리엔테이션을 가졌다. 이어서 CVA에 관한 홍보영상을 시청한 후 앞으로의 일정에 대한 설명을 들었다. 일할 때는 긴 바지와 소매 긴 옷을 착용할 것과 조심해야 할 동식물에 관한 내용이었다.

숙소로 이동하였다. 미리 와 있던 서양 친구들이 한국말로 '안녕하세요?' 라고 말을 건네서 난 긴장이 조금 누그러졌다. 마당과 차고가 있는 일반 가정집이었고 우리는 2층에 짐을 풀었다.

CVA는 참가자들이 원하는 기간만큼 이곳에 머물며 봉사활동을 할 수 있으므로 캠프 참가자들의 시작하는 날과 끝나는 날이 서로가 다르다. 통상 매주 금요일에 캠프 참가자들이 바뀐다. 내가 간 날도 떠나는 사람과 시작하려는 사람들로 숙소가 조금 정신이 없었다. 우리 캠프에는 새로 참가한 친구를 포함해 프랑스, 영국, 벨기에, 일본, 한국에서 온 11명의 참가자들이 모였다. 함께 저녁 식사를 하면서 이름, 국적, 나이 등에 관하여 간단하게 자기 소개하는 시간을 가졌다. 생각은 있으나, 나의 의사 표현은 어린애의 수준이었다. '저, 이거 하고 싶어요.' 이게 전부였다. 앞으로 의사소통은 가능할까, 내가 외국인들과 잘 어울릴 수 있을까, 나는 지레 겁이 났다.

CVA 소속의 팀 리더 1명과 주 5일 하루 4~5시간 환경보호의 주제로 일하기로 되었다. 아침에, 점심에 먹을 샌드위치를 싸서 밀짚모자를 눌러 쓰고 차에 탑승했다. 군대시절 훈련병일 때 조교의 지시의 따라 작업장으로 가는 기분이었다.

첫 주 우리의 임무는 나무심기, 물주기, 거름주기, 씨앗채취하기였다. 나는 나무의 씨앗을 따 모아서 땅에 묻은 후 거름을 주고, 가져온 묘목을 심고 물을 주었다. 유럽 여자애들이 삽과 곡괭이를 들고, 땅을 파고 돌을 나르는 모습이 인상적이었다. 남자에 비해 여자들은 힘이 많이 들지 않는 일을 할 거라 생각했는데 여자라고 봐주는 게 없다. 그들 말로는 유러피언은 튼튼하단다. 남자는 강하고 여자는 약하다고 생각해왔던 한국사회의 통념이 지배해왔던 나의 인식이 살짝 저항을 하려 들었다. 사람은 누구나 평등한 거야, 라고 나는 내 머릿속의 혼란을 정리하여 자리배치시켰다.

영어는 권력

일주일에 참가자 11명에게 주어진 돈은 35만 원 정도였다. 우리는 이 돈을 가지고 일주일치 식량을 미리 사다 놓자고 합의를 보고는 무엇을 살 건지에 대하여 대강 품목을 정했다. 이때까지만 해도 난 영어에 자신이 없어서 그냥 듣고만 있었다.

마트에 도착하니 원어민Native speaker 친구들이 주도적으로 음식을 고

르는 것이었다. 우리 팀이 한국 음식을 사도 되냐고 물었더니 전날 다 결정을 했기 때문에 추가 지출을 할 수 없다고 했다. 우리는 과일 몇 개 챙긴 것밖에는 소득이 없었다. 그리고도 카트는 우리 팀이 밀어야 했다. 참 자존심 상하는 일이었다. 11명 중에 한국인이 4명이라 제일 많은데도 팀 내 생활과 의사결정권은 원어민이 주도적으로 이끌었다. 한 친구가 자조적인 목소리로 말했다.

"우리가 영어가 안 돼서 밀리는 거야, 영어가 권력이라고."

타인에게 말 걸기

유럽 친구들이 Pub(술과 음식 등을 파는 대중적인 술집)에 간다고 했다. 따라나서고 싶긴 한데 영어가 짧아서 포기했다. 같은 방을 쓰는 일본 친구는 유럽 친구들에게 자기 의사를 잘 표현하며 거리낌없이 지냈다. 그 친구에게 내 고민을 털어놨다. 그는 전혀 그럴 필요 없다며 "Cheer up!

힘내!"라고 했다.

　'그래, 쟤도 하는데 나라고 못할 게 뭐 있겠어.'

　나는 이렇게 마음을 굳게 먹었다. 당장 이튿날 아침부터 되든 안 되든 부딪쳐보기로 하고 내가 먼저 다가가 'Good morning' 하고 인사를 했다. 그러자 그쪽에서도 인사를 했다. 내친김에 지난밤에 잘 잤는지도 물었고 역시 반응이 왔다. 점심에도 저녁에도 내가 아는 단어를 써가며 그들에게 말을 걸었다. 은희경 작가의 책 제목처럼 나는 '타인에게 말 걸기'로 외국인에 대한 두려움을 극복하였다.

　낮에 일하다 나무 조각이 손톱 밑에 박혔다. 나는 도와달라고 했고 영국 친구가 다가와 가시를 뽑아주는데 나는 일부러 너스레를 떨며 아픈 표정을 지었다. 내 표정을 보고 친구들이 박장대소했다. 가시를 뽑아준 친구는 자기가 무언가 했다는 자부심에 더 크게 웃었다. 그걸 기회로 우리 사이는 돈독해졌다.

저녁식사는 하루의 마무리 시간이다. 이 시간에 되도록 외국인 친구들과 많은 이야기를 하면서 좋은 관계를 이어가야 한다. 우리의 식단은 아침에는 토스트, 과일, 시리얼, 우유, 그리고 차. 점심에는 샌드위치와 과일, 저녁에는 각 나라별 요리로 이뤄진다. Korean day, German day, French day, English day, Japanese day, 이렇게 돌아가며 각 나라 음식을 만들어 먹었다.

내 친구의 이름은 영어사전

낮에는 각자 흩어져서 일하느라 바쁘다. 저녁 식사시간부터 그 이후를 어떻게 보내느냐에 따라 캠프생활의 성패가 달려있다. 타인에게 말 걸기를 시도한 이후 나는 점점 캠프생활이 재미있어졌다. 특히 저녁시간은 이제 캠프생활에서의 꽃으로 하루 중 가장 기다려지는 시간이 되었다.

어떻게 하면 이 친구들을 더 붙잡아 놓고 영어를 구사하게 할까 머릴 굴렸다. 한국의 007빵 게임을 친구들에게 알려 주었다. 인기 폭발이었다. 이 여세를 몰아 업그레이드 버전인 묵언의 007빵. 그리고 시작된 이중모션 게임.

"♪아이엠 그라운드 자기소개하기 아싸~ 킹콩샤워, 아싸~ 너!너!♬"

영어버전으로 약간의 한국말을 섞어 진행했다. 어눌하게 따라하는 외국 친구들과 의미를 전달하고자 온몸으로 설명하는 우리들. 영구가 화성인 앞에서 춤을 추는 듯했다. 그리고 손뼉치기 게임 일명 '잔치기 게임'을 선보였다. 이건 군대에서 유격훈련 갔을 때 배운 게임이다. 공기놀이도 보여줬는데 친구들이 다 같이 한번씩 돌아가며 했다. 무척 신기해 했

다. 게임도 그렇고 음식도 그렇고 가장 한국적인 게 가장 세계적이라는 말이 실감났다.

영국 친구도 그들의 게임을 소개해주었다. 일명 '21게임'인데 숫자 21에 걸린 사람이 룰을 정하고, 룰을 정할 때마다 그 룰을 외워야 하는 것이다. 재미있었다. 어느 달 밝은 밤에, 맥주를 박스 채 사서 로맨틱하게 비치에 앉아서 마시며 '21게임'을 했다. 술에 취하고 기분에 취해 맥주병 뚜껑을 아무데나 막 집어던지는 친구를 보던 영국 친구 왈,

"우린 자연보호 봉사자니까 쓰레기 버리면 안 되지!"

하니까, 또 다른 친구가 병뚜껑을 주워 박스 안에 모아 넣는다. 한 친구가 바지 호크를 풀며,

"I go to peace. 평화를 위해 갔다 올게."

할 때, 난 그 말이 뭔 뜻인가 잠시 생각했었다. pee는 영어로 오줌이

다. peace(평화)와 비슷한 발음이다. 오줌 싸면 평화로운 기분을 느끼니까 이런 농담을 한 것이었다. 난 이럴 때 영어 쓰는 나라에 와 있다는 걸 느낀다.

　타인에게 말 걸기는 하루의 일정을 소화하는 데에도 자신감과 여유를 가져다준다. 말하기의 두려움을 걷어내니까, 일하다 잘 모르겠으면 아무나 붙잡고 물어보게 되고 자유 시간에는 나 혼자 아무데나 막 돌아다닐 수가 있게 되었다. 타운스빌의 해안가를 따라 운동 겸 산책을 하다가 외국인을 만나면 기꺼이 말을 나누었다. 이때 새로운 어휘를 듣는 것도 그렇지만 특히 내가 구사할 땐 무척 흥분되었다.

　한국에 있을 때는 시간에 쫓기면서 무엇인가 결정해야 되고 또 무엇인가 하지 않으면 불안한 느낌이었다. 그런데 봉사활동을 하면서는 그 일이 끝나면 뭔가 했다는 자부심에 뿌듯해서 나를 위해 시간을 쓰고 싶어진다.

일이 끝나고 숙소에 돌아와 낮잠을 자고 나서도 아, 이제부터 무얼 할까, 하면서 느긋해진다.

외국 친구들과 Pub에 갔다. 주로 원어민이 대화를 하고 나는 옆에서 계속 듣다가 몇 마디 질문만 했다. 내 안에서 채근하는 목소리가 들렸다. 이러다간 또 꿀 먹은 벙어리가 되겠네, 그럼 안 되지, 타인에게 말 걸기를 해야지. 문법이 맞든 틀리든 상관하지 않고 단어를 막 내뱉었다. 그러자 외국인 친구들은 내 말에 귀를 기울여주었다. 어떤 단어는 발음이 문제였고 또 어떤 단어는 문화 차이가 있어서 내게 너무 생소하기도 했다. 그 친구들은 두 번 세 번 되풀이해주며 어휘를 훈련시켜주었다.

일할 때도 머릿속에 궁금한 게 생기면 시도 때도 없이 리더에게 찾아가 물었다. Boiling과 Boring, Pan과 Fan의 발음 차이가 어떻게 되느냐고. 그리고 리더가 일을 지시할 때도 되물었다. What did you say? 방금 뭐라 했지?라고. 난 주로 내 손톱 밑의 가시를 빼주었던 친구에게 매달렸는데 그는 그때마다 성가셔하지 않고 친절하게 대답해 주었다. 비영어권 친구들에 의해 그 친구는 영어사전English Dictionary이라는 별명이 붙었다. 어느 날 영국인 친구가 새로 들어왔다. 그러자 그 친구는 이 새 친구에게 한마디 했다.

"Oh, here is new dictionary. 오, 여기 새로운 사전이 있어."

슈팅스타와 팬더

영어권의 친구들도 다른 나라의 언어에 관심이 많다. 캠프에 도착했을 때 우리에게 "안녕하세요?" 하고 한국말을 하던 친구가 다른 단어를 가르쳐 달라고 해서 누군가가 시침 뚝 떼고 "불이야"를 가르쳐 주었다. 물론 뜻은 숨긴 채 말이다. 이 친구는 한국어 연습을 한답시고 걸핏하면

"불이야!" 그랬다. 그때마다 우리 한국 친구들은 키득댔다. 그 재미에 맛들린 이 친구는 틈만 나면 "불이야!"를 외쳤다. 그래서 우린 그 뜻을 해석해주었고 그녀는 거짓말쟁이 늑대소년에서 해방되었다. 그녀의 한국어 욕심은 대단해서 그칠 줄 몰랐고 우리는 "장동건이야.", "김태희야." 두 문장을 가르쳐주었다. 그랬더니 이 친구는 남자만 보면 무조건 "장동건이야." 여자만 보면 "김태희야." 그랬다. 결국 우리는 모두 장동건이 되고 김태희가 되었다. 들을 때마다 묘하게 기분이 좋아졌다.

　　그 애의 이름은 Lucy이다. 그 애와 나란히 앉아 밤하늘의 별을 보며 이야기를 나누었다. 내가 태어나서 처음으로 이야기를 나눈 여자 친구이다. Lucy가 슈팅스타shootingstar(별똥별) 이야기를 꺼냈다. 난 사실 슈팅스타를 본 적이 없었지만 외국 여자친구와 이런 소재를 갖고 이야기하는 그 분위기가 너무 좋았다.

영어가 모국어인 영국 친구들은 CVA에 무슨 목적을 갖고 참가할까 궁금했다. 그녀는 새로운 사람들을 만나고 새로운 것을 해보고 싶어 지원하게 됐다고 말했다. 그동안 짧은 영어 때문에 내가 잠깐 여기 온 목적을 잊고 있었는데 그 애의 말을 듣고 환기되었다. 눈이 다르고 머리 색깔도 다른 외국 친구도 나와 같은 생각을 했었다는 게 참 신기했다. 신기한 가운데에서도 너와 난 친구구나, 그런 생각이 들었다. 동갑내기이면서 도전정신이 있는 금발의 이국 여자애. 장난칠 땐 정말 어린애처럼 쿵푸 팬더를 닮은 Lucy.

기존 멤버 중 몇 명이 떠나고 새 멤버가 왔다. 떠나는 멤버 중에 영어사전과 Lucy도 포함되어 있었다. 짐을 싸는 그들의 모습을 보면서 말을 더 많이 나눠보지 못한 것이 아쉽고 속상했다. 아직 난 이별이 익숙지 않아서 마음 한쪽이 텅 빈 느낌이었다. 그날 밤하늘의 슈팅스타는 끝내 보지 못했지만 그 분위기만은 아직도 내 가슴에 남아있다. Lucy의 맑은 눈동자와 함께.

일본, 일본 친구

한국 친구들과 일본 친구 사이에 독도에 관한 이야기를 했다. 일본 친구가, 독도가 한국 땅이라고 생각하느냐고 물었다. 그는 예전에 독도에 일본 사람이 살았었는데 세계2차 대전이 끝나고 한국이 침범한 후 지금까지 살고 있다고 했다. 어이가 없었다. 그건 사실이 아니라고 옛날부터 지금까지 계속 한국 사람이 살고 있는 한국 영토라고 말하니 그게 아니라고 우겼다. 자기는 인터넷에서 그와 같은 사실을 알았다고, 그러니 그게 사실이라고, 한국은 아무도 살지 않고 쓸모없는 땅을 국경선 때문에 주장하는 거라고 했다. 우리가 한국 정부에서 제공하는 잘못된 교육을 받았다고 주장했다. 한국만 역사가 다르고 중국 일본은 역사가 같다며 한국은 잘못된 정보를 가지고 있다고 말했다. 심지어 한국을 중국의 속국인 것처럼 한국은 없고 중국과 일본만이 존재한다는 듯이 얘기했다. 난 그날 너무 열을 받아서 일본이 저지른 만행에 대해 얘기를 꺼내려다가 더 이상 영어로 진행하기도 벅차고 일본 친구에게 아무리 말해도 통하지 않아서 그만뒀다. 논쟁은 논쟁이고 우리는 같은 목적을 갖고 모여 함께 합숙을 하는 사이이므로 잘 지내야 했다.

며칠 후 카메라가 고장이 나서 현지 서비스센터에 급히 전화해야 할 일이 생겼다. 영어듣기가 약해서 망설일 때 일본 친구가 와서 자기 전화카드를 가지고 직접 전화해 알아봐 주었다. 티격태격하는 가운데에 그 애는 우리말을, 우리는 일본말을 하나씩 귀동냥을 하게 되다보니 관심이 갔다. 우리는 일본 친구에게 매일 밤 일본어 문장 하나씩을 배우며 잠자리에 들었다. 세계 공통어가 영어니까 영어를 해야 한다, 라고만 입력되어 있지 외국 나가면 다른 나라 말도 배울 기회가 온다는 건 정말 생각해보지 않은 일이었다. 그래서 보너스를 받는 기분이 들었다.

독도 문제만 아니면 좋은데…….

일하며 관광하며

우리가 하는 모든 여가활동비는 CVA 참가비 안에 포함이 돼 있다. 따로 여행을 떠날 필요가 없어 돈을 지출하지 않아도 된다. 인근 국립공원 산으로 등산을 가기로 했다. 이날도 CVA 직원이 나와서 차량 지원을 포함하여 여행 시작에서 끝까지 가이드를 해주었다. 호주는 해변가를 따라 야외에서 바비큐를 할 수 있도록 시설과 도구들이 구비되어 있어서, 우리는 등산이 끝나고 점심에는 봉사자들과 함께 야외 해변가에서 바비큐 파

티를 했다. 바비큐 파티를 하면서 즉석에서 소시지를 구워 각자 빵에 하나씩 넣어 먹고 돌아다니면서 친구들과 이야기를 나누었다. 새로운 문화체험이 재미있었다.

타운스빌의 관광 섬 마그네틱 아일랜드magnetic island에 놀러 가기로 했다. 터미널에 도착한 뒤 페리Ferry(사람을 운반하는 배)에 올라탔다. 우리는 5인승을 렌트하기로 결정했다. 차를 빌릴 때 여기저기 차에 흠이 없는지 꼼꼼히 체크를 하고(만약 차 상태를 제대로 체크하지 않으면 나중에 그쪽에서 우리가 흠을 낸 것으로 판단하고 우리가 보상해줘야 한다.) 유럽 친구들이 선탠을 할 때 나는 얕은 바닷물에서 첨벙거렸다.

오후에는 코알라를 보러 등산을 갔다. 산길을 따라 걷다가 나뭇가지 사이에 앉아 있는 코알라와 마주쳤다. 사진 속에서만 보던 야생 코알라가 사진에서 튀어 나온 것 같아 신기했다. 바닷가에는 큰 바위에 캥거루와 비슷하지만 덩치가 작은 왈라비가 바위 틈 사이에 살고 있었다. 호주는 캥거루 수가 호주 인구수보다 많다고 한다.

오늘은 새로운 주의 프로젝트를 시작하는 날. 7시에 기상해서 아침 먹고 점심으로 샌드위치를 준비하고 차량에 탑승했다. 우리가 도착한 곳은 캐슬힐Castle hill. 리더의 설명을 듣고 두 번째 주의 일을 시작했다. 먼저 리더는 곡괭이와 삽 등 종류 별로 연장을 다 꺼냈다. '작업이 빡세겠구나' 직감적으로 느꼈다. 각자 하나씩 집어 들고 산으로 올라갔다. 이번 주 작업은 등산로에서 산의 배수로를 만들거나 만들어진 배수로를 좀 더 넓히거나 더 깊게 파서 안정성을 확보하는 것이다. 일하면서 자연환경이 아름다운 호주가 그냥 이루어지지 않았다는 생각이 들었다. 해외 자원봉사자들과 현지인들의 노력의 결실로 이루어졌다는 생각이 들었다. 역시 세계적인 자연 환경을 지닌 국가인 만큼 그것을 가꾸고 유지하려는 호주

당국의 체계적인 노력과 국민들의 의식에 놀랐다. 일 중간에 도마뱀을 발견했다. 친구가 꼬리를 잡고 집어 들었는데 도마뱀이 땅에 떨어지며 도망가는 것이다. 잡고 있던 손에는 꼬리가 그대로 있었다. 순간 친구가 당황하고 놀라서 꼬리를 놓았다. 꼬리가 빠른 속도록 꿈틀거렸다.

CVA 봉사활동을 하면서 좋은 점 중 하나는 오전에는 일하고 오후에는 여기저기 구경하러 다닐 수 있다는 것이다. 게다가 우리가 구경하는 곳들은 여행객들이 가지 못하는 곳이니 일하면서 즐길 수 있고 돈도 저렴하고 좋은 일하며 다문화를 접할 수 있다. 그날의 봉사를 마치면 팀 리더는 국립공원이나 전망대 등 타운즈빌의 명소로 우리를 안내했다. 악어를 구경하러 다니기도 하고 도마뱀과 야생독수리, 그리고 딩고 발자국을 찾아 나서기도 하고. 등산객이 편하게 다닐 수 있도록 등산로에 계단을 만들어 잘 다듬거나 자갈을 치우며 보수 작업을 했다. 2주 동안 등산로를 따라 길을 만들었고 산의 산사태 방지를 위해 배수로를 만들었고 500그루가 넘는 나무를 심었다. 강한 햇빛 아래 흙을 만지고, 돌을 나르는 것이 쉬운 일이 아니다.

드디어 수료증certificate을 받았다. 서로 포옹하고 친구들에게 유럽에 가서 다시 보자며 'See you in germany and france. 독일과 프랑스에서 다시 보자.'를 외쳤다.

28

두 번째 프로젝트,
호주 워킹 홀리데이 working holiday

차를 타고 돌아오는 밤길에 하늘을 올려다봤다. 수많은 별들이 손에 닿을 듯 반짝이고 있었다. 가족과 한국 친구들이 그리운 밤이었다. 돈 번다는 게 너무 힘들다. 하루 종일 일하고 숙소에 복귀하면 정말 아무것도 할 힘이 안 남는다. 과연 내가 여기서 무엇을 하고 있나 심히 의문이 든다. 호주에 와서 돈을 버는 게 무슨 의미가 있을까? 나는 녹초가 된 몸을 이끌고 이런 의문에 붙잡혀 그날의 일기를 쓴다. 지금으로선 일기 쓰는 게 그나마 가장 의미 있는 일이다.

넋두리하듯 일기를 써내려간다. 호주에 가면, 외국인 친구를 사귀고 영어를 쓰고 함께 여행 다니고, 누가 이런 환상적인 얘기를 만들어 냈을까? 한국에서 영업하는 모든 호주 어행사인가? 영어를 쓰기는커녕 외딴 농장지역에서 아무것도 할 수 없다. 한국의 외국인 노동자들이 머릿속에 떠오른다. 그들과 다를 것이 없다. 나는 요즘 새로운 깨달음을 하나 얻었다.

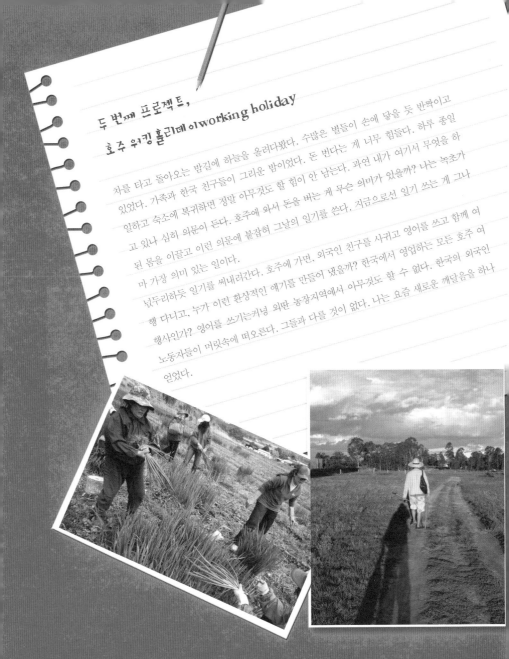

호주 워킹홀리데이working holiday

　　워킹홀리데이란 나라 간에 협정을 맺어 젊은이들로 하여금 여행 중인 방문국에서 취업할 수 있도록 특별히 허가해주는 제도이다. 다시 말해, 해외여행을 하면서 합법적으로 일을 하여 부족한 경비를 충당할 수 있도록 마련한 제도이다. 젊은이들에게 미지의 세계를 탐구할 수 있는 기회를 제공함으로써 국가 간의 상호이해를 높이고 교류를 증진하기 위한 목적으로 특별히 마련된 예외적 제도이다.

30

정보가 돈이다

주립도서관에 가면 공짜로 인터넷을 쓸 수 있다는 정보를 얻었다. 시내를 순환하는 무료 셔틀버스를 이용하여 브리즈번Brisbane의 주립도서관으로 갔다. 이름을 기입하고 순번표를 뽑고 1시간가량 기다렸다. 전광판 모니터에 내 이름이 떠서 1시간 동안 인터넷을 이용했다. 더 이용하고 싶으면 한 번 더 뽑아야 한다. 이 정보를 입수하기 전까지는 비싼 요금을 지불해가며 인터넷 카페를 이용했다.

이 경험 이후, 세계 여러 나라의 국립도서관에서 무료 인터넷을 쓸 수 있다는 것도 알았다. 정보가 돈이라는 생각을 새삼 하게 됐다. 도서관에서는 무선 인터넷이 된다. 주변에 보니까 많은 사람들이 노트북이나 넷북을 가져와서 하고 있었다. 난 노트북을 들고 가면 무게 때문에 여행에 지장을 받을까봐 이때까지 구입하지 않았었다. 또한 여행을 하느라 정신이 없어 노트북 이용 시간이 나지 않을 뿐더러, 값비싼 노트북을 숙소에 놓고 다녀도 불안하다는 내용을 책에서 읽은 적이 있는데, 이 어줍잖은 정보가 나를 촌뜨기로 만든 것이었다.

도서관에서 인터넷을 마음대로 할 수 있다는 것만으로도 난 무언가 얻은 기분이었다. 그러나 내가 찾는 일자리는 연결이 되지 않았다. 이럴 때 한국 교민들을 잘 알면 도움이 되지 않을까, 그런 생각이 들었다. 그때 주위에서 생생한 이야기들을 전해 주었다. 한국인들이 소개하는 자리에 들어가면 처음이라고 훈련기간을 두거나 하프페이Half pay(임금의 절반)를 주는 일이 흔하다는 것이다. 또 일을 그만두고 싶어도 다른 사람에게 연계될 때까지 기다려야 하고 만일 못 기다리면 돈을 안 주고 묶어두기도 한단다. 한국인들이 일을 받아 한국 워커들에게 일을 시켜가며 그때그때 주는데 제때 주지 않거나 시티잡City Job의 최저 임금인 16.5달러에 못

미치게 주기도 한다고 들었다.

뭐 이런 너절한 이야기가 다 있나, 외국에 나와 한국 사람을 못 믿으면 그럼 누굴 믿으란 말인가. 내가 주워 들은 이 정보가 쓰레기가 될 것인가 아님 나에게 유익을 가져다 줄 것인가 그런 생각을 하며 열심히 도서관에 출근하다시피 하며 정보를 찾고 또 찾았다. 그러던 중에 한국 중개인의 소개로 개톤Gatton 쪽 어디에서 워커를 구한다는 정보를 입수했다.

우연인가 필연인가

개톤 행 버스에 탑승하여 실려 가면서도 무척 떨렸다. 제대로 알아본 것은 없고 무작정 가는 거라 그랬다. 도착해 보니 들은 바대로 버스정류장 맞은편에 사무실이 있었다. 한글로 안내문이 적혀 있고 안에 들어가니 리셉션에 한국인 여자 분이 있었다. 난 나름 반가웠는데 그분에겐, 너희 같은 한국인들이 한두 명이 아니니까 별 신경 안 쓴다는 태도 같은 게 묻어있었다. 6주와 13주 보증금을 건다고 했다. 백패커에 머물 때 워커들이 하던 말이 생각났다.

"한국인이라고 무조건 믿지는 마. 한국인이 한국인을 등쳐 먹는다니까."

그 한국인 여성이 일단 카라반(이동차량으로 지은 집)에 가라고 했다. 앞으로 그럼 카라반에서 생활해야 한단 말인가? 그건 너무 열악한 환경인데 어찌 이런 일이. 그러고 있는데, 어서 가서 숙소를 잡고 짐을 풀고 오라며 그 위치만 대충 설명해 주었다. 친절하지 않더라도 정확한 사람이라면 이럴 때 약도를 그려줄 텐데, 아니 직업의식이 투철한 사람도 그럴텐데 나는 이래저래 그 한국분이 마음에 안 들었다.

카라반을 찾아가는데 중간에 교차로에서 우린 길을 잃었다. 한국 여성분한테 말을 들을 땐 찾을 수 있을 것 같았는데 막상 나서보니 쉽지가 않아서 우린 한참 고생을 했다. 그런데 지나가던 어떤 여성 운전자가 말을 걸었다. 먼저 말을 걸어주다니, 왠지 느낌이 좋았다. 마일라라고 하는 그녀는 여기서 쉐어 하우스를 운영하고 있으며 자기 남편은 OZ(호주) 사람인데 컨트렉터(중개인)라고 소개했다. 카라반을 가고 싶으면 자기가 태워다 줄 것이고, 만일 자기네 집에서 묵기를 원한다면 그렇게 하라고 했다. 일자릴 알선해줄 수도 있다고 했다.

카라반에서 생활하고 싶진 않았으나 여기서 일을 하려면 선택의 여지가 없기 때문에 울며 겨자 먹기 식으로 나선 걸음이었는데 가는 도중 길까지 잃어 덧정이 없어졌다. 이러던 차에 쉐어 하우스에서 생활할 수 있고 일자리까지 알선해준다니, 이게 웬 떡이냐 싶어서 우린 그녀를 따라가기로 즉석에서 결정을 내렸다.

가서 보니 그녀의 말대로 남편 이안은 컨트렉터였고 이미 그 집에서 4개월째 쉐어를 하고 있는 한국 워커들도 있었다. 한국인들은 이안과 마일라에게 철수와 영희라고 불렀다. 마일라 부부는 한국 사람에게 무척 호의적이었다. 안심이 되었다.

우린 쉐어 하우스를 소개받았고 이안의 도움으로 농장에 일을 하러 다니게 되었다. 다음 날 이안이 우릴 픽업하러 왔다. 점심을 챙겨 차량에 탑승했다. 차량에는 한국인 세 명이 있었는데 우린 복장에서부터 차이가 났다. 난 여행자 복장이고 그들은 일할 복장이다. 그들에게선 워커 냄새가 났다. 나도 곧 그렇게 될 걸 생각하니 마음이 들떴다.

나는야, 워커

함께 일한 형과 나는 나뭇가지 긁어모으는 작업을 시작하고 두 명의

다른 워커는 반대편 쪽에서 했다. 그들은 다섯 줄 우리는 두 줄을 맡아 일을 해나갔다. 우리는 아직 멀었는데 다른 워커들은 벌써 일을 끝냈다. 농장 주인이 오토바이를 타고 우리 쪽으로 왔다.

"Come on! 빨리 해!"

화난 목소리로 소리 질렀다. 농장 주인의 그런 모습에 나는 매우 놀라서 형을 쳐다봤다.

"우리 대충 해서라도 빨리 하자."

형이 말했다. 사실 그들이 일한 곳에 비해 우리 섹터에 나뭇가지가 많았다. 하지만 농장 주인은 작업한 지역의 크기만 보기 때문에 우리가 정말 느리게 쉬면서 작업한 줄 알고 있었다. 그걸 설명하고 싶었지만 변명

하는 것 같아 말하지 않았다. 그때까지만 해도 영어로 표현할 자신이 없어서 더 그랬다. 우린 최대한 속도를 내서 우리 섹터를 끝내고 라임나무들이 있는 곳으로 이동했다.

비가 오락가락해서 일을 하고 싶은 사람은 남고 그렇지 않은 사람은 도중에 집에 갔다. 나는 아까 야단맞은 일도 있고 해서 농장주에게 열심히 하는 모습을 보여주고 싶었다. 오후가 되니 햇볕이 뜨거웠다. 뜨거운 햇살 아래 일을 하면서, 굳이 내가 무리하면서까지 일을 할 필요가 있나? 이런 경험도 훗날 도움이 될까? 별의별 생각이 다 들었다.

당일 치의 일을 다 끝냈다. 농장주가 웃는 낯으로 다가왔다.

"Thank you very much! 정말 고마워!"

이안의 차를 타고 돌아오는 밤길에 하늘을 올려다봤다. 수많은 별들이 손에 닿을 듯 반짝이고 있었다. 가족과 한국 친구들이 그리운 밤이었다. 돈 번다는 게 너무 힘들다. 하루 종일 일하고 숙소에 복귀하면 정말 아무것도 할 힘이 안 남는다. 과연 내가 여기서 무엇을 하고 있나 심히 의문이 든다. 호주에 와서 돈을 버는 게 무슨 의미가 있을까? 나는 녹초가 된 몸을 이끌고 이런 의문에 붙잡혀 그날의 일기를 쓴다. 지금으로선 일기 쓰는 게 그나마 가장 의미 있는 일이다.

넋두리하듯 일기를 써내려간다. 호주에 가면, 외국인 친구를 사귀고 영어를 쓰고 함께 여행 다니고, 누가 이런 환상적인 얘기를 만들어 냈을까? 한국에서 영업하는 모든 호주 여행사인가? 영어를 쓰기는커녕 외딴 농장 지역에서 아무것도 할 수 없다. 한국의 외국인 노동자들이 머릿속에 떠오른다. 그들과 다를 것이 없다. 나는 요즘 새로운 깨달음을 하나 얻었다.

'이십대는 무능력하다'

『20대, 자기계발에 미쳐라』를 쓴 이지성 작가는 말했다.

"본인이 이십대이면서 아직까지 이런 자각을 한 적이 없는 사람이 있다면, 책을 덮고 멀리 떨어진 도시로 가보라. 무일푼으로 가서 10일만 생활해 보라. 그러면 깨닫게 될 것이다. 자신이 정말 무능력한 존재라는 것을. 낯선 도시에서 그대는 육체 노동자의 자질밖에 없는, 그것도 남들이 먹다 남긴 접시를 닦거나 편의점에서 과자 봉지나 만지작거리는 일을 하게 될 것이다. 심한 경우엔 그런 일조차도 제대로 따내지 못하고 이 사회에 있으나마나한 존재로서 밑바닥을 기는 자신과 마주치게 될 것이다."

그런 면에서 보면 이번 여행이 나에게 많은 걸 깨닫게 도와주었다. 만약 누군가 호주 워킹에 대해 조언을 구한다면, 젊으니까 1년쯤은 새로운 경험을 쌓으라, 라고 말하고 싶지만 1년을 호주 워커로 허비하기에는 20대의 젊음이 너무 값지고 소중하다. 그러니 좀 더 발전적이고 생산적인 일에 그 시간을 투자하라고 조언해주고 싶다. 지금으로선 그렇다. 20대라는 시간은 정말 너무도 소중하다. 지금의 난 그냥 워커일 뿐 그 이하도 이상도 아니다.

젊음은 젊은이에게 주기에는 너무 아깝다, 라고 버나드 쇼는 말했다. 나는 지금 내 젊음을 제대로 쓰고 있기는 한 건지 독한 회의가 인다.

You're fired

여느 때처럼 아침 먹고 씻고 점심 준비하고 밖에 나가 픽업 차량이 오기를 기다렸다. 아무리 기다려도 오지 않았다. 우린 이안(컨츄렉터)에게 전화를 했다. 이안이 어제 일이 끝난 후 주말에는 일을 안 한다고 우리에게 말했단다. 우리가 'OK' 하기에 알아들은 줄 알았단다. 사실 어제 워커 두 명이 뭐라고 얘기했는데 무슨 말인지 못 알아들은 채 전화를 끊은 일이 있긴 했다. 다른 워커들한테도 똑같이 얘기해서 그들은 알아듣고 안

나가는데 우리만 못 알아들어서 일할 준비를 하고 나온 거였다. 영어를 못 알아들으니 몸이 고생이다. 영어 공부를 어떻게 해야 하나 고민이 되었다. 집에 들어와 영어를 들으며 침대에 누웠다.

"You're fired! 넌 해고야!"

다음 날 나는 잘렸다. 일할 때 자주 쉬고 게으르다고 나오지 말랬다고 이안 부부가 와서 전해줬다. 곧 다른 일자리를 알아봐 줄 테니 걱정 말라고는 했다. 내가 그것밖에 안 되나, 부끄러웠다. 그리고 혼란스러웠다. 비정규직의 설움을 알 것 같다. 내가 상심하고 있으니 형이 옆에서 말한다.

"좋은 경험이라고 생각해줘. 해고노 낭해 봐야 노너의 입상노 헤아리게 돼. 전화위복이 될지 누가 알아, 기다려 봐."

같은 쉐어룸을 쓰는 누나는 다른 말을 해줬다.

"이 농장바닥에서 살아남는 길은 오직 하나, 미친 듯이 일하는 것이 최선이야. 내가 농작물이 되고 또 농작물이 내가 돼야 해. 한마디로 혼연일체! 알아?"

정말 그래, 라고 이를 악물고 있는데, 부모님한테서 연락이 왔다. 돈벌려고 건강 해치지 말고 몸부터 챙기라고 하신다.

다시 워커가 되다

파 작업을 하는 일자리를 소개받았다. 이 일은 농장일 중에서도 가장 돈이 되지 않는 바닥일 중 하나이다. 하지만 난 그 '바닥'을 경험해보기로 했다. 아침 4시 40분에 일어났다. 눈꺼풀이 자꾸 내려앉았지만 약속 장소인 Bottle shop(주류 판매점) 앞으로 나갔다. 많은 워커들이 기다리고 있었다. 모두 아시아 사람이다. 갑자기 내 머릿속에 새벽 인력시장이 떠올랐다. 젊어서 어떤 방식으로 어디에 시간을 쓰느냐에 따라 노후의 삶

이 달라질 수 있겠다는 생각이 들었다. 많은 픽업 차량이 워커들을 싣고 사라졌다. 모두 떠나고 우리만 남았고 약속시간도 이미 지났다. 그때 어떤 미니버스가 우리 앞에 섰는데 운전자가 한국 사람이었다. 누굴 기다리며 어딜 갈 예정이냐고 묻더니 일단 타란다. 어디쯤 가더니 자기가 갖고 있는 명단을 확인하고는 이름이 없다며 우릴 중간에 내려놓았다. 이런 황당할 데가. 왜 한국 사람들이 더 못살게 굴지? 나는 또 다시 해고당한 기분이었다.

이튿날, 누나가 미친 듯이 일해야 살 수 있다며 고무장갑을 건네주기에 챙겼다. 같은 시간에 Bottle shop으로 가서 예정대로 파 농장으로 갔다. 고무장갑을 끼고 파를 한 움큼씩 쥐어 박스 안에 담기 시작했다. 잘 몰라 옆 사람을 보며 따라했는데 생각보다 속도가 나지 않았다. 박스 당 6.80달러를 받는 일인데 겨우 세 박스 하고 일이 끝났다. 나는 4박스, 함

께 간 형은 1박스 제일 잘한 사람은 12박스였다. 그렇지만 일이 빨리 끝
나서, 눈치 안 보고 일할 수 있어 좋고 게다가 MP3로 영어를 들으며 할
수 있어 쿨하게 귀가했다. 집에 돌아와서 농장에서 챙겨온 농작물을 가지
고 식사를 했다. 나는 파를 다른 친구는 브로콜리를 또 다른 친구는 아보
카도를 가져와서 실컷 먹었다.

조셉(컨트렉터)이 직접 와서 일본인 두 명과 나에게 얘기하기를, 파
농장 가는 픽업차량이 만원이니 우리더런 브로콜리 농장에 가라고 했다.
뭐 이런 경우도 있나 신기했다. 조셉의 차를 타고 브로콜리 농장으로 향
했다. 농장 옆에 쉐드Shed(공장을 쉐드라 부름)가 있었다. 조셉이 최대한
쉬지 않고 부지런히 일해야 된다고 미리 겁을 준다. 쉐드 안에 들어가 보
니 정말 모두가 정신없이 일사분란하게 말 붙일 틈 없이 작업을 하고 있
었다.

   설명을 듣고 위생장갑을 착용한 후 작업에 임했다. 자주 지적을 받았다. 점심시간이 기다려졌다. 일을 많이 했다 싶었는데 점심시간이 아니라 smoke time이란다. 15분 가량 쉬고 다시 일을 시작했다. 속도가 조금이라도 줄어드는 게 보이면 직원이 여지없이 지적한다. 살아남기 위해선 정신없이 일해야 한다. 대화를 하고 싶은데 대화를 하면 속도가 조금이라도 느려지기 때문에 직원이 그걸 안 놓치고 포착해 쏘아댄다. 어느 정도 일을 손에 익히고 나서 미친 듯이 했더니 OZ(현지인) 여성분이 칭찬을 했다.

   친구들이 쉐드의 일이라 편한 일이라고 하는데, 난 필드 작업보다 힘들게 느껴졌다. 움직이지 않고 한 곳에 계속 서 있었던 적은, 군대 야외 전술훈련에서의 경계근무 이후 처음이다. 차라리 걸었다면 괜찮을 텐데. 무릎과 허리가 아파 죽겠다. 돈 버는 일은 힘들 거라고 막연히 생각만 했었는데 직접 부딪혀보니 죽을 맛이다.

   조금씩 호주 농장 워커로 자리 잡아 가는 느낌이 든다고 생각했는데 웬걸, 여지없이 태클이 들어온다. 브로콜리 한 묶음이 너무 무겁다, 너무

가볍다, 평평하지 않다 등. 속도 내서 잘하다가도 기분이 나빠 하기가 싫어진다. 일하면서 허리가 계속 아프다.

'다시는 이 공장에 안 와야지.'

주문을 걸 듯 이렇게 지껄인다. 그렇게라도 하지 않으면 당장 때려치우고 싶어서 견디기 힘들다. 돈 적게 벌더라도 파 농장 가야지 자꾸 이런 생각이 든다. 돈이 좋다고 하지만 이렇게 일해 돈 이외에 또 무엇을 얻을까? 경험적인 면은 도움이 되겠다는 생각이 들지만 그 외에는 생각이 안 난다. 젊을 때 몸을 혹사해가며 힘들게 돈을 만지면 당장은 좋겠지만 멀리 봤을 때, 자기 계발을 하며 나에게 투자한다면 지금보다 더 많은 이익이 돌아오지 않을까 싶다. 정리되는 문구가 떠오른다.

'20대는 투자하는 시기이지 거둬들이는 시기가 아니다.'

숙소에 돌아와 친구들과 이야기를 나눴다. 우리랑 똑같은 브로콜리 작업을 한 친구가 농담을 던졌다.

"우리가 일했던 지역이 개톤gatton인데, 여기가 왜 개톤인 줄 알아?"

"……?"

"여기 오면 개토해!"

다른 친구들도 모두 미친 듯이 일했다고 했다. 손목과 손가락에 파스를 붙이고 있었다. 몸이 상한 사람들이 많다. 브로콜리 작업장에서 만난 남자는 손목 인대가 늘어났다는데 병원에 가지도 않고 붕대로 대충 감아놨다. 어떤 누나는 상추농장에서 일을 하는데 다리에 멍이 장난 아니다. 손등, 팔, 얼굴이 탄 걸 보면서 돈 버는 게 힘들다는 걸 새삼 절감했다.

나는 다시 파 농장에서 일하고 있다. 벌써 여러 날 되었는데도 내 손은 굼뜨다. 어떻게 하면 파를 빨리 뽑을 수 있을까, 궁리를 해보았다. 파 껍질을 벗기는 시간을 단축시켜서 최대한 빨리 해야지 마음먹었다. 파를 뽑기 시작했다. 제일 잘하는 것도 안 바래, 남들만큼만이라도 했으면 좋겠어, 그러면서 열심히 파를 뽑았다. 파 체크하는 애한테 태클이 날아왔다. 그뒤 속도가 나질 않았다.

전날과 비슷한 속도로 일해 일곱 박스를 했다. 다른 사람보다 더 많이 하려고 한 개는 챙겨놓고 한 개를 더 가지고 왔다. 형은 여섯 개, 난 일곱 개. 오늘 제일 많이 한 사람이 열일곱 개다. 손이 없나 눈이 없나, 남 달릴 것 다 달려갖고 난 왜 남들 반도 못 쫓아가는 거지?

그렇게 나의 호주에서의 농장일이 끝났다. 이안이 '안녕하세요?' 라고 어설프게 한국말을 하며 들어와 노란색 봉투를 건네줬다. 임금Pay은 매주 목요일에 지급되었다. 봉투 안에는 그 동안 일한 돈이 있었다. 하루 10시간, 시간당 17달러에 Tax와 Pick up fee가 빠졌다. 이안의 가계부에 사인을 하고 집으로 돌아와 돈을 다시 한번 세어보고 지갑 속에 넣었다. 그리고 컨트렉터 조셉에게서도 일한 돈을 받았다. 두툼한 봉투에 든 돈을 보니 기분이 좋다. 외국에서 힘들게 일을 해서 받은 돈이라서 나에게 의미가 컸다. 이 돈을 값진 데에 쓰고 싶다.

세 번째 프로젝트,
캐나다 우프WWOOF

아침식사를 하는데, 창밖으로 눈이 수북이 쌓인 모습이 보였다. 10월인데 말이다. 준비를 하고 밖으로 나갔다. 에릭은 닭도 키우고 있어 그 일 또한 도왔다. 물통이와 모이를 들고 닭장 안으로 들어가 물을 갈아주고 모이를 채워주었다. 양한테 줄 건초를 그린하우스green house에서 꺼내 모이 칸에 채워주었다. 거울에는 풀이 없기 때문에 양한테 매일 건초를 주는 게 일이라 했다. 새 건초를 채워주고 양 우리에서 나왔다. 온실 안을 정리하고 집안 난로에 쓸 땔감을 찾아서 적당한 길이로 잘랐다. 톱질하다가 눈에 티끌이 들어갔다. 집안 화장실로 들어가 눈을 씻고 나오니 그새 에릭은 안약을 가져왔다. 참으로 배려 있는 친구다.

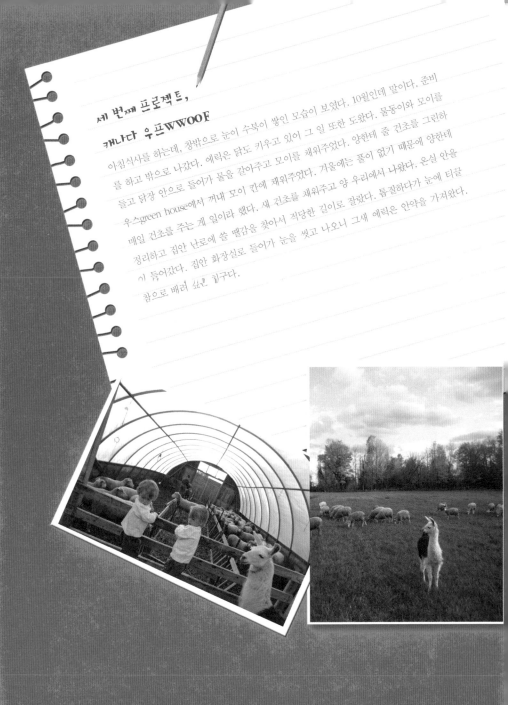

캐나다 우프WWOOF

워킹홀리데이는 우리나라와 연계되어 있는 몇 나라에서만 참
여가 가능하고 우프는 전 세계적으로 많은 나라에 있어 참여할 수 있다
는 차이점이 있다.

워킹홀리데이와 우프는 주로 농장에서 시간을 보낸다는 점이 비슷하
다. 그러나 워킹홀리데이는 워커들이 잘리지 않기 위해 미친 듯이 일을
하고, 우프는 일 중간중간에 얘기도 나누고 노래도 들어가며 일을 한다는
차이점이 있다. 젊은 날의 경험이 훗날에 어떤 식으로든 도움이 된다는
확고한 신념을 가져야 된다, 라고 애플apple의 창업자 스티브 잡스가 말
했듯이, 난 돈보다 경험을 중시 여긴다.

앞에서 밝혔다시피 우프의 일은, 외국인 가정이나 혹은 농장에 직접
들어가서 숙식을 함께 하다보니 일의 성격보다도 그 가족 구성원이 어떤
성향이냐가 더 신경 쓰였다. 우프를 하는 주인과 우퍼가 어떤 관계를 맺
느냐에 따라서 우퍼는 머슴이 될 수도 있고 가족이 될 수도 있다.

그림 같은 집에서

내가 찾아간 그 마을에는 모든 나무들이 단풍으로 물들어서 온 천지가
그대로 꽃 대궐 같았다. 인적은 드물고 들판엔 라마가 가을볕을 쪼이고
있고 흰 양들이 한가롭게 풀을 뜯고 있었다. 단풍 든 산야가 아름다워서
그런가, 내가 우퍼로 들어간 집은 지은 지 오래 되었는데도 낡았다기보다
는 어딘지 모르게 고풍스럽고 운치가 있어 보였다. 집을 감상할 겨를도
없이 집 주인 부부가 차 소리를 듣고 나왔다.

부인은 세라Sarah, 남편은 에릭Eric이며 부부에게는 네 살배기 쌍둥이
아들 Sammy와 Toby가 있었다. 세라는 이지적이고 상냥해보였으며 에릭
은 과묵하면서도 온정이 있어 보였다. 집이 주인을 닮았는지 주인이 집을

닮았는지 모르지만 하여간 그들은 이 집과 아주 훌륭한 조화를 이루었다.
나는 그들의 첫인상이 마음에 들었다. 문제는 네 살배기 쌍둥이들인데 내
가 그 애들과 잘 지낼 수 있을지 어떨지는 시간이 흘러봐야 알겠다.

　그리고 이 집에는 이미 캐나다 토론토 출신 우퍼가 한 명 와 있었다.
그는 현재 토론토 시내에 사는데 그곳을 벗어나 시골에서 정착하기 위해,
유기농법과 운영기술 등을 익히기 위해 우프에 지원했다고 했다. 나는 토
론토 우퍼와 함께 에릭을 따라 그의 영지를 돌아봤다. 상당히 넓은 초
지에는 펜스가 쳐져 있었는데 그 주위에는 전기를 통하게 해 놨다는 설
명을 들었다. 밤에 들개의 침입을 막기 위해서란다. 우린 힘을 합쳐 양을
몰아 우리에 넣는 일을 했다. 저녁 식사가 끝나자 세라는 다음 날 시장에
내다 팔 쿠키를 만들고 있었다. 가족이 네 명에다 우리 우퍼 둘까지 합치
면 식구만 해도 여섯 명에다 가축도 많은데 쿠키를 만들어 시장에 내다

팔다니, 세라의 생활 방식이 약간 이해되지 않았다.

　이튿날, 우리는 다 함께 매주 토요일마다 열린다는 장터로 이동하였다. 에릭이 집에서 실어온 과일과 쿠키를 좌판에 펼쳐 놓았다. 쿠키는 전날 세라가 직접 만든 거였다. 세라는 쿠키와 과일을 팔았고 토론토 우퍼와 나는 에릭을 따라 시내구경에 나섰다. 돌아다니다보니 배가 고파서 빵가게에 가서 빵을 골랐다. 그런데 내가 돈을 내려고 하니까 에릭이 말렸다.

　"공짜니까 맛있게 먹기나 하셔."

　어느 결에 벌써 에릭이 돈을 치른 거였다.

　아, 이 사람은 나를 가족으로 생각하는 구나 싶어서 마음이 따뜻해졌다.

　집에 돌아와 식사를 할 때 김치 이야기가 나와서 한국에는 김치 냉장고가 따로 있다고 했더니 모두들 신기해했다. 나는 세라와 함께 설거지를 했다. 아시아 사람들은 그릇을 씻고 난 뒤 그냥 그대로 마르도록 놔둔다고 했더니, 그릇이 차고 넘치지 않느냐고 반문했다. 가만히 생각해보니까

세라의 부엌엔 요리기구나 주방용품이 무척 다양하고 많았다. 인스턴트 소스를 사용하지 않고 직접 만들어 먹어서 그럴지도 모른다. 그 많은 걸 다 엎어놓는다면 공간이 부족할 테고 그러다보니 그때그때 마른행주질을 해서 보관하는 습관이 배었을 수도 있겠다 싶었다. 아무튼 늘 느끼는 거지만 외국은 우리와 설거지하는 방식이 좀 다르다. 우리는 세제를 사용한 후 흐르는 물에 헹구는데 외국인들은 대강 헹구고 건조시키는 일을 중요시한다.

설거지를 마친 뒤에도 우린 대화를 나눴다. 두 사람의 학력이 어떻게 되는지는 모르지만 정말 다방면에 대해 아는 게 많았다. 정치부터 시작해 경제, 사회, 스포츠, 종교, 과학, 국제, 문화 등 다양한 소재에 대해 막힘이 없었다. 나는 평소 가지고 있던 생각을 마음껏 표출할 수 있어서 숨통이 트이는 것 같았다. 왜냐하면 영어 표현이 이게 맞나 어쩌나 늘 머릴 쥐어쌌는데 그들은 내가 틀리는 부분을 제대로 교정해가며 이야기를 이끌어줘서 많은 도움을 받았다. 또한 내가 어색하거나 엉뚱한 표현을 하더라도 너그럽게 받아주었다.

우린 함께 티브이도 시청했다. 에릭과 세라는 RACE라는 프로그램을 즐겨보았다. 미국 프로그램이다. 호주, 뉴질랜드, 캐나다 등의 영어권 국가들은 모두 미국 방송을 즐겨 본다. 자국의 미디어가 미국의 미디어에 죽어간다는 느낌을 받았다. 영어권 국가들이 문화적으로 미국의 속국이 되고 있다는 느낌을 자주 받는다. 차를 타고 이동하면서 즐겨 듣는 노래도 미국 노래다. 이런 면에서 우리나라는 다행이라는 생각이 들었다. 아무튼 에릭 가족과 함께 생활하면서 내 영어의 말과 귀가 트이기 시작했으며 시간이 지남에 따라 실력이 일취월장했다. 우프 덕분이다. 영어 실력을 늘이기 위한 방편으론 우프가 최고다.

보통 미국에 가면 모두 영어를 쓰는 줄 안다. 하지만 현실은 그렇지 못하다. 주변에 영어 친구가 있어야 하는데 아무나 말동무가 되어주지 않는다. 미국 시트콤에 나오는 것처럼 같이 생활한다는 건 연고지가 없는 외국에서는 거의 불가능에 가깝다. 원어민과 서로의 목적이 달라 친구 사귀는 게 쉽지 않다. 같은 선상으로 바라보지 않는다. 유학을 떠나 현지 가정집에 숙박을 한다고 해도 그 관계는 돈을 주고받는 주인과 손님의 관계이기에 한국에서 상상하는 것처럼은 되지 않는다.

추수감사절이라서 세라의 친척들이 모였다. 평소에 쓰지 않던 고급 수저와 그릇들을 꺼냈고 식탁보도 새로 깔았다. 칠면조를 바비큐처럼 오븐에 구웠는데 크기 때문에 미리 여러 번 굽는 거라고 했다. 닭고기와 비슷한 냄새와 맛이 났다. 캐나다 가정집에서 추수감사절을 어떻게 보내고 있는지 제대로 경험해보는 계기가 되어 좋았다. 음식도 음식이지만 따뜻한 마음으로 서로를 배려하는 마음이 풍성한 그 분위기가 더없이 감사했다.

'나도 장가가면 이런 가정을 꾸며서 이들처럼 살고 싶다!'

식탁 앞에서 뜬금없이 이런 생각이 들었다. 이들은 정말 그림 같은 집에서 그림처럼 살고 있었다.

저녁 한때의 목장 풍경

토론토 친구가 떠나서 우프 참가자는 나 혼자 남았다. 더 가족적인 분위기가 되었다. 장화를 신으면 양말이 너무 더러워졌다. 그래서 샌들을 신으려고 하니까, 가시에 찔릴 수 있어 위험하다며 다른 걸 신으라고 옆에서 세라가 주의를 주었다. 신발장을 뒤져 보니 모두 큰 사이즈의 신발만 있었다. 장화를 골라 신었는데 헐렁하고 불편했다. 튼튼한 신발과 두꺼운 양말, 그리고 장갑 등을 챙겨 오면 편할 걸 그랬다.

장비들을 챙겨서 필드로 나갔다. 나무기둥을 설치하기 위해 주변 나뭇가지를 정리했다. 땅을 판 뒤 기둥을 심고 흙으로 덮었다. 기둥을 교차시켜서 기둥에 못을 박아 고정시켰다. 망치질을 했더니 팔과 어깨가 아프다. 가시도 찔리고 여기저기 작은 생채기가 났다. 그래도 마음은 편해서 일 중간에 영어로 질문을 했고 accretion, sprig, draw off 등을 제대로 익혔다. 이렇게 틈틈이 영어공부를 할 수 있어서 좋다.

에릭 가족과 함께 양 우리 쪽으로 가서 양들을 체크했다. 교배할 암컷을 분류했다. 양을 새싹이 많은 필드로 몰았다. 그리고 밭에 땅을 파서 1~3년짜리 사과 묘목을 심고 물을 줬다. 에릭에게 전에 참가한 우퍼들은 무슨 일을 했는지 물어봤다. 봄에는 날씨가 안 풀려 양들에게 먹이 주는 일을 계속했고 여름엔 나무심기와 잡초제거와 닭장 지붕을 만들었다고 했다. 여기에서의 우퍼는 밖에서 하는 일 외에 집안일은 하지 않아도 되었다. 하지만 난 가족이라 생각했기에 설거지를 비롯해 집안일을 도왔다.

에릭이 테이블에 앉아 노트에 무엇인가 정리하고 있었다. 양 다섯 마리가 교미해서 임신했다고 했다. 내가 돌본 순한 양이 임신했다니 뿌듯했다. 아기 양을 보고 싶다고 했더니 내년에 다시 오면 아기를 볼 수 있다고 했다. 양들을 보호하기 위해 펜스를 쳤다. 나뭇가지들을 제거하고 이용해 땅에 나무기둥을 박고 그물철사를 쳐서 울타리를 만들었다. 에릭

은 동물의 목소리를 내서 양을 몰았다. 하지만 나는 직접 쫓아다니며 양을 몰고 싶었다. 운동화로 갈아 신고 에릭과 함께 울타리 쪽으로 갔다. 울타리를 개방하고 양 무리의 뒤쪽으로 이동해 양을 몰았다. 양들이 생각대로 움직여주지 않는다. 방향을 잡지 못하고 무리가 둘로 나뉜다. 양 몰이 개 역할을 아무나 할 수 있는 게 아니었다. 결국 에릭에게 도움을 요청했다. 에릭이 노련한 동물의 목소리로 양을 이동시켰고 난 그 뒤를 따라갔다.

일이 끝나고 석양이 질 무렵이면 나는 언제나 양을 몰았다. 그 시간이면 어디선가 아련히 노랫소리가 들려오는 듯 했다. '끝없는 벌판 멀리 지평선에 노을이 물들어오면 외로운 저 목동의 가슴속엔 아련한 그리움 솟네. 뭉게구름 저편 산 너머론 기러기 떼 나르고 양떼를 몰고 오는 언덕길

에…….' 옛날 먼 옛날에 이웃집 아저씨가 해질녘이면 자주 불렀던 노래
다. 정말 나는 동화에 나오는 양치기 소년이 된 기분이었고 이상하게 해
질녘이면 가끔 고향생각이 나곤 했다.

　금요일마다 과일을 땄다. 먼저 바구니를 씻고 사탕무beet를 뽑았다. 뽑
은 무를 물로 헹구고 나서 한 움큼씩 모아 고무줄로 묶어 박스에 담았다.
적당량을 뽑아 상태 좋은 건 그때그때 마켓에 내다 팔고 남은 건 집에서
먹는다. 빨간 상추도 따서 묶음을 만들어 박스에 담았다. 포크로 감자 밭
을 들춰내며 감자를 주웠다. 여기 감자는 한국 감자와 다르게 작다. 캔
감자를 물로 씻은 뒤에 상태가 좋은 건 박스에 담았다. 그 다음은 당근.
감자 작업을 했던 것처럼 땅을 포크로 뒤집어엎은 뒤 손으로 줍는다. 당
근도 감자처럼 생각보다 작다. 물에 세척하여 품질이 좋은 상품은 박스에

담아 마트로 내보내고, 못 생기거나 적당히 작은 건 꼭지를 떼어 집에서 먹고, 상태가 나쁜 건 양한테 준다. 이 밭에서 거둔 모든 농작물 중에 제일 좋은 건 박스에 담아 마켓으로 내가고 중간 것은 집에서 먹고 나머지는 동물들 차지였다. 이것이 하늘의 뜻을 거스르지 않고 순리대로 사는 순박한 삶이구나 싶었다.

비록 농작물 중에 중간 품으로 요릴 하지만 세라의 저녁 식탁은 언제나 따뜻하고 풍성했다. 밀가루 반죽을 얇게 만들어 안에 터키 고기를 넣고 오븐에 구운 요리가 특히 맛있다. 돼지고기 덩어리를 오븐에 구워서 썰어먹는 요리도 자주 했다. 핏기가 남아있어서 위험하지 않을까, 소금 꺼림칙해 하면서도, 애들도 먹는데 설마 별일 있겠나 싶어 그냥 먹었다. 식사를 하다보면 내가 이 집에서 제일 많이 먹는다. 가족들과 화기애애하게 차를 마시고 나면 해는 완전히 꼴까닥 서산마루로 넘어가버리고 양들도 잠잘 채비를 한다.

세라네처럼 살고 싶어

세라가 핫초콜릿을 만들어 가져왔다. 언젠가 이야기 끝에 내가 핫초콜릿을 좋아한단 말을 했었는데 그걸 귀담아 들은 모양이었다. 세라의 핫초콜릿은 너무나 달콤했다. 세라는 내가 일하러 나간 사이 빨래를 해놓았다. 엄마처럼 내 빨래를 해주다니, 과분하다. 그녀는 가끔 음악 듣고 싶냐고 묻고는 컴퓨터에 자기가 가지고 있는 음악을 들려줬다. 내가 말하지 않아도 미리 짐작하고 배려하고 챙겨주고 게다가 다정하게 이야기를 해준다. 나는 친구들에게 쓴 메일도 세라에게 교정을 받았다. 일단 내가 작성한 뒤 그녀가 교정해주는 식으로 했다. 어법에는 거의 맞지만 어감이 이상한 점이 몇 군데 있다고 교정해주었다.

한번은 이런 일도 있었다. 쌍둥이 꼬맹이들이 동물장난감을 가지고 놀고 있었다. 이것쯤이야 싶어서 나는 동물들 이름을 물었고 그 애들은 잘도 대답했다. 그런데 갑자기 기린이 영어로 뭔지 까먹어서 물었더니 네 살짜리 꼬맹이들이 'giraffe' 라고 말하는 것이 아닌가. 아이구 선생님! 나는 그런 생각이 들었다. 꼬맹이들을 보면 신기하다. 어떻게 그렇게 영어를 빠르게 습득하는지. 얘네들은 쉬지 않고 입으로 종알종알거린다. 언어의 비결은 듣고 따라하는 게 가장 빠른 지름길인 것 같다. 또 있다. 식사 중에 세라가 'soy sauce' 가 한국에도 있냐고 물었다. 난 뭔지 몰라서 영어사전을 찾아보니 간장이었다. 기본적인 것부터 알아두어야겠다고 마음먹었다.

비가 오는 날엔 온 가족이 집안에 모여 이야기도 하고 군것질도 했다. 우린 함께 영화를 보기로 했다. 제목은 〈아이언 맨Iron man〉. 세라는 팝콘을 만들어 내왔다. 버터도 바르고 구운 소금도 뿌리고 영화관에서 먹는 거랑 똑같이 만들었다. 집안의 불을 모두 끄고 소파에 앉아 영화를 봤다. 난 정말 한 가족이 된 기분이었다. 한글 자막 없이 봤고 중간중간에 설명을 해주었지만 이해 안 가는 부분이 있었다. 영화가 끝나고 세라가 영화를 다시 틀어 그 장면들을 보여주면서 등장인물의 관계 등을 설명해주었다. 영화를 리뷰해주면서 질문하고 세라는 친절히 설명해주었다. 뒤늦게 내용을 파악했지만 재밌었다.

에릭이 여행사진과 일기장들을 가져왔다. 물론 영어로 기록되어 있었다. 그도 대학교 때 혼자 멕시코, 과테말라, 쿠바를 여행했단다. 일기를 보니 1991년이다. 그때는 필름 카메라여서 사진이 그리 많지가 않다. 다이어리에 엽서 등을 붙여 놨다. 에릭에게, 내가 한국 돌아가면 나의 여행에 대해 정리해서 책을 펴내겠다고 말했다. 그리고 유명해져서 여기 다시 오겠다고. 그는 나를 대견하게 쳐다봤다. 또 한 사람의 응원군이 생겼다는 것에 나는 마음이 따뜻해졌다. 나는 정말 유명해질 수 있을까?

하버드 대학교를 방문했을 때 한 회사에서 학생들에게 경품을 나눠줬다. 나도 받았다. 그러다 하버드 학생이 내가 받은 그 상품을 어디서 받았는지 물었다. 영어가 짧아 "Over there. 저기."라고 대답했다. 그들은 아마 나를 하버드 학생으로 바라보았을 것이다. 그 순간 나는 생각했다. 영어도 제대로 못하는데 내가 무슨 하버드생? 나도 내가 이해가 안 간다. 무슨 수로 그 많은 인재들을 제치고 세계 무대 중심에 서겠다는 것인가. 내가 정녕 뜬구름을 잡으려고 하고 있는 건가. 유명해지는 건 더 가봐야 알겠고 책을 내겠다는 목표만큼은 달성할 수 있을 것 같다. 지금까지 써온 일기만 해도 이미 책 한 권 분량을 넘었으니까. 만일 책이 나온다면 나를 다정하게 대해줬던 세라에게 잊지 않고 한 권 부쳐줄 것이다.

꼬맹이들이 나에게 제 친구 이름 부르듯 LEO(저자 영어 이름)라고 했다. 처음엔 어색하고 적응이 안 되었다. 나도 해외에 나와서 서양의 방식처럼 나이 많은 할머니나 할아버지한테 그냥 이름을 불렀다. 그렇듯이 이

건 이들의 문화일 것이라고 생각하니 익숙해졌다. 그런데 익숙해지지 않
는 게 있었다. 이 꼬맹이들에겐 옷을 벗어버리는 습관이 있다. 이 애들은
에릭과 내가 밖에 나가는 것만 봤다 하면 따라나섰다. 세라는 춥다고 티
셔츠와 점퍼 등을 꼼꼼하게 입힌다. 녀석들은 몸을 맡긴 채 입혀주는 대
로 가만히 있는다. 그러나 밖에 나가기가 무섭게 누가 더 빨리 벗어던지
나 내기라도 하듯 훌훌 벗어던진다. 한곳에다 얌전히 벗어서 쌓아놓는 게
아니라 돌아다니면서 여기 저기 벗어놓는다. 추워서 입술이 새파래지고
콧물을 훌쩍거리면서도 옷을 벗어버린다. 에릭과 나는 보는 족족 주워서
다시 입혀주며 감기 걸린다고 그러지 말라고 주의를 주지만 소용없다. 나
중에는 녀석들의 옷만 보면 주워드는 통에 어쩔 땐 빨려고 내놓은 옷을
들고 아이들을 찾아 나선 경우도 있었다.

　녀석들은 자주 울었다. 어떨 땐 식전부터 울고불고 난리를 쳐서 온 집

안을 뒤집어엎기도 했다. 정말 이럴 땐 매가 최고인데 세라 부부는 매를 들지 않는다. 벌을 주는 게 고작 사랑의 의자다. 의자에 앉히고 다른 곳으로 못 가게 하는 것. 보다 못한 나는 손드는 행동과 '엎드려뻗쳐'를 시범으로 보여주었지만 세라는 녀석들에게 그 벌칙을 써 먹지 않았다. 어느 날은 저녁식사 할 때 울기 시작하여 밤까지 운 일도 있었다. 에릭과 세라는 위층에 올라가 책을 읽어주려 했지만 아이들은 집중하지 않았다. 그런데도 신경질을 내지 않고 부부는 아이들을 업고 오래도록 서성거렸다. 그들을 보며 나도 결혼을 하고 싶다는 생각이 들었다.

일할 준비를 마치고 나갔는데 밖엔 찬바람이 몹시 불고 빗방울까지 떨어졌다. 에릭이 들어가 우비를 입고 오라 했다. 집안으로 들어갔더니 세라가 깨끗한 우비와 모자까지 챙겨줬다. 부츠가 커서 헐떡거렸다. 그러자 이번엔 두꺼운 솜양말을 가져왔다. 부츠가 헐떡거리지도 않을 뿐더러 따뜻했다. 온실 주변에 난 풀들을 제거하고 나서 비닐을 치는데 맨손으로 하자니 손이 얼어버릴 것 같았다. 에릭이 장갑을 끼고 있기에 더 있냐고 물었다. 그는 자기는 괜찮다고 하면서 장갑을 벗어 주었다. 그러고 보니

그가 입고 있는 우비는 거의 다 헤진 것이다. 부츠 또한 내가 신고 있는 것보다 상태가 좋지 않았다. 어떻게 이 고마움을 전해야 할지…….

가을에 비축해 둔 건초를 썰어 양들에게 주고 그 다음 온실 천막을 철 사를 이용해 고정해서 덮었다. 일하는 도중에 눈이 내렸다. 첫눈이란다. 10월말에 눈이라니, 신기했다. 철사로 천막을 고정하고 나서 집안으로 들 어와 부츠와 장갑 등을 난로 앞에 널어놓고 우비는 현관에 걸어두었다. 세라가 내가 아침에 신었던 두꺼운 솜양말에 대해 물었다. 그녀가 준 양 말이 좋다고 말했더니 직접 뜨개질해서 주겠다고 했다. 나를 이렇게까지 생각해주다니! 나도 세라에게 무언가 해주고 싶었다. 궁리 끝에 한국 음 식을 만들어서 대접해주는 게 좋을 것 같아 재료를 사러 가자고 말했다. 세라와 내가 마트 갈 준비를 하는데 꼬맹이들이 또 운다. 진짜 말도 안 되게 떼를 쓴다. 때때로 꼬맹이들이 왜 우는지 이유를 모를 때가 있다.

그냥 뭔가 불만이 생기면 운다. 한 명이 울면 옆에서 따라 운다. 쌍둥이 키우는 건 장난 아니다.

　우는 꼬맹이들을 차에 태우고 마트에 갔다. 고추장과 무, 그리고 고춧가루를 샀다. 제육볶음이랑 깍두기를 만들기 위해서다. 김치를 담그고 싶었으나 자신이 없어서 깍두기로 바꿨다. 집에 와서 제육볶음에 무엇을 넣어야 할지 생각이 안 나서 방에 들어가 한국 떠나기 전 엄마, 누나가 메모해준 재료들을 보고 내려왔다. 혼자서 고기를 썰고 피망과 버섯, 마늘, 생강, 양파, 그리고 간장, 설탕 등을 볼에 다 담아서 고추장을 넣고 조물락조물락 묻혀서 재워두었다. 이번엔 깍두기. 무를 주사위만하게 썰어서 소금을 뿌려두었다가 고춧가루 양념에 버무렸다. 세라에게 깍두기는 피클과 비슷한 음식이라고 설명해 주었다. 고추장에 재워둔 돼지고기를 프라이팬에 넣고 볶았다. 국물이 생각보다 많이 나왔다. 식구들이 식탁에

둘러앉았다. 나는 사진 찍을 준비를 했다. 웬걸, 애들이 밥은 안 먹고 떠들어대고 돌아다닌다. 세라가 화를 내도 꼬맹이들은 웃는다. 이때 밖에 나갔던 에릭이 들어오니까 애들이 이번엔 달려가서 책 읽어 달라고 떼를 쓴다. 밥 먹고 난 뒤 읽어주겠다고 하는데도 막무가내다. 에릭을 아예 의자에 못 앉게 막는다. 에릭과 세라의 등골이 휘겠다. 아, 정말. 매가 최고라고 느낀다.

결국 아이를 무릎에 앉히고 에릭이 밥을 먹는다. 애들이 깍두기를 먹을 때 걱정됐다. 별로 매워하지 않고 그냥저냥 씹어 먹었다. 맛있다는 표정은 아니다. 사실 나도 깍두기가 맛있는 음식이라고는 생각하지 않는다. 평소처럼 모여서 음식 먹는 모습을 찍으려고 했는데 영 분위기가 아니다. 그래도 한국 음식을 만든 날인데, 기념으로 사진을 찍었다. 배부르게 먹었다. 암튼 여행 떠나기 전에 엄마에게 배운 깍두기. 여기서 요리를 해

보다니 배워두길 잘했다. 여행하면서 느낀 것 중 하나, 지난날에 배운 것
들은 언젠가 꼭 한번 써먹게 된다.

에릭은 내가 구사하는 영어보다 더 스페인어를 잘한다. 그에게 영어뿐
만 아니라 스페인어도 지도를 받았다. 난 정말 훌륭한 호스트를 만났다.
세라가 거실에서 내 양말을 뜨고 있다. 그 옆에서 난 친구들에게 편지를
썼다. 세라가 교정해주었다. 이렇게 글을 쓰고 교정을 받다 보면 내가 어
디가 틀렸는지 알 수 있어 영어작문에 많은 도움이 된다. 이런 시간들이
좋아 여기에 좀 더 오래 머무르며 영어공부를 하고 싶다. 하지만 나는 다
음 일정이 있다.

아침식사를 하는데, 창밖으로 눈이 수북이 쌓인 모습이 보였다. 10월
인데 말이다. 준비를 하고 밖으로 나갔다. 에릭은 닭도 키우고 있어 그
일 또한 도왔다. 물동이와 모이를 들고 닭장 안으로 들어가 물을 갈아주

고 모이를 채워주었다. 양한테 줄 건초를 그린하우스green house에서 꺼내 모이 칸에 채워주었다. 겨울에는 풀이 없기 때문에 양한테 매일 건초를 주는 게 일이라 했다. 새 건초를 채워주고 양 우리에서 나왔다. 온실 안을 정리하고 집안 난로에 쓸 땔감을 찾아서 적당한 길이로 잘랐다. 톱질하다가 눈에 티끌이 들어갔다. 집안 화장실로 들어가 눈을 씻고 나오니 그새 에릭은 안약을 가져왔다. 참으로 배려 깊은 친구다.

그는 무엇보다도 가족에게 다정한 가장이다. 에릭이 부르는 소리에 1층으로 내려가니 커다란 호박이 부엌에 있었다. 할로윈 데이 준비를 하는 모양이었다. 세라가 종이와 크레파스를 가져와 일단 스케치한 뒤에 조각할 거라며 어떤 모양을 새길 것인지에 대하여 설명해주었다. 나는 무엇을 할까 고민하다가 '사랑에 빠진 몬스터'를 만들기로 했다. 눈은 하트 모양을 만들고 코와 입은 몬스터처럼 했다. 아이들도 호박을 디자인했고 에릭과 세라가 새겨줬다. 완성된 호박귀신을 보니 뿌듯했다. 그 바쁜 와중에도 할로윈 데이를 챙기는 모습이 무척 인상 깊었다.

이 가족은 행복을 만들어가며 산다는 느낌을 받았다. 나도 결혼하면 이 부부처럼 살 수 있을까? 그런 생각을 해보게 된다. 이들은 나에게 결혼에 대한 롤모델 역할을 해준 첫 번째 부부가 될 것이다.

떠날 준비를 하다

점심식사 중에 에릭이 세계지도를 펼쳐놓더니 내가 사는 곳을 표시해 달라고 했다. 그 지도책에는 에릭의 집에 머물렀던 지난 우퍼들의 출신 지역이 표시되어 있었다. 나도 우리나라를 표시했다. 그런데 어찌된 영문인지 그 지도에는 동해East of sea가 일본해Sea of Japan로 표기되어 있었다. 그리고 독도는 한국과 일본 공동 땅으로, 독도와 다케시마로 같이 적혀 있었다. 세라 부부에게 독도는 우리 땅이라고, 일본해가 아니라 동해라고, 그리고 만주지방에는 한국 사람들이 많이 살고 있는데 그 이유는 만주가 한국 땅이었기 때문이라고 설명해주었다.

세라가 말하기를 인접해 있는 국가들끼리는 영토 문제가 생긴다고 했다. 캐나다 또한 북쪽 지방(북극)이 캐나다 땅인데 지구가 점차 더워짐에 따라 북쪽의 극지방이 녹아 다른 지역으로 이동할 때 다른 국가들이 캐나다 북쪽 땅을 지나가려고 한다고 했다. 아무리 이렇게 독도는 우리 땅이라고 주장해봤자 강국이 되지 않는 한 힘들 거라는 생각이 든다. 어느 초인이 말했던 것처럼 첫째도 국력, 둘째도 국력, 셋째도 국력이다.

세라가 식료품점에 간다며 나에게 저녁에 어떤 음식을 먹고 싶냐고 물었다. 난 아무 음식이라도 괜찮다고 말했다. 그래도 가장 먹고 싶은 음식을 말해달라고 해서 쌀로 만든 음식이라고 했다. 한국이 아니라 재료 구하는 게 쉽지 않았다. 저녁 메뉴는 김밥으로 결정했다. 노란 피망에 당근, 오이, 아보카도, 여기에 마요네즈도 섞었다. 밥은 참기름에 소금으로 간을 하려고 했는데 참기름이 없다고 해서 식초와 소금 그리고 설탕을 넣어 섞었다. 그렇게 김밥은 내 손에 의해 만들어졌다. 세라는 우퍼가 떠나는 마지막 날엔 항상 우퍼가 먹고 싶어 하는 음식을 만들어줬다고 했다. 전에 참가자들은 하나같이 피자가 먹고 싶다고 해서 마지막 날 피자를 먹었단다.

식탁에 김밥과 깍두기, 그리고 연어가 올라왔다. 태어나서 처음으로 연어를 먹어봤다. 방으로 올라와, 그동안 나에게 해준 고마운 일들을 하나씩 적어서 복주머니에 넣었다. 내가 물건 정리를 하고 있는데 세라가 오더니 자기가 그동안 손수 뜬 양말을 주었다. 여행에서 가장 잊지 못할 선물을 하나 꼽으라면 그녀가 준 이 손뜨개 양말이다. 아마 평생 잊지 못할 선물이 될 것 같다. 오직 나를 위해 정성을 쏟아 만든 이 귀한 선물을.

오타와 시내로 향하면서 차안에서, 준비해둔 복주머니를 주었다. 복주머니 뒤쪽에 글을 썼는데 읽기 어려울 것 같아 내가 직접 낭독했다.

To Eric, Sarah, Sammy and Toby.

I enjoyed learning with you guys.

I'm sure I can always look back and think, 'it was a wonderful time in my life.'

I'll never forget Eric, Sarah, Sammy and Toby.

Thank you for giving me hot chocolate.

Thank you for taking into consideration my broken English.

Thank you for having Korean food with me.

Thank you for having turkey with me.

Thank you for teaching me English.

Thank you for lending me a hat.

Thank you for teaching me Spanish.

Thank you for lending me socks.

Thank you for discussing politics, society, the economy, everything with me.

Thank you for explaining to me the functions of my camera.

Thank you for taking me to the library.

I am very grateful, and I won't forget the hospitality I received from all of you.

I hope you all will be happy.

Don't forget to smile and remember me.

I hope we will keep in touch.

Thanks again for everything.

Best wishes,

Leo

시내에 도착하여 우린 서로 포옹한 뒤 아쉬운 이별을 했다.

"I will be back."

난 진심으로 이렇게 말했다.

"We will always be waiting for you, here, until you come back."

"We look forward to seeing you again."

이렇게 말하는 세라의 목소리에 물기가 배어 있었다. 쌍둥이 녀석들은 멋도 모르고 제 엄마가 시키는 대로 손을 흔들었다. 그땐 몰랐는데 쌍둥 이 애들이 지금도 눈에 밟힌다.

네 번째 프로젝트,
멕시코 거북이 알 봉사활동

햇빛이 뜨거워지는 오후가 되어 친구들과 해변에 놀러 나갔다. 파도타기, 잠수타기, 보트
타기, 수중 축구 등을 하다가, 심심하면 코코넛을 따먹기도 했다. 저녁에는 알 낳고 있는
거북이를 기다리며 누워 밤하늘의 별자리를 맞추기도 했다. 여기서는 고민과 걱정을 하
고 싶어도 할 게 없다. 문득 '나는 왜 한국에서 주5일 동안 삶의 여유도 없이 피 튀겨 가
며 살았을까' 하는 생각이 들었다.

우리가 자는 곳은 나무판을 이어 만든 나무침대라 매우 딱딱했다. 다른 친구들은 잠자리
가 불편했는지 용감하게 침낭을 들고 바닷가 모래밭으로 향했다. 나 또한 견디질 못해
침낭을 들고 해변에 누웠다. 밤하늘에 무수히 박혀 있는 별과 별똥별을 보며 '반짝반짝
작은 별' 노래를 부르고 파도소리를 들으며 아무 걱정 없이 잠드는 밤은 황홀했다. 세상
에 이보다 더 낭만적일 수 있을까?

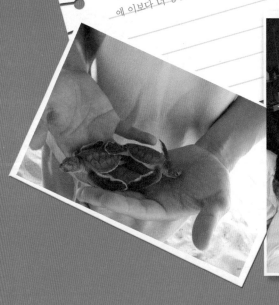

멕시코 거북이 알 봉사활동

색다른 봉사활동을 하고 싶어서 워크캠프 목록을 찾다가 '바다거북이Sea Marine Turtles'를 보게 되었다. 그걸 보는 순간 짜릿했다. 세상에, 이런 봉사프로그램도 있단 말이야! 난 일순간의 망설임도 없이 신청했다.

나를 마중 나온 두 전령사

비행기에서 내려 일단 지하철을 탔다. 워크 캠프가 있는 콜로라Colola

까지 택시를 타고 단번에 갈 수 있다면 편리하겠지만 그곳은 너무 멀어서 그럴만한 조건이 되지 않았다. 콜로라는 멕시코 중서부에 위치한 태평양을 맞대고 있는 작은 해안가 마을이다.

멕시코의 지하철은 그다지 붐비지는 않았다. 그런데 그 안에서는 이해할 수 없는 광경이 펼쳐졌다. 한 남자가 커다란 유리판을 바닥에 펼쳐놓더니 지하철 손잡이를 잡고 점프해서 그 유리 조각 위를 뒹굴었다. 차력인가? 쇼가 끝나고 돈을 받으려는 모양이지? 이렇게 짐작하면서 구경을 하고 있는데 어럽쇼, 남자는 그냥 사라진다. 비유가 적절할지는 모르겠는데 닭 좇던 개 지붕 쳐다보는 식으로 난 멍하게 그 남자가 사라진 문을 응시하고 있었다. 그 남자는 왜 그런 위험한 퍼포먼스를 하는 걸까, 아무 이익도 없이. 또한 철도관청이나 사무실에서는 왜 제재를 하지 않는 걸까, 승객이 다칠 수도 있는데. 멕시코는 내게 그런 의문으로 처음 다가왔다.

멕시코는 나름 독특한 분위기를 갖고 있는 나라였다. 지하철의 시스템도 지금까지 이용한 다른 여느 나라의 것과 차이가 있었다. 이곳은 안내방송이 전혀 나오지 않았다. 지하철역은 그림으로 표시되어 있고 지하철 출구 번호 표시가 없다. 블루라인 기차를 제외한 다른 라인 기차들은 다른 칸으로 이동할 수 없어서 잡상인이 한 코스마다 바뀌었다. 그래서 볼거리가 다양하고 흥미로웠다. 사탕, 연필, 손전등, 건전지, 노래 시디 등등 정말 다양한 물건들을 팔고 다양한 음악 등을 직접 연주했다. 역내에는 경찰들이 발판 위에 서서 지키고 있었지만 이들을 제재하지는 않았다. 이쯤 되면 잡상인 때문에 성가실 법도 한데 전혀 그렇지 않았다. 그들은 나름 손님을 끌려고 재미나게 장사를 하고 있고 승객들은 구경거리에 정신이 팔려 지루하지 않게 앉아 있었다.

게다가 멕시코 지하철 요금은 엄청나게 싸다. 기본요금은 200원이 채 되지 않았고 멕시코시티 곳곳에 역이 있어 지하철을 이용하여 어디든 갈 수 있다. 나는 초행길이지만 이런 분위기에 젖어 불편하지 않게 지하철을 이용하며 시외버스터미널에 도착했다. 멕시코시티에서 버스를 타고 13시간을 달린 뒤, 또 다시 두 번이나 버스를 갈아탔다. 버스를 타고 밤새 달리다가 어느 순간 눈을 떠보니 해가 밝아오고 있었다. 왼쪽 창으로는 정글이, 오른쪽 창으로는 드넓은 해변이 펼쳐져 있었다. 아, 이게 정녕 멕시코인가보다! 그런 감동이 밀려왔다. 그만큼 멕시코의 해변 풍경은 특별한 데가 있었다.

버스에서 내리니 상큼한 바다 냄새, 그리고 습습하고도 뜨거운 열기가 온몸을 감싸 안았다. 유리창으로 이미 한번 선을 보긴 했지만 정글숲을 배경으로 두고 광활하게 펼쳐져 있는 해안을 보자 내 시야가 확 트였다. 머나먼 여정을 친구 한 명 없이 버스에 갇혀 있던 내 몸이 자유를 만끽하려들었다.

"아, 좋다!"

기지개를 켜면서 이렇게 감탄사를 내뱉던 난 깜짝 놀랐다. 내 발등 위로 기분 나쁜 이물감이 느껴졌기 때문이었다. 벌을 서듯 두 팔을 허공에 둔 채 눈을 내리 깔고 확인해보니, 허걱……! 전갈이닷! 놈은 이미 내 발등을 애무하고는 유유히 사라지고 있었다.

숙소에 들어와 짐을 푸는데 나무침대 위로 뭔가 지나가는 듯해서 유심히 살펴보니 도마뱀이란 놈이었다. 놈은 어느 결에 내 가방 위를 스르륵 지나 밖으로 달아났다.

"전갈이 숙소에도 출몰하나요?"

나는 옆에 있던 현지인에게 좀 과장되게 물어보았다.

"지금까지 물린 사람 없으니 걱정 마."

그래도 난 좀 걱정되었다. 확률로 따질 때 희박하다고 해도 당하는 사람에겐 백 프로이지 않겠는가. 3주 동안 이곳에서 잘 적응할 수 있을까, 걱정이 앞섰다. 거북이는 예로부터 십장생 중 하나로 꼽을 만큼 신령스런 동물로 여겨왔다. 신기하고도 재미있는 체험을 기대했던 내게 전갈과 도마뱀과의 조우는 뭔가 생각하게 만들었다. 경거망동하지 말고 삼가라는 일종의 경고나 금기 같은 메시지를 전달받았다. 전갈과 도마뱀은 멕시코를 관장하는 대지의 신이 내게 전령으로 보낸 것 같았다.

바다거북이와 영신군가迎神君歌의 상관관계

이번 캠프에는 총 9명의 친구들이 참가했다. 프랑스, 한국, 독일, 미국, 멕시코. 현지 사람들과 봉사자들이 함께 일한다. 하지만 매달 봉사자들이 바뀌기 때문에 현지인들이 주가 되어 일을 하고 우리들은 옆에서 돕는 것이다. 아기 거북이들은 현재 개체수가 급격히 감소하고 있다고 했다.

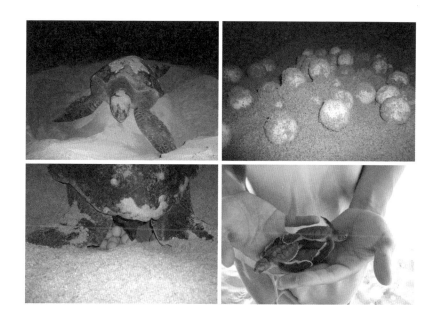

거북이 알이 정력에 좋다는 소문이 퍼져 알을 훔쳐간다고 했다. 우리의
일은 거북이의 개체수를 늘리는 데 목적이 있다. 그러기 위해 최대한 많
은 거북이 알을 찾아내고 최대한 많은 아기 거북이를 바다로 돌려보내는
것이다. 넓은 해변에는 많은 거북이들이 올라와서 여기저기에 알을 낳아
놓는다. 그러니까 그곳이 우리의 일터가 되는 것이다.

　　일은 크게 세 가지로 나눌 수 있다.

　　첫째, 해변에 올라온 거북이 크기와 상태를 체크하여 기록하는 것.

　　둘째, 거북이 알을 수거해서 안전한 곳에 묻어 주는 것.

　　셋째, 부화한 아기 거북이를 바다에 놓아주는 것.

　　바다거북이는 뜨거운 햇살을 피해 밤에 해변으로 와서 알을 낳는다.
따라서 밤 9~10시부터 새벽 2~3시까지가 우리의 활동 시간이다. 나는
현지인 한 명, 봉사자 두 명과 한 팀이 되어 움직였다. 우리 조가 처음 맡

은 임무는 부화한 아기 거북이를 바다에 방사하는 일이었다. 우리는 아기 거북이들이 모래에서 나오기를 기다렸다. 얼마 후 모래를 비집고 아기 거북이들이 쑹쑹 나왔다. 깨물어주고 싶을 만큼 귀여웠다. 어렸을 때 학교 앞에서 팔던 노란 병아리가 생각났다. 요놈들을 숙소에 가져가서 길러볼까, 그런 생각도 들었다. 그러나 객지에서 무슨 취미생활을 한다고, 나는 고갤 털어버리고 임무 모드에 돌입했다.

부화된 거북이 수를 기록하고 통에 담아 바다에 방사했다. 하루에 약 300마리 정도의 아기 거북이를 모아 바다에 풀어주었다. 현지 친구들은 나무막대기를 가지고 어미 거북이가 지나간 흔적을 보고 꾹꾹 찔러 알을 찾았다. 운이 좋을 땐 알을 낳고 있는 거북이와 마주쳐서 그 자리에서 바로 수거하기도 했다. 낳은 알들을 거북이 부화장으로 가져갔다. 그곳에서는 거북이 알을 받아 작은 구덩이를 파서 모래에 묻었다. 그리고 알을 낳은 장소에는 막대기를 꽂아 거북이 종류와 날짜를 적었다. 둘째 날에도 거북이가 알을 낳은 곳에 푯말을 꽂고 기록지에 거북이 사이즈와 낳은 위치 등을 기록하는 일을 했다. 생명을 중히 여기며 하고 있는 일련의 일들이 약간 제의적인 느낌마저 들었다. 모래사장에 발자국을 내며 막대를 갖고 여기저기 쿡쿡 찌르다 보니 동심으로 돌아가 장난기가 발동을 했다. 막대기를 가지고 모래를 쑤시며 우리의 고전시가인 〈구지가〉를 음송했다.

거북아 거북아

머리를 내놓아라.

만약 머리를 내놓지 않으면

구워 먹으리라.

친구들이 웃으며 또 해보라고 했다. 나는 신이 나서 이번엔 원문으로 음송했다.

구하구하龜何龜何

수기현야首其現也

약불현야若不現也

번작이끽야燔灼而喫也

친구들이 무슨 내용이냐고 물었다. 고대 가락국에 아직 임금이 없어서 아홉 명의 추장이 백성들을 다스렸다. 그런데 어느 해 김해 구지봉龜旨峰에서 신의 계시가 들렸다. 추장들은 모든 백성들을 구지봉에 모아 놓고 신의 계시대로 흙을 파헤치며, "거북아, 거북아, 머리를 내놓아라. 만약에 내놓지 않으면 구워 먹으리."라는 노래를 합창시켰더니 이윽고 하늘에서 6개의 황금알이 내려와 모두 귀공자로 변하였는데 그중 제일 큰 알에서 나온 사람이 수로왕이었다. 그래서 이 노래를 이름하여 영신군가迎神君歌라고 한다, 라고 설명해 주었다.

거의 매일 밤 거북이를 보러 관광객이 찾아왔다. 해변을 걷던 현지 친구가 바다거북이가 알을 낳은 곳을 살피다가 갑자기 멈춰 섰다. 방금 누군가 모래를 파서 알을 훔쳐갔다고 했다. 우리가 왜 거북이 알 봉사활동 일을 해야 하는지 알게 됐다. 아침 일찍 일어나서 해변가를 거닐었다. 허걱! 만화 〈드래곤볼〉에서 나올법한 1m가 넘는 큰 바다거북이를 직접 마주하고 있으니 입이 다물어지지 않았다. 알을 막 낳고 돌아가는 엄마 바다거북이들도 보았다. 막 부화한 아기 바다거북이들이 바다로 힘차게 나아간다. 모래사장이 엄마 바다거북이들과 아기 바다거북이들 흔적으로 가득했다. 그 광경이 매우 경이로웠다.

어떻게 노는 게 잘 노는 걸까

숙소는 해변에 야자수잎과 나무로 만들어진 움막이었는데 수세식 화

장실엔 문이 없었다. 누가 오면 내 존재를 알리기 위해 소리쳐야 했다. 샤워시설은 없고 야외 공간에 수조 하나뿐. 이건 마치 일 년 전 군대 야외전술훈련으로 돌아간 느낌이 들었다. 마을에는 공중전화가 없다. 집전화를 사용해야 했는데 시간을 체크해서 집주인에게 돈을 지불하는 방식이었다. 여러모로 보나 현대적인 시설은 없는 문명과는 조금 거리가 먼 멕시코의 한적한 시골이었다.

　아침에 샤워를 하기 위해 샤워실로 향했다. 수조에 물을 퍼 올릴 바가지가 없어 현지인이 페트병을 잘라주었다. 완전 개방된 공간에서 아무것도 걸치지 않은 상태로 누군가 오지 않을까 조마조마하며 씻었다. 남녀 참가자 모두 이렇게 씻는다. 씻고 나서 상쾌해야 하는데 내가 수돗물로 샤워한 건지 바닷물로 샤워한 건지 구분할 수 가 없었다. 야생탐험을 하러 온 기분이 들었다. 저녁에는 더 심각한 상황이 벌어졌다. 해가 지면

아무것도 보이지 않기 때문에 어둠 속에서 장님처럼 더듬더듬거리며 샤
워를 해야 했다. 이런 환경에서 빨리 적응하는 길은 조건 없이 받아들이
는 일이었다. 순응하다보면 재미와 보람이라는 열매를 찾게 되어 있다.

　이번 워크캠프는 일이 그다지 많지 않아서, 워크는 없고 캠프만 있는
것 같았다. 그래서, '오늘 무엇을 하고 놀까? 그것이 그날의 일이라고 해
도 과언이 아니었다. 오전 시간에는 여유롭게 바람과 파도소리를 들으며
낮잠을 잤다. 해먹에 누워 영어책을 읽거나 게임을 했다. 한국 공기놀이
와 4박자로 하는 일명 '딸기게임' 과 '베스킨라빈31' 을 알려주었다.

　"♪딸기가 좋아요. 딸기가 좋아요. 딸기!♬"

　"♬베스킨~라빈스~써리~원!♪"

　어디 가나 한국 게임은 환영받는다.

햇빛이 뜨거워지는 오후가 되어 친구들과 해변에 놀러 나갔다. 파도타기, 잠수타기, 보트타기, 수중 축구 등을 하다가, 심심하면 코코넛을 따먹기도 하고 저녁에는 알 낳고 있는 거북이를 기다리며 누워 밤하늘의 별자리를 맞추기도 했다. 여기서는 고민과 걱정을 하고 싶어도 할 게 없다. 문득 '나는 왜 한국에서 주5일 동안 삶의 여유도 없이 피 튀겨 가며 살았을까' 하는 생각이 들었다.

우리가 자는 곳은 나무판을 이어 만든 나무침대라 매우 딱딱했다. 다른 친구들은 잠자리가 불편했는지 용감하게 침낭을 들고 바닷가 모래밭으로 향했다. 나 또한 견디질 못해 침낭을 들고 해변에 누웠다. 밤하늘에 무수히 박혀 있는 별과 별똥별을 보며 '반짝반짝 작은 별' 노래를 부르고 파도소리를 들으며 아무 걱정 없이 잠드는 밤은 황홀했다. 세상에 이보다 더 낭만적일 수 있을까?

재미 중에 으뜸은 그래도 먹는 재미일 것이다. 우리는 가끔 마을에 가서 매운 칠리 양념에 버무린 나쵸를 먹었다. 이곳 멕시코 캠프에 온 이후로 매일 또띠야를 먹었다. 마치 한국의 쌀밥을 매일 먹는 느낌이었다. 저녁에는 주로 마을에서 사온 생선이나 닭을 요리해 먹었다. 우리가 직접 장작불을 피우고 생선을 구웠다. 이럴 땐 학교 캠핑 혹은 지구촌 탐험을 하고 있는 것 같았다. 후식으로는 독일 친구에게 배운 아보카도 디저트를 만들었다. 아보카도에 레몬과 설탕을 뿌려 만든다. 매일 각국의 새로운 음식들을 맛보고 배울 수 있어 즐겁다. 그런데 식사할 때 프랑스 친구가 나와 한국인 참가자를 이상한 눈으로 쳐다봤다. 우리가 면을 먹을 때 소리를 내서 먹는다는 것이었다. 서양에서는 소리 내서 먹는 게 실례인데 동양에서는 그다지 실례가 아니다. 식습관도 그렇고 문화가 달라서 생기는 오해가 발생할 때마다 기분이 좋지 않았다. 지난 CVA를 할 때도 비슷

한 상황이 있었다. 그때는 라면을 후루룩 후루룩 먹고 있는데 친구들이 우리를 쳐다봤다. 내가 그들을 이해해야 하나 그들이 나를 이해해야 하나. 저녁식사를 끝내고 멍하니 별을 쳐다봤다. 별들아 말해줘.

아침을 먹으려고 부엌에서 어제 사온 바나나를 찾았는데 다 썩어버렸다. 40도를 웃도는 찌는 듯한 열기. 이곳은 해변이 아닌 사막과 같았다. 음식을 사면 하루를 넘기기가 힘들다. 그래서 우리들은 매일 마을에서 음식을 사와야 했다. 냉장고가 있으면 좋겠지만 전기가 없는 이 오지 마을

77

에서는 가당치 않는 얘기다. 강렬한 햇살에 시원한 물을 마시고 싶어도 물은 뜨겁기만 했다. 캠프 부엌에서 쓸 수 있는 건 가스와 물, 그리고 식기도구, 이게 전부였다. 불편했지만 여기선 아무도 빨리빨리 하라고 재촉하지도 않았고 불평하지도 않았다. 바다거북이처럼 주로 해변가나 모래 위에서 대부분의 시간을 보냈다. 문명화된 건 아주 최소한이었고, 대부분은 야생 그대로의 방식으로 생활했다. 사람이 유익을 얻기 위해 거북이를 사육하거나 이용하는 것이 아니라 그냥 있는 그대로 거북이를 보호하자는 취지에 거북이가 애완동물처럼 느껴졌다.

멕시코 이해하기

멕시코 친구의 이름은 Jesus이다. 한국어로 예수이다. 예수가 악어를 보러 가자고 제안을 해서 나는 흔쾌히 응했다. 우리는 목적지까지 히치하이킹을 해서 가기로 했다. 히치하이킹이 위험하다는 얘기를 많이 들었지만 친구들과 함께 하니 오히려 들떴다. 차가 지나갈 때 손을 들어 히치하이킹을 시도했다. 현지 아저씨가 벙긋 웃으며 어디까지 가냐고 묻더니 기분 좋게 태워주었다. 가는 동안 아저씨가 자신의 삼성 핸드폰을 꺼내 'Korea~! Korea~!'를 연신 외치며 장난을 쳤다. 멕시코 사람들은 정말 쾌활하고 낙천적이다. 그들의 낙천적인 성격은 어디서 기인한 걸까, 역사학적인 요인일까, 지리학적인 요인일까.

멕시코 현지 친구들과 마을 근처 운동장에서 축구경기를 하기로 했다. 우리는 30분 전에 미리 가서 몸도 풀고 친구들과 장난을 치며 준비했다. 그러나 약속된 시간이 십 분, 이십 분이 지나도 친구들의 모습이 보이지 않았다. 결국 해가 져서 포기하고 집으로 돌아왔다. 그 다음 날도 현지 친구들과 약속을 잡았지만 나타나지 않았다. 멕시코 사람들은 성격이 느

굿해서 약속시간을 잘 지키지 않는다고 했다. 그래서 '나이롱 멕시코 시간' 이라는 말이 생겼단다. 아무튼 낙천적인 멕시코 아저씨는 우리가 원하는 목적지까지 데려다 주고 떠났다. 아무것도 바라지 않고 베푸는 선행을 한 사람의 뒷모습은 너무나 아름다웠다.

우리는 보트를 빌려 현지 주민에게 물어가며 악어를 찾아 라군(강 호수 인근의 작은 늪)을 돌아다녔다. 탐정이 된 기분이었다. 하지만 결국 악어는 찾지 못했고 근처 해변가로 발걸음을 돌렸다. 우리는 캠프의 목적이 수영인 양 3주 동안 동네방네 해변으로 놀러 다니며 거의 매일 수영을 했다. 그랬기 때문에 섭씨 40도가 넘는 날씨에서도 버틸 수 있었지 싶다.

여행 중이던 독일 친구들이 여기 머물며 일하는 대가로 현지인들에게 돈을 지불했다. 이해할 수가 없었다. 숙식을 제공받고 돈을 지불하는 건 당연한 거지만 일을 하는 데 돈을 지불한다? 친구에게 물으니 우리가 일하는 것도 현지인에게 돈을 줘가며 일을 하는 거라 했다. 자본주의 사회에서의 개념으론 앞뒤가 안 맞는 논리이다. 정부에서 돈을 지원해주지 않느냐고 물으니 멕시코 정부에서는 그들에게 돈을 주지 않는다고 했다. 멕시코 모렐리아Morelia 대학으로부터 지원을 받고, 그들이 작성한 자료들은 모렐리아 대학으로 보내고 수입은 대학과 관광객, 그리고 봉사자들로부터 벌어들인다고 했다. 우리들이 돈을 현지인에게 주고 그들에게 자연을 보호해달라고 말하는 꼴이었다. 우리는 그들을 따라다니며 체험하는 관광객으로 돼버리는 말하자면, 겉은 자원봉사자이나 속은 관광객인 것이었다. 멕시코 정부에서 지원을 하지 않는 게 이상하고, 정부에서 지원을 하지 않는데 이 시스템 자체가 돌아간다는 것 또한 이상했다. 전에 참가한 호주 봉사활동 CVA와는 너무 차이가 났다. 현지 사람들과 일을 하면서도 우리가 전혀 필요치 않다고 오히려 방해가 된다는 걸 느꼈다. 그리고 일을 하면서 자원봉사자들이 필요할 만큼 많은 손이 가는 게 아니라는 것 또한 느꼈다. 내가 왜 이 일을 하는지 혼란스러웠다. 거북이를 보호하는 일은 필요하지만 자원봉사자가 필요한 건지 의문스러웠다.

우리가 생각하고 이야기한 것들

언어는 소통의 창이자 도구이다. 그 나라의 문화, 경제, 사회, 그리고 사람 등등 모든 것을 여과 없이 받아들이게 해준다. 언어를 배움으로 인해 얻는 정보도 많아질 것이고, 그만큼 더 성장하게 된다.

워크캠프의 공식어는 영어이다. 하지만 실제는 그렇지가 않다. 이번 캠프에 프랑스 친구들의 비율이 높아 여가 시간에는 프랑스어가 자주 오갔다. 일을 할 때에도 현지의 특수성으로 인해 스페인어를 많이 썼다. 프랑스어로 대화하면 프랑스어를 모르는 미국 친구와 한국인들은 유럽 친

구들에게 물어보고, 스페인어가 오가면 한국인들은 유럽 친구들과 미국 친구들에게 물어봤다. 그러다보니 영어만 아는 우리는 밖으로 밀려나고 많은 언어를 구사하는 유럽 친구들은 자연스럽게 이야기의 중심에서, 인간관계의 중심으로 움직인다.

한국인 참가자는 영어, 미국 참가자는 영어와 스페인어, 유럽 친구들은 영어, 스페인어, 프랑스어 등을 구사한다. 보디랭귀지라는 게 아무리 눈빛과 몸으로 말을 한다지만 그것도 하루이틀이요, 캠프 내에서 자신의 목소리를 내기에는 한계가 있다. 다양한 언어를 안다는 것만으로도 자기 삶의 네트워크를 가장 빠르게 확장할 수 있는 길이라는 것을 알게 되었다.

근처에서 여행 중인 독일 친구 두 명이 우리 캠프를 찾아 왔다. 이 친구들은 캘리포니아에서 차를 타고 태평양 해안을 따라 여행을 하는 중이었는데 멕시코에서 남미까지 차를 타고 여행할 것이라고 했다. 거침없이 세계를 누비는 이 친구들 나이가 스무 살이란다. '내가 스무 살 땐 무엇을 했지?' 내가 빨리 깨달았다면 스무 살에 세계여행을 해 견문을 쌓고 제3외국어를 배워 캠프리더가 되어 다양한 사람들을 만날 수 있었을 텐데, 생각의 지도를 빨리 넓히지 못한 지나간 시간들이 아쉽기만 했다. 후회를 한들 지나간 시간을 붙잡을 수 없다. 중요한 건 지금.

독일 친구가 모국 역사에 대해 얘기를 꺼냈다. 다른 나라에 역사를 말할 만큼 떳떳하지 못해서 독일인들은 독일 역사를 잘 꺼내지 않는다고 했다. 자기는 국가를 불러본 기억이 거의 없어서 국가를 모른다고 했다. 옆에서 듣던 프랑스 친구는 프랑스인들 중에는 독일 국기를 보면 야유를

보내는 경우가 있다고 했다. 독일 친구가 멕시코 친구와 내게 국가를 아는지 물었다. 나는 그 자리에서 애국가를 불렀다. 독일 친구들은 국가를 알지 못했다. 지금까지 어느 친구도 이런 얘기를 꺼내지 않았다. 자기 나라의 역사가 떳떳하지 못해 국가를 거의 부르지 않는다니 독일친구의 얘기를 들으면서 일본이 떠올랐다. 일본은 식민지로 삼았던 국가에 사과하지 않고 오히려 신사참배 등을 하며 떳떳해 하는 게 이해가 되질 않았다. 왜 이 두 나라는 같은 일을 저지르고 다른 행동을 보이는 것인가?

독일 친구가 멕시코시티에서 서바스Servas라는 프로그램을 통해 친구들 집에 머물며 현지 사람들을 만나 저녁도 함께하며 좋았던 경험을 꺼냈다. 내가 미처 몰랐던 정보이다. '서바스'는 여행을 통해 현지 친구 집에서 숙박을 무료로 제공받고 현지 가정에서 그들이 생활하는 모습을 볼 수 있는 프로그램이다. 옆에서 듣고 있던 프랑스 친구는 호스피탈리티클럽hospitalityclub(무료 숙박 웹사이트)을 이용해 미국과 캐나다에서 친구 집에 머물며 약 20일을 무료 숙박한 얘기를 꺼냈다. 친구들은 내게 어떻게 그렇게 많은 봉사활동 정보를 알았는지 묻는다. 나도 여행 초 봉사활동 프로그램에 대해 잘 알지 못했다. 하지만 봉사활동에 참여하는 친구들이 모두 봉사활동에 관심이 있어 모인 친구들이라 알짜배기 정보들을 많이 가지고 있다. 훗날 내가 참여했던 키부츠, 아프리카 야생자원봉사활동, 마더테레사하우스 등등 모두가 캠프에 참가한 친구들로부터 얻게 된 정보이다.

캠프에서 우리는 거의 대부분의 시간을 함께 보냈다. 전기가 없는 그곳에서는 해가 지면 모두들 촛불을 가운데로 놓고 둘러앉는다. 세계는 지금 많은 발전을 하고 문명의 혜택을 누리고 있는데 여기만 시간이 멈춘 듯했다. 이런 상황에서 행복이라는 주제를 놓고 토론을 벌였다. 독일 친구는 이들도 의료혜택 등 사회복지를 받고 편안한 삶을 누릴 권리가 있고, 그러기 위해서는 발전이 필요하다고 했다. 이에 멕시코 친구는 이들이 지금도 충분히 현재 삶에 만족하며 행복하게 살아가고 있는데, 물질적 풍요가 진정한 행복은 아닌 거 같다고 의견을 내놓았다. 오히려 선진국이 행복지수가 더 낮다고 누군가가 말했다. 내 의견을 말하고 싶은데 어려운 주제를 논하기에는 구사할 수 있는 단어가 부족해 난 그저 청자의 입장에 머물러야 했다. 결론은, 우리가 아직 어리고 학문이 부족해 어떤 게 좋고 나쁘고를 판가름할 수 없다고 입을 모았다. 그러나 또래의 다국적 친구들과 매일 밤 토론하고 다양한 생각을 나눈 건 의미 있는 일이었다.

다섯 번째 프로젝트,
아마존의 오지 탐험기

숙소 리셉션에서 비자 문제와 정글에 관한 걸 물었지만 현지 사람들조차 아마존 정글
에 들어가지 않기에 그곳에 대한 정보를 모르고 있었다. 약국에 가서 모기약을, 마켓에
가서 모기장을 사고 길을 나섰다. 부둣가에 가서 그곳 주민에게 아마존 원주민을 만나
겠다고 자문을 구했다. 주민들 하는 얘기가 그곳에 들어가 봐야 원주민도 없을 뿐더러,
거기 가면 지니고 있는 물건들을 다 털린다고 했다. 나는 오히려 약간 흥분되었다. 한편으
로는 좀 두렵기도 했다.

아마존의 오지 탐험기

비행기 창밖으로 아마존 강과 숲이 보인다. 정말 빽빽하다. 그런
데 기내 안내방송이 나오고 비행기가 하강하면서부터 풍경이 달라졌다. 사
람 머리의 원형탈모처럼 아마존 숲 중간에 벌목한 흔적이 보였다. 비행기에
서 내리니 뜨거운 열기가 먼저 아는 체를 해왔다. 너무 덥다. 한국은 겨울인
데.

공항은 너무 작고 초라했다. 늘 그래왔듯이 공항에서 겪는 수순들이
이어졌다. 택시 기사가 붙고 가격을 실랑이하고 약간 바가지를 쓰고 시내

로 들어가서 숙소에 체크인하는 것까지. 다른 공항과 별반 다르지 않아서 나는 별다른 감정 없이 그 일들을 치러냈다.

나는 나에게 전설을 선물해줄 것이다!

숙소 리셉션에서 비자 문제와 정글에 관한 걸 물었지만 현지 사람들조차 아마존 정글에 들어가지 않기에 그곳에 대한 정보를 모르고 있었다. 약국에 가서 모기약을, 마켓에 가서 모기장을 사고 길을 나섰다. 부둣가에 가서 그곳 주민에게 아마존 원주민을 만나겠다고 자문을 구했다. 주민들 하는 얘기가 그곳에 들어가 봐야 원주민도 없을 뿐더러, 거기 가면 지니고 있는 물건들을 다 털린다고 했다. 나는 오히려 약간 흥분되었다. 남이 가지 않은 길을 간다는 건 어쩜 내게 주어진 특별한 기회라고 생각했지만 한편으로는 좀 두렵기도 했다. 세계의 젊은 친구들이 나만 못해서 여길 남겨두었겠는가. 남들이 꺼려할 땐 그만한 이유가 있지 않을까, 그런 의구심도 들었고 혼자 온 게 좀 걸렸다. 그렇지만 이미 내 몸은 아마존에 와 있었으므로 계획대로 진도는 나가야 했다. 내 행동이 만용이 아니고 진정한 용기라는 걸 나 자신한테 인식시킬 필요가 있어서 주문을 걸었다.

'나는 곧 전설이다. 남이 가지 않은 길을 개척할 거니까.'

내가 한 행동이 누군가에게 힘이 되고 용기가 되고 또 누군가에게 도전하고 싶게 만들 수 있다면 의미 있는 일이다. 모든 최초는 훗날 전설이된다. 나는 나에게 전설을 선물해줄 것이다!

시장에 가기 위해 무작정 걸었다. 걸었는데 어떤 이가 여기는 브라질 타바팅가Tabatinga란다. 내가 정말이냐 물으니 길 중간에 꽂아놓은 브라질 깃발과 콜롬비아 깃발이 있는 곳을 가리킨다. 국경이 이렇게 쉽다니

비자를 처리하는 것도 아니고 그냥 걸으면 브라질, 콜롬비아다. 무엇을
사야 할지 몰라 쌀, 식빵, 우유, 시리얼, 참치캔, 햄캔, 땅콩버터, 간장, 소
금, 물 3ℓ 세 통 그리고 양초를 샀다. 부둣가로 갔다. 나는 원주민이 타
고 온 배를 타고 갈 줄 알았는데 그게 아니다. 표를 끊고 배를 타는 것이
었다. 생각보다 꽤 체계적이었다. 몇 분 후면 아마존 정글로 떠난다고 생
각하니 또 걱정이 앞섰다. 여행하면서 이렇게 떨렸던 적이 없었다. 앞으
로 일어날 일에 아무런 보장이 없기 때문에 그랬다.

　　나를 태운 보트가 출발했다. 안내해주는 여인이 왼쪽은 페루, 오른쪽
은 콜롬비아라고 손가락으로 가르쳐 주었다. 세 나라가 이렇게 가까이 붙
어있는 게 흥미롭다. 옷 하나 걸치지 않은 인디오들은 브라질 쪽에 있긴
한데 그곳은 가는 데 3일은 걸린단다. 뿐만 아니라, 문명화 되지 않은 인
디오 마을에 들어가려면 정부의 허가가 있어야 된단다. 그건 내 계획에
없는 일이라서 난 그냥 참고만 해두었다.

　　야구아Yagua 인디헤나들이 사는 원주민 마을에 도착했다. 물이 더러
운 강에서 어린이들이 물장구를 치며 놀고 있다가 나를 외계인 쳐다보듯
이 바라본다. 참 이상도 하지, 저 사람은 왜 저렇게 이상하게 생겼을까?

모두들 그런 시선으로 날 한참씩 쳐다보았다. 어른들이라고 예외는 아니었다. 그렇게 많은 곳을 여행해온 나였지만 그 느낌은 무척 새로웠다. 우리나라가 아주 미개하던 그 옛날에, 유럽의 선교사들이 찾아와서 이런 느낌을 받았겠구나, 싶었다. 먼 훗날 이들이 '내가 아주 어렸을 적에 이상하게 생긴 사람을 본 적이 있어. 그 사람은 코리아에서 왔다고 했지만 난 그때까지 동양이 어디인지조차 몰랐어. 근데 그 사람은 이상한 물건을 많이 갖고 왔었어'라고 말할 상상을 하며 난 무거운 짐을 들고 어떤 원주민의 집으로 들어갔다.

미구엘Miguel이 내게 어디서 왔냐고 물었다. Corea(스페인어 한국 표기)라고 말하니 모른다고 했다. 거봐, 이 아인 한국을 모르잖아. 여긴 한국인이 단 한명도 다녀가지 않은 모양이야. 지금부터 내가 하는 모든 행동은 이들에게 최초가 되고 훗날 전설로 남게 될 것이야. 그렇게 생각했다. 이들을 이해시켜야 했기 때문에 난 Japon(스페인어 일본 표기) 옆에 있는 나라 한국에서 왔다고 말했고 그제야 끄덕였다. 그 집 아들 미구엘을 따라 마을 주변을 돌았다. 마을에 학교가 있었다. 아래쪽으로 내려가니 이쪽 강에서는 어른들이 목욕을 하고 있었다. 물론 여기도 물이 더러웠다. 점점 더 더워졌다. 돌아와서 가져온 해먹을 설치하고 누웠다.

파블로Pablo라는 친구가 옆에서 말을 걸었다. 해지는 모습을 보라며 손으로 가리킨다. 집 앞에 아마존 강이 흐르고 건너편에는 아마존 숲이 있고 그 뒤로는 태양이 있다. 야구아 원주민들은 콜롬비아 사람이 아니라 페루 사람이라 했다. 페루에서 이쪽으로 건너왔단다. 이곳에 산 지는 11년이 됐다 했고, 그 이유를 물으니 뭐라 답변을 했는데 제대로 알아듣지 못했다. 미국 얘기가 나온 걸로 기억한다. 암튼 미국이 끼면 문제가 된다. 신기한 건 사람들이 스페인어를 쓴다는 것이다. 그들의 원주민 언어가 있다고 했지만 자기 아버지가 어렸을 때만 해도 사용을 했는데 이제는 사용을 하지 않아 자기들은 말을 할 줄 모른다 했다.

어둑어둑해져서 라이트를 켰다. 꼬맹이들이 레이저를 보고 신기해 한다. 곧 저녁식사 시간이 되어 쌀과 햄, 참치캔을 꺼냈다. 혼자 먹는 줄 알았는데 모두 같이 내 음식 재료로 밥을 먹는다. 식사하면서 주로 무엇을 먹느냐고 물으니 물고기와 동물, 그리고 주로 새를 먹는다 했다. 돈이 없기에 쌀을 사서 먹지 못한다는 것이다.

해먹에 누워서 잠이 들려는데 어디선가 군대에서 듣던 발전기 소리가 들렸다. 얼마 안 돼서 발전기가 꺼졌다. 발전기가 꺼짐과 동시에 마을 전체에 불이 나갔다.

아마존 오지 탐험기

날이 밝았다. 이제 본격적으로 여기서 더 깊숙이 진짜 오지로 들어갈

것이다. 아침을 식빵과 땅콩버터로 간단히 먹었다. 옆에 있던 애들이 신기한지 나를 계속 쳐다본다. 나눠줬다. 꽤 좋아한다. 나는 내 먹을 만큼만 사온 건데 아무래도 내 음식으로 모두 같이 나눠 먹으려는 것 같다.

아침에 토마스가 나에게 와서 대뜸 여자가 필요하냐고 물었다. 나는 순간 갑자기 이 친구가 왜 이런 얘기를 하지? 싶어서 강하게 부정했다. 그런데 알고 보니 정글에 들어가면 음식 할 사람이 필요한데 여자가 없으면 우리가 밥을 해 먹어야 된다는 것이었다. 그러더니 나중에 자기 부인을 데리고 왔다.

나는 청바지와 고무장화를 갈아 신고 나갈 준비를 했다. 그리고 음식이 들어간 짐들을 토마스와 가브리엘(나와 아마존 정글에 들어갈 원주민 친구들)의 바구니에 담았다. 보기만 해도 엄청 무거워 보이는데 저걸 어떻게 들고 가나? 당나귀라도 준비했나? 오지도 들어 갈 때 뗏목을 탔는데 조금이라도 움직이면 배가 뒤집어질 것 같았다. 만약 뒤집어지면 내 캠코더, 카메라, 외장하드 등등 모든 게 한순간에 날아간다. 암튼 아마존 숲을 가로지르는데 너무 흥미롭고 이색적이었다. 내가 탐험가가 되는 느낌이었다.

육지에 도착해 걸어가는데 가브리엘, 그의 아들 모이세스, 부인 두 명 그리고 토마스, 다섯 사람이 나 한 사람한테 즐비하게 늘어서서 따라왔다. 내가 이 사람들 전부를 먹여 살려야 하나? 모두 내 여행을 위해 다 가는 것인가? 별 생각이 다 들었다. 시간이 지나서 부인 한 명은 가고 없었다. 말이 짧으니 이유조차 몰랐지만 난 그냥 넘어갔다. 우리는 걸어서 정글 속으로 깊숙이 들어갔다. 이게 도대체 꿈인가 생시인가, 나는 어쩌다 여기까지 왔나, 내가 여기서 살아 돌아갈 수 있을까, 머릿속이 뒤숭숭해졌다. 솔직히 두려웠다. 두려워서 노랠 불렀다.

정글 숲을 지나서가자

엉금엉금 기어서가자

늪지대가 나타나면은

악어떼가 나온다 악어떼!

아마존 숲을 헤치며 한나절은 걸었다. 모기들이 사정없이 달려들었다. 몇 백 일은 굶은 듯싶다. 손으로 죽이지 않는 이상 도망가지도 않는다. 한국에서 가져온 강력살충제, 콜롬비아 시중에서 파는 살충제, 그리고 여기서만 파는 비누식의 모기약, 이렇게 세 가지를 다 사용해 봤다. 한국에서 파는 것과 콜롬비아 약국에서 파는 모기약은 먹히지도 않았다. 모기들이 이게 약이냐며 비웃었다. 현지에서 산 비누 모기약은 그나마 효과가 있었다. 그러나 그것도 바른 부분만 교묘히 피하고 바르지 않는 부분은 문다. 물리면 무척 따갑고 물린 자국에는 피가 나고 딱지가 생겼다.

쉬는 중간에 식빵, 땅콩버터 그리고 생수를 먹었다. 군대의 행군보다 더 빡세다. 더우면서 습한 탓에 온몸이 땀으로 뒤범벅되었다. 숨 쉬는 게 벅차다. 정글숲의 환경은 사람이 살기에 불가능해 보였다. 아마존 친구들이 정글숲에서 살지 않고, 아마존 강을 따라 마을이 형성되고 그곳에 사는 이유를 알 것 같다. 짐이 없으면 모르겠는데 짐 또한 꽤 무겁다. 겨우 하루 안 씻었는데 이건 보통 때 3일 동안 안 씻은 것과 맞먹는 느낌이었다. 앞으로 어떻게 6일 동안 버틸까, 걱정이다.

정글을 헤쳐 나가는데 어디선가 원숭이가 울고 있었다. 상당히 그로테스크한 느낌이 들었다. 이곳 원주민들은 자식을 정말 강하게 키우는 것 같았다. 한 손에 큰 칼을 들고 정글을 헤쳐 나가는데 넘어졌다고 해서 도와주지 않는다. 아프냐는 말 한마디가 없다. 그저 지켜만 본다. 배를 타고 이동할 때 어른들이 다 내리고 꼬맹이들이 배를 가지고 장난을 치는데도 말리지 않는다. 강이 꽤 깊다는데도 빠지면 알아서 헤엄쳐 오라는 식이다. 가방도 자기보다 몇 배 큰 것을 이고 가는데 그게 당연한 것처럼 느껴진다. 아마존 원주민들의 자식 교육방식을 보고 놀랐다.

정글 한가운데에 우리를 남겨 놓고 급하게 가브리엘과 토마스가 어디론가 갔다. 얼마를 기다리니 우릴 그쪽으로 이동시켰는데 가보니 주변 활엽수를 이용해 임시 거처를 만들어 놓고 있었다. 그 안에 짐을 내려놓으니 갑자기 비가 내렸다. 이들은 비가 올 기미를 느꼈고 그에 대처를 했던 것이었다. 신기하게도 비가 내리는데도 한참을 기다린 후에야 비를 맞았다. 숲이 워낙 울창해서 천연수림이 지붕 구실을 했던 것이다. 토마스와 가브리엘은 집을 지으려고 큰 칼로 나무를 베서 기둥을 만들었고, 지붕을 설계하여 얹고 마지막으로 그 위에 큰 나뭇잎을 얹었다. 비가 쏟아지는 가운데 집을 완성한 것인데, 정말 잘 만들었다. 울창한 숲 사이에 공간이 생기고 그곳에 뚝딱 아마존 집이 한 채 세워졌다.

나와 토마스 부인은 빵조각을 미끼로 걸어 낚시를 했다. 토마스 부인은 2마리 나는 3마리, 어렸을 때 바닷가에서 자란 나는 물고기를 잘 잡았는데 그 실력이 죽지 않고 아마존에서도 먹히는 것 같았다. 나는 해먹과 모기장을 설치했고 함께 간 사람들도 모기장을 설치하긴 했지만, 그 친구들은 해먹 대신 바닥에 홑이불 비슷한 걸 깔았다. 모기는 연일 극성을 피웠다. 그런데 나만 벌겋게 모기 자국이 남았다. 여기 사람들은 피에 모기약이 섞인 건지 모기에 물려도 아무 반응이 없었다. 그래서인가 내가 살충제를 주려고 해도 원하지 않았다. 이 친구들은 모기는 파리와 같다고 했다. 그냥 귀찮을 따름이지 아프거나 괴롭지는 않은. 그것이 난 참 신기했다.

넌더리나는 정글숲, 슈퍼모기와 치른 전쟁

일어나 해먹에서 내려오니, 잡아놓은 원숭이와 사슴이 있었다. 원숭이는 우리 숙소 위에서, 사슴은 좀 떨어진 곳에서 잡았다 했다. 가브리엘 혼자서 잡았단다. 잡아온 원숭이와 사슴을 손질했다. 이 친구들이 정말 원숭이를 먹을까 심히 궁금했는데 손질하는 것을 보면 하나의 일상처럼 느껴졌다.

친구들이 작은 강을 가리키며 여기에 악어와 피라니아가 산다고 했다. 강 근처 얕은 곳에서 가오리처럼 생긴 물고기를 봤다. 정말 아마존의 생태계는 다양하다. 가브리엘과 토마스와 함께 약 4시간 동안 정글숲을 헤매고 다녔다. 없는 길을 막 헤치고 다녔다. 독거미도 보고 독개구리도 발견했다. 생각보다 훨씬 컸다.

대변을 보는데 모기가 막 달라붙었다. 얼마나 극성맞게 달라붙는지 정신을 차릴 수가 없었다. 큰 놈은 잠자리만하다. 정말 한국 모기와는 게임이 안 된다. 대변 냄새를 맡은 건지, 아님 황인종 피 냄새를 맡은 건지, 하여간 아마존의 모기들이 총집결하여 내 엉덩이를 놓고 아주 카니발을 열었다. 내 엉덩이에 두드러기가 난 것 같았다. 소변을 볼 때도 어떻게 알았는지 모기가 떼로 덤빈다. 모기가 무서워서 나중에는 소변도 참았다가 정 못 참겠으면 그때서 봤다. 엉덩이가 가려워서 몰랐는데 숙소에 와보니 발에 물집이 잡혀 있었다.

돌아오는 길에 별의별 생각이 다 들었다. 집 생각이 났다. 내가 왜 이러고 있지, 집에 있으면 따뜻한 밥과 편안한 침대에 누워서 잘 텐데. 이곳은 문명과 한참이나 떨어져 비행기를 타야 올 수 있는 곳인데, 마음만 먹으면 이 애들이 나를 헤칠 수 있는데 겁이 났다. 다시는 이렇게 무모한 짓은 하지 말자고 다짐했다.

저녁 식사 때 원주민 친구들이 원숭이 머리를 막 뜯어먹었다. 나에게는 사슴고기를 건네주었다. 괜찮나? 세균에 감염되는 거 아니겠지? 이러면서도 사슴고기를 뜯어먹었다. 이 친구들은 원숭이 두개골을 칼등으로 치더니 그 속에 있는 내용물을 먹는다. 아무 생각이 안 난다. 그냥 쳐다봤다. 내가 원숭이를 죽인 것만 같아서 나는 사슴고기를 그만 먹고 스파게티를 먹었다.

시간은 오후 6~7시인데 캄캄하다. 친구들이 큰 칼을 챙겼다. 내가 지금 무엇을 하고 있나, 정녕 이게 미래를 위한 투자인가 그다지 즐겁지 않았다. 모기 많고 찝찝하고 힘들고 덥고……. 이걸 돈 쥐가며 경험하고 있다. 라이트를 비추니 높이 솟은 나무숲에서 원숭이 눈이 반짝거린다. 으스스하게 내 앞으로 박쥐 한 마리가 지나간다. 약 2시간 동안 캄캄한 밤에 아마존 정글을 헤매다 돌아왔다. 목이 말라 물을 들이켰다. 팬티만 입고 해먹 안으로 들어가 잤다. 밤새 비가 내렸다. 지금까지 하루도 빠짐없이 비가 내린 거다. 내 해먹 위로 물이 떨어졌다. 해먹도 젖고 팬티도 젖었다. 찝찝해 죽겠다.

생전 처음 듣는 울음소리가 들린다. 무슨 소리냐 물으니 방울뱀 울음소리란다. 칠면조, 투칸 울음소리도 들리고. 혹시나 해서 여기에 재규어도 사냐고 하니 재규어도 있단다. 그러니까 난 이런 동물들과 동숙을 한 것이다. 줄기차게 비는 내리고, 토마스 부인이 아침으로 식빵과 우유를 줬다. 친구들은 원숭이고기와 그들의 전통음식을 같이 먹었다. 옆에서는 원숭이를 뜯어먹고 있고 나는 식빵에 땅콩버터를 발라먹고 있고, 이런 경우는 처음이라 그저 웃음밖에 안 나온다.

식사 전에 아마존강물에 머리 감고 세수하고 이까지 닦았다. 강물에 씻지 말자고 다짐했는데 아마존으로 들어오니 나도 모르게 그들과 똑같이 생활하게 된다. 비를 쫄딱 맞아 생쥐 꼴이 되어서는 길도 없는 아마존 숲을 마구 헤집으며 다녔다. 토마스는 내 앞에서 숲을 헤치며 걸었다. 나는 앞에 설 용기가 나지 않아 늘 그의 뒤꽁무니만 따라 걸었다. 그런데 어쩌다 보니 이번엔 가브리엘의 뒤에 붙어가게 되었다. 그는 토마스보다 거침이 없다. 그를 뒤쫓자니 힘이 달렸다. 괜히 오줌도 마렵고 나뭇가지에 걸려 장화가 자꾸 벗겨진다. 그렇다고 쉬었다 가자고 하긴 사나이 자존심이 허락하질 않는다. 이 무식한 놈들은 천하의 Korea도 몰라서 Japan에서 왔다고 둘러댔잖아. 오태호, 너 말이야. 한국남자의 자존심을 뭉개도 분수가 있지 말야. 이젠 더 못 가겠다. 나는 죽을 맛인데 가브리엘인지 가버릴 애인지는 끄떡도 않고 나뭇가지를 휘휘 저으며 잘도 간다. 느닷없이 내 얼굴을 회초리가 가격했다.

95

"어, 이 새……?"

앞사람이 헤쳐 놓은 나뭇가지를 그때그때 얼른 잡아야지 그렇지 않으면 그대로 나뭇가지 세례를 받게 된다. 콧잔등과 볼따구니에 심한 상처가 나서 얼얼했다. 토마스가 숙소로 발걸음을 돌렸다. 장화를 벗고 양말을 벗으니 물집 잡힌 발바닥의 허물이 벗겨져서 진물이 나왔다. 나는 만사 귀찮아서 널브러져 있고 이 친구들은 남은 원숭이 고기를 먹었다. 토마스가 낚싯대를 만들며 이곳에 악어와 피라니아가 있다 했다. 낚시를 하면서 제대로 집중할 수가 없었다. 귓가에 모기 소리가 떠나질 않는다. 전에도 물어봤지만 한 번 더 물어봤다.

"야, 근데 왜 너희들은 모기들이 물어도 흔적이 없냐?"

"우리들은 까맣고 너는 하얗기 때문이야."

"……?"

기회가 되면 이 문제를 심도 있게 고민해봐야지, 아니 아니지. 내가 모기약을 개발해야지.

해먹에 누워 토마스와 얘기를 나누었다. 그에게 몇 번째로 나 같은 여행자를 받았느냐 물으니 내가 이곳에 온 첫 외국인이란다. 남미와 가까운 서양 사람도 아니고 지구 반대편 동양 사람인데다가 낯선 나라 한국에서 온 게 신기하다고 했다. 더구나 내가 평범한 대학생인 게 더욱 그렇단다. 그 말을 듣고 사실 나도 나 자신에게 놀랐다. 오태호, 넌 누구니? 오, 돈키호테니?

지긋지긋했다.

'앞으로 누가 아마존 간다고 하면 도시락 싸갖고 다니면서 말릴 테다.'

난 이렇게 중얼거리며 짐을 정리했다. 군대를 전역하는 기분이었다. 아니 군대생활은 이보다 백배 수월했다. 그리고 이 찜찜한 기분 또한 군

대에서보다 더하다. 정말 이건 나에게는 인내심과 체력의 한계를 테스트한 경험이었다. 사실 이 원주민 친구들도 마을로 얼른 돌아가고 싶어 하는 눈치였다.

마을에 도착했다. 원주민 친구가 마을에서 기르는 원숭이 새끼가 있다며 보여주었다. 기념으로 사진도 찍고 했는데 이 원숭이가 우리가 정글에서 먹었던 것과 같은 종류의 원숭이란다. 우리 조상들이 개를 기르고 먹었던 것과 별반 차이가 없어 보인다. 아마존의 날씨는 변화무쌍하다. 햇빛이 비추더니 얼마 안 돼 먹구름이 끼고 비가 쏟아졌다.

아마존 강에서 보트를 타고 페루 이키토스로

페루 국경의 산타로사Santa Rosa에 가기 위해 새벽 3시에 일어나 부둣가에서 입국 절차를 밟아야 했다. 입국 카드를 작성하는데 주의가 산만하고 정신없어서 나는 보이는 대로 막 적고 모르는 건 빼 놓고 작성했다. 나중에 입국 카드를 받아보니 생년월일에 현재의 날짜를 기입했는데 그 직원은 신경도 안 썼다. 내가 빠트린 여권번호와 나머지 몇 가지를 대충 적고 입국 도장을 찍어줬다. 정말 허술하게 말막음용의 도장을 받았다.

아마존강에서 보트를 타고 가는 동안 강 주변으로 원주민 마을이 보였다. 이 주위에는 레티시아Leticia나 이키토스Iquitos처럼 큰 도시가 없어서 문명의 혜택을 거의 받지 못할 텐데 무슨 낙으로 살까? 이들은 미국 대통령이 바뀌었건 전쟁이 났건 그런 내용을 모르지 않을까? 설사 안다고 해도 자기 삶에 큰 영향을 끼치지 않기 때문에 무관심한 건지도 모른다는 생각이 들었다. 아마존에 도착하여 하루를 묵을 때 그곳에서 어떤 사람이 나에게 아들이 있냐고 물었다. 처음 받아본 질문이었다. 그들은 열네 살에 아기를 낳는 것이 보통 있는 일이니 스물세 살인 내가 미혼이며 애가 없는 게 오히려 이상한 일일수도 있겠다 싶었다.

콜롬비아의 메데진Medellin에 있을 때 친구들이 나에게 자기들 택시는 노란색인데 너희 나라 차는 무슨 색이냐고 물은 적이 있다. 그 얘기를 듣고 나는 아는 만큼 생각하고 보는 만큼 느낀다는 말이 떠올랐다. 그들은 태어나서 줄곧 콜롬비아에서만 머물렀다. 그래서 그들은 택시 색깔이 모두 한 가지 색일 거라 믿는다. 정저지와井底之蛙라는 고사성어가 생각났다.

이키토스의 모터택시들은 정말 지독해

장장 만 12시간을 닭장 같던 배 안에서 보낸 끝에 이키토스에 도착했다. 레티시아와 비교가 되지 않을 정도로 크다. 현지인들이 먼저 내리고 내가 마지막 대열에 껴서 보트에서 내렸다. 나를 보고 "Chino! chino! 치노! 치노!(중국인)"이라며 기분 나쁘게 속닥거리더니 걷잡을 수 없이 내 주위를 에워싼다. 스페인어로 뭐라 막 쏘아대는데 정신 차리고 들으니 자기 모터택시(오토바이를 개조해 만든 현지택시)를 타라는 것이다. 나중엔 막 협박조로 말하는데, 같이 내린 현지인들은 이 광경을 지켜보고만 있었다. 나는 움직이기조차 버거운 상태였으므로 그들을 물리칠 심산으로 "아이 씨!"라고 말해버렸다. 그들이 내 말을 따라했다. 정말 짜증이 났다. 이들을 뿌리치려고 일단 도로로 올라왔다. 그러자 더 많은 모터택시들이 내 앞길을 막아섰다.

"¿A donde vas? 어디가?"

"Can you speak english? 영어할 줄 알아?"

"¿ Centro? un sol. ¡ no mas! 시내 1솔에 데려다 줄게!"

연발로 쏘아대며 나를 놓아주지 않았다. 30미터를 걸어가는데도 모터택시를 끌고 따라왔다.

"Perdon. 미안해."

난 몸짓까지 써가며 이렇게 말했지만 계속 쫓아왔다. 열 대는 넘어 보인다. 계속 달라붙는다. 자포자기로 일단 모터택시를 타서 그들의 요구를 들어주는 게 나을 거라 판단을 했지만 수중에 페루 돈이 하나도 없었다. 젊음 하나면 못할 게 없다고 생각했던 나. 여행을 시작한 후 처음으로 안전에 위협을 받았다. 나는 결국 그들에 의해 길 중간의 어느 한 곳에 몰렸다. 그때 마침 옆집에서 문을 열고 나오는 현지 아줌마가 있었다.

"¡ ayudarme porfavor! 제발 도와주세요!"

나는 이렇게 외치며 그녀의 집 대문을 밀치고 들어갔다. 그녀가 나를 안으로 들여보낸 뒤 문을 닫았다. 그리고 나를 안심시켜 줬다. 아줌마가 집안에 내 또래로 보이는 남성에게 상황 설명을 했다. 그리고 나는 가장 급한 이곳의 돈 단위와 1달러가 페루 돈으로 얼마인지를 물어보았다. 1달러에 3.3솔sol이라 말해주었다. 그때까지도 모터택시가 좀처럼 가지 않자 그 집 식구들이 집 안쪽으로 들어와 쉬라고 했다. 나는 염치불구하고 짐을 해먹에 풀어놓고 안정을 되찾고 있었다. 이 집 할아버지께서 구운 바나나를 접시에 갖다 주셨다. 안 그래도 배가 고팠던 터라 맛있게 먹었다. 옆에서 꼬맹이들이 말을 건다. 어디에서 왔냐. 카메라 있냐. 핸드폰 있냐 등 등. 왜 이리 가전제품에 관심을 갖는지.

집을 나설 때 모터택시들이 나를 발견하고 또 다시 몰려들까봐 일단 나를 집 입구에 두고 모터택시를 잡았다. 수중에 돈이 없었기에 친구들이

일단 내 대신 모터택시 기사에게 돈을 내줬다. 그리고 나와 함께 은행으로 가 주었고 난 그곳에서 돈을 뽑았다. 이곳에는 도미토리나 백패커가 없어서 호텔에 묵기로 했다.

빨래를 말리기 위해 낚싯줄이 필요했다. 밖에 나와서 낚시가게를 물으니 이곳에 없다며 어떤 모터택시 기사에게 나를 낚싯줄 파는 데에 데려다주라고 넘겼다. 그 기사는 인상이 좋아보였다. 밤에는 이동하지 말고, 카메라는 채가니까 호주머니 안으로 끈이 밖으로 나오지 않도록 하라고 일러주었다.

낚시가게 주인은 중국인이었다. 세계 어디나 중국인이 살고 있지만 지금까지 여행하면서 난 한 번도 중국인 배낭 여행객을 만나보지 못했다. 정책적으로 비자 문제가 자유롭지 않아서 그럴지도 모른다. 나는 내가 한국에 태어난 것에 정말 감사히 생각됐다. 낚싯줄을 사고 돌아서서 숙소로 가려는데 택시기사가 자꾸 음식 잘하는 데가 있다며 거길 들러보잔다. 난 밥 생각 없으니 어서 가자고 해도 거긴 정말 볼거리도 많고 음식이 맛있으니 가보자고 하도 우겨서 그가 이끄는 대로 갔다. 음식도 맛도 없게 생기고 볼거리도 없어서 곧바로 숙소로 돌아왔다. 그런데 이 기사는 요금의 네 배를 달라고 했다. 내 딴에는 왕복으로 후하게 쳐서 준 건데도 그는 거기에 또 얹어서 돈을 달라고 하기에 그 이유를 물었더니, 자기가 나한테 낚시가게와 음식점을 가이드해줬으니 그 비용도 받는 거라고 말했다. 하도 어이가 없어서 쳐다보고 있으니까 갑자기 돌변해서 막 윽박을 지르면서 어서 달라고 했다. 그 모습을 보면서 낚시가게가 숙소 근처에도 있는데 일부러 나를 데리고 갔을 수도 있겠다는 생각이 들었다.

정말 돈만 생각하는 사람들과 상종하기 싫어졌다. 끌려 다닌 걸 생각하니 내가 또 사기를 당한 거나 마찬가지라는 생각이 들었다. 얼마나 더 겪어야 사기꾼인지 아닌지를 분간할까, 난 왜 흑심을 품은 사람들의 표적이 되는 걸까, 파나마에서 만났던 친구들이 콜롬비아로 향하려는 내게 했던 말이 아직도 생각난다.

"넌 엄마 뱃속에서 막 튀어나온 아이 같아."

페루 아마존강 상류 벨렌Belen 수상마을

벨렌에 가기 위해 숙소를 나설 때 현지 친구들이 말렸다.

"¡muy peligroso! 매우 위험해!"

"혼자서는 절대 가지마! 소지품 다 털릴 거야."

나는 친구들의 진심 어린 충고를 마음에 담고 현지친구에게 가이드를 해줄 것을 정중히 부탁하여 그와 동행하게 됐다.

난 정신없이 비디오 영상을 찍기 시작했다. 수상가옥 밑으로 똥물과 각종 쓰레기 등이 둥둥 떠다녔다. 까만 돼지가 더러운 쓰레기무덤에 코를 파묻고 있고 그 주위에는 어미 닭과 병아리들이 그리고 지저분한 오리, 개, 고양이들이 있었다. 곳곳에서 썩은 냄새가 진동했다. 태어나서 이렇게 더러운 광경을 본 건 처음이었다.

더 이상 길이 없어 배를 빌려 수상가옥 주변을 돌았다. 집 밖에서 머리를 자르는 사람, 아이에게 젖을 물리는 여성, 집 밖으로 음식물 찌꺼기

를 버리는 사람, 바지를 내리고 오줌을 싸는 남자아이와 그 물로 빨래를
하는 사람들, 머리 감는 사람과 그 속에서 수영하는 어린애들 그리고 낚
시를 하는 사람들까지. 뿐만 아니라 이 물로 밥을 짓는다고 친구가 말했
다. 이곳에서 사람이 산다는 게 기적 같았다. 길이 없는 이곳에 왜 사람
들이 모여 사는 것인지 물었다. 육지에서 살 돈이 없어서 이곳 수상에 집
을 짓고 살기 시작했다고 했다. 수상이기에 따로 세금을 안 낸다고 했다.
옛날부터 터전을 잡고 살던 인디혜나들이 자본주의의 검은 손에 의해 밀
려 원치 않게 내몰렸다는 게 느껴졌다. 이들이 곧 아마존의 인디혜나들이
아닐까 하는 생각도 들었다.

　　오염된 물 때문에 질병이 생겨 피부질환을 앓는 주민들이 많이 보였
다. 마을 골목길로 들어서려 할 때 현지 사람들이 위험한 지역이라며 안
쪽으로 들어가지 말라고 했다. 우리는 방향을 틀어 아마존 인디혜나들의

삶이 묻어있는 벨렌의 시장으로 들어갔다. 알 수 없는 담배를 제조하는 사람들, 정체모를 동물을 토막 내서 파는 사람들, 그 길 사이로 버려진 음식찌꺼기를 먹는 병든 개들. 난 이것을 카메라에 담느라 정신이 없었다. 이때 뒤에서 누군가 따라와 어깨를 쳤다.

"카메라 조심해! 여기 정말 위험한 지역이야!"

경찰이었다. 가이드를 자청한 현지인 친구는 혹시나 뒤에 누가 따라오나 연신 뒤를 돌아보았다. 시장에는 별의별 걸 다 팔았다. 동물원에서조차 보지 못했던 정체모를 동물들. 이상하게 생긴 희귀 원숭이와 희귀 거북이, 아마존 뱀, 열대어, 아마존 약재 그리고 쥐새끼처럼 생긴 동물 등 을 팔았다.

보트를 타고 인디헤나 마을로 향했다. 마을 입구에서 북소리가 들리더니 안에서 바쁘게 사람들이 움직인다. 그들은 때 맞춰 전통복장으로 갈아입고 장식용처럼 보이는 활과 기타 전통물건 등을 챙겨 들더니 내 앞에 나타났다. 남자들은 사진을 찍자며 나를 자기 옆으로 끌어당기고 여자들은 장식품을 내 얼굴 앞으로 갖다 들이댄다. 어린애들도 사진 찍을 폼을 잡는다. 그리고 옆에서는 여자애들이, 관광객은 나 혼자인데 주위에 같이 보트를 타고 온 사람들을 하나씩 가리키며 자기 부족마을을 방문한 비용 20솔을 외친다. 여기 왔으니 20솔을 내라는 것이다. 혼란스러운 나머지 장식품을 건네는 아줌마를 멍하니 바라보고 있는데 같이 온 친구는 사진을 찍을 테니 웃으면서 엄지손가락을 치켜 올리란다. 영화 〈다빈치코드〉에서 했던 대사가 떠올랐다. '눈은 마음이 보고 싶어 하는 것만 본다.'

아무것도 걸치지 않은 아마존의 원주민을 상상했다. 내가 보고 싶은 건, 그러니까 내가 원하는 건 우리와 완전 다른 먼 과거 적의 미개한 원주민인 것이고, 이것은 곧 오만과 편견으로 똘똘 뭉쳐진 나의 아마존에 대한 관념인 것이다. 이 관념은 미디어에서 학습된 아주 단편적인 정보인데 그걸 아마존은 다 이렇다, 라고 매도해버린 면이 없지 않다. 미디어는 그 프로그램의 특성에 맞추어 제작되는 것이므로 그 의도를 제대로 알고 받아들여야 하는데 미숙하게도 나는 그렇지 못한 점이 있었다. 사실 대다수의 현대인들이 나처럼 생각하고 있을 지도 모른다. 추측은 편견을 낳는다. 여행은 그 편견을 없애는 가장 정확하고도 분명한 방법이다.

다음 날 아마존 이키토스에서 페루의 수도 리마로 날아가기 위해 오토바이택시를 타고 공항으로 향했다. 오토바이 기사는 주유소에서 주유를 했다. 그때 길거리에서 열 살 정도의 여자애가 나에게 꽈배기를 팔아달라고 내밀었다. 저 애는 어쩌자고 학교를 안 가고 아침부터 이런 곳에서 돈을 벌고 있는 걸까. 이 아이의 꿈은 무엇일까. 이 사회에서 이 아이는 과연 꿈을 이룰 수 있을까? 어제 배를 타고 수상가옥을 둘러볼 때도 이와 비슷한 생각을 했다. 하루 종일 집안에 저렇게 있을 텐데 그들에게 꿈은 무엇이고 희망은 무엇일까. 그래도 꿈은 있겠지…… 그런 생각을 말이다.

여섯 번째 프로젝트,
볼리비아 후원아동 방문기

"어서 말을 해봐. 난 널 만나기 위해 먼 나라에서 비행기를 타고 날아온 천사야. 내 어깨
에 달린 날개 안 보여?'

나는 머릿속으로 이런 생각을 품고 인터넷을 검색했다.

'세상에서 가장 가난한 아이를 찾고 있어요.'

이렇게 썼다가 지웠다. 돌아올 리플이 내 속을 시끄럽게 할 것만 같았다. 나의 순수한 진

정이 그대로 받아들여지지 않고 왜곡될 소지가 다분히 있는 문장이어서 그랬다. 인터넷을

검색하면서 대부분의 사람들이 아프리카보다 남미에 대한 관심이 적다는 것을 알게 되었

다. 남미에서도 가장 못 사는 나라인 볼리비아의 북부 오루로Oruro 지방은 해발 4,500m

의 고산지대이며 글을 아는 사람은 열 명 중 두 명뿐이고 영아 사망률이 세계 최고란다.

나는 이곳 오루로의 어린이를 후원하기로 결정했고 월드비전 사무실에서는 10세 여아인

Lizeth를 결연시켜 주었다.

볼리비아 후원아동 방문기

　우리 속담 중에 '티끌모아 태산' 이라는 말이 있다. 티와 먼지가 쌓여 높고 큰 산이 된다니…….

　이 말을 언제 처음 알게 되었는지는 기억나지 않는다. 그러나 이 말이 참말이라고 믿어 의심치 않게 된 일은 내 인생에서 종종 있었다. 군에 입대했을 때 첫 월급을 받고 너무 적은 액수에 나는 놀랐다. 그러나 그때도 티끌모아 태산이지, 라고 생각하며 월급을 저금하기 시작했다. 전역할 때가 되니 제법 목돈이 되어 뿌듯했다. 나는 이 돈으로 부모님께 안마의자를 사드리겠다고 했다. 부모님은 무척 놀라셨다.

"고 작은 월급을 모아 목돈을 마련했구나! 그게 어떤 돈인데 안마의자를 사겠니. 더 값진 일에 쓰려무나. 우린 그저 네 정성만 받겠다."

이렇게 해서 나는 해외후원아동, 차일드스폰서십Child sponsorship을 노크하게 되었다. 먼저 월드비전에 가입을 했다. 월드비전은 전 세계 100여 개국에서 1억 명의 지구촌 이웃들을 위한 구호 개발과 옹호 사업을 진행하는 국제구호개발 NGO이다.

세상에서 가장 가난한 아이를 찾고 있어요

내 마음 속에, 이 지구상에서 가장 가난한 아이를 한 명 찾아 도와주겠다, 라고 각을 잡았다. 생각만으로도 가슴이 뛰었다. 지구 어디선가 지독하게 가난한 삶을 살다가 어느 날 동양에서 날아온 스물세 살의 남자 천사를 만난다.

"애야, 네가 지금 제일 갖고 싶은 게 뭐니?" 그럼 그 아인 어떤 표정을 지을까? 아마 말을 못할 것이다. 이게 꿈인가 생시인가, 하고 말이다. 그럼 난 그 애의 눈을 들여다보며 다정한 목소리로 속삭여줄 것이다.

"어서 말을 해봐. 난 널 만나기 위해 먼 나라에서 비행기를 타고 날아온 천사야. 내 어깨에 달린 날개 안 보여?"

나는 머릿속으로 이런 생각을 품고 인터넷을 검색했다.

'세상에서 가장 가난한 아이를 찾고 있어요.'

이렇게 썼다가 지웠다. 돌아올 리플이 내 속을 시끄럽게 할 것만 같았다. 나의 순수한 진정이 그대로 받아들여지지 않고 왜곡될 소지가 다분히 있는 문장이어서 그랬다. 인터넷을 검색하면서 대부분의 사람들이 아프리카보다 남미에 대한 관심이 적다는 것을 알게 되었다. 남미에서도 가장 못 사는 나라인 볼리비아의 북부 오루로Oruro 지방은 해발 4,500m의 고산지대이며 글을 아는 사람은 열 명 중 두 명뿐이고 영아 사망률이 세계 최고란다. 나는 이곳 오루로의 어린이를 후원하기로 결정했고 월드비전 사무실에서는 10세 여아인 Lizeth를 결연시켜 주었다.

사실 여기까지 진행되었을 때만 해도 난 무리 없이 내가 한 약속을 이행하려니 했다. 그러나 그 아이를 만나기까지 난 많은 스케줄을 변경해야 했고, 또 어떤 여행계획은 포기해야 했다. 해외여행이라는 것이 현지의 사정으로 인해 예상치 못한 변수가 생겨서 낭패를 보고 계획해 놓은 시간이 꼬이는 게 다반사였다. 여행 중에 아주 중요한 스케줄이 맞물려 있을 때 그 아이와의 일정이 잡혔다. 그런데다가, 한국 사무실과 볼리비아 현지 사무실 시간이 달라 약속조정에 시간이 걸려서 무척 애를 먹었다. 사정이 이와 같아서, 한국을 떠나기 전 잡았던 약속을 여행 중 세 번이나 변경하고서야 그 애를 만날 수 있었다.

후원아동을 만나러 가는 길은 왠지 설레고 기대가 되었다. 현지 볼리비아 직원이 가이드를 하러 나를 마중 나왔다.

"You are so young! 당신 너무 젊어요!"

그는 이렇게 말하곤 내 나이를 물었다. 나는 당시 스물세 살이었다. 자기보다 어린 후원자를 보지 못했다며 환대해 주었다. 월드비전 차를 타고 이동했다.

볼리비아에는 10개의 지역개발사업장ADPArea Development Program이 있고 그중 3개는 한국의 지원을 받는다 했다. 2개가 오루로에 그리고 나머지 1개는 포토시Potosi 근처에 있다. 지금 이곳의 ADP는 생긴 지 2년이 됐으며 1,900명의 한국 후원자가 있다고 설명해 주었다.

"You are the first sponsor to visit Bolivia ADP. We are all very excited and pleased at your arriral. 당신이 처음으로 볼리비아 ADP

를 방문하는 겁니다. 사무실 직원모두가 기대하고 기뻐하고 있습니다."

ADP 사무실 직원이 모두 나와 일렬로 서서 박수로 맞아주었다. 과자로 만든 목걸이를 걸어주고 악수를 나누며 남미식 인사로 볼에 뽀뽀를 했다. 이어서 ADP 사업장 총책임자의 사회로 직원 한 사람씩 일어나 볼리비아 월드비전 ADP에서 각자 맡은 소임에 대해, 어떤 일을 하고 어떤 성과를 냈는지 등을 내게 보고했다. 군대에서 대대장이 되어 참모들로부터 아침 상황보고를 받는 기분이었다. 난 그냥 내가 후원하는 해외아동을 만나러 온 것뿐인데 그 상황이 적응이 되질 않았다.

그들은 현재 진행 중인 캠페인에 대해 설명하고 나서 내게 자료를 건네주었다. 병에 감염된 남성과 여성의 성기가 표시되어 있었다. AIDS 등 성교육을 하기에는 너무 어린 학생들이 아닌가 하는 의문이 생겼다. 한국 기준에서는 이르지만 이곳 사람들이 빨리 결혼하고 아이를 낳다 보니 그럴 터였다. 또한 이런 문제가 심각해 캠페인이 진행되고 있겠구나, 짐작되었다.

나에게 Lizeth의 개인 신상자료 파일을 보여주며 후원받는 아이가 어

떻게 관리되고 어떤 식으로 도움 받는지를 설명했다. 한 아이당 1년에 4
번 가정방문을 하고 후원받는 아이 1,900명분의 파일이 Lizeth처럼 있어
매일 관리하고 있다는 설명도 곁들였다.

사무실에서 나와 학교로 찾아갔다. 학교는 도시와 떨어져 있었고 진흙
길이었다. 학교의 운동장에 들어서자 학생들이 자유분방하게 와글와글
떠들어대며 놀고 있었다. 학교 측에서는 곧 전교생을 운동장에 정렬시켰
으며 그 앞에 의자를 나란히 배치시켰다. 그 의자 정중앙에 나를 앉도록
했다. 학교의 이사장이 된 기분이었다. 학교의 교가가 울리고 월드비전의
직원들과 학교 관계자들이, 월드비전 후원자인 나를 학교 관계자와 학생
들에게 소개했다. 월드비전 직원들은 이곳 사업장을 방문해줘서 진심으
로 고맙다고 거듭 말했다.

학생대표 네 명이 준비한 연극을 보여줬다. 연극 내용은 월드비전에서

진행 중인 성 관련 캠페인이었다. 내 개념으로는 역시나 애들이 너무 어리다, 라고 여겨졌다. 연극이 끝나고 나에게 자기소개를 할 시간이 주어졌다. 영어로 말하면 통역해 주겠다고 했지만 나는 어린학생들과 교감하고 싶어 서툴지만 스페인어로 내 소개를 했다. 곧이어 학생들이 오루로 전통춤을 보여주었다. 월드비전 측에서 나 한 사람을 위해 이런 자리를 마련하고 공연을 준비했다는 것에 대해 나는 몸 둘 바를 몰랐다. 그러던 차에 학생회장의 손에 이끌려 나도 그 무리에 끼어 춤을 추었다. 친밀감이 느껴졌다. 이어서 교실을 방문했다. 학생들은 정부에서 주는 간식을 먹고 있었다.

다음 방문한 교실에서, 한 학생이 한국어로 자기 이름을 어떻게 쓰는지 질문해서 나는 칠판에 적어주었다. 학생들이 너도 나도 자기 이름을 한국어로 적어달라고 했고, 나는 그들의 이름을 칠판에 적어주었다. 한글로 적힌 자기 이름을 무척 신기해 하며 노트에 받아 적는 모습을 보니 매우 뿌듯했다. 또한 많은 학생들이 한국인으로부터 후원을 받고 있다는 사실을 알았을 때 나는, 내가 한국인이라는 사실에 무한한 자긍심을 느끼지 않을 수가 없었다.

오루로에는 내 여동생이 산다

드디어 나의 후원아동 Lizeth의 집을 방문하게 되었다. 흙벽돌로 지어진 집이었다. Lizeth의 가족은 부모, 그리고 형제가 아홉 명이나 되었다. 이들은 모두 나를 반갑게 맞아주었다. 열 살의 Lizeth는 내성적이며 눈이 무척 깊고 맑은 아이였다. 집안으로 들어가니 무척 옹색했는데 내가 한국에서 Lizeth에게 보낸 편지가 벽에 붙어있었다. Lizeth는 수학을 좋아하고 꿈이 의사라고 했다.

가족들과 식사하면서 Lizeth에게 캠코더를 건네주고 사용법을 알려주었다. 그때까지 서먹해 하던 그 애는 마음을 열고 한 발 다가왔다. 가족들도 캠코더를 마냥 신기해 하며 경직돼 있던 표정을 풀었다. 우린 다 같이 기념사진을 찍었다. Lizeth 엄마는 내게 가족사진과 전통주머니 등을 선물로 주면서 고맙다고 했다. 이제 내가 마음에 품고 온 미션을 이행할 차례가 되었다.

"얘야, 네가 지금 제일 갖고 싶은 게 뭐니?"

그 애는 볼을 발그레하게 물들이며 얌전하게 눈을 내리 깔았다. 그러

더니 나를 올려다보았다.

'이 사람은 천사인가 봐. 날개 없는 천사!'

내 입으로 발설하긴 좀 민망하지만, 그 애의 맑은 두 눈빛에는 그런 의미가 서려있었다.

시장에 가서 Lizeth는 신발과 청바지를 골랐다. 가격은 각각 119BS와 100BS. 볼리비아가 물가가 싸다고는 하지만 여행자인 나에게는 큰돈이었다. 청바지를 입고 행복해 하는 그 애의 얼굴을 보고 있자니 내 어릴 적 추억이 떠올랐다. 새 옷을 입고 학교에 가는 날이면 친구들이 어떤 관심을 보일까 떨렸던 기억 말이다. 다른 곳에서 절약하여 벌충하기로 하고 내친김에 난 그 애에게 산타가 되어주기로 했다. 무엇을 사줄까 물었더니 그 애는 인형을 원했다. 나는 인형은 물론 재킷까지 사주었다. 맘에 드느냐고 물었더니 들뜨고 기쁜 목소리로 "¡Si! 예!"라고 대답했다. 난 아직

113

도 그 애의 떨린 목소리가 잊히지 않는다.

만남을 끝내고 헤어져야 할 시간이 다가왔을 때 그 앤 무척 아쉬워했다. 나는 Lizeth와 헤어지기 전에 4가지 삶의 조언을 해주었다.

첫째, 무슨 일이 있어도 절대 꿈을 포기하지 말라는 것.

둘째, 세계는 아주 넓으니 멀리 내다보고 크게 생각하라는 것.

셋째, 볼리비아에만 머물지 말라는 것.

넷째, 영어가 안 되면 큰 사람이 될 수 없으니 영어를 배우라는 것.

조언을 하다보니 이건 내가 새겨들어야 하는 말 같았다. 그리고 나는 속으로 그 아이를 위해 기도했다. 욥기 8장 7절이 떠올랐다.

'네 시작은 미약하였으나 네 나중은 심히 창대하리라.'

인형을 안고 행복한 눈으로 나를 바라보던 그 모습이, 내 얼굴에 뽀뽀를 해주던 그 아이의 눈에 맺힌 이슬이 이 글을 쓰는 순간에도 생생하다. 지금도 난 그 애가 보고 싶다. 난 정말 Lizeth의 꿈이 이뤄지길 바란다. 난 그 애를 끝까지 후원할 작정이다. 왜냐하면 그 아인 이미 내 여동생이니까.

볼리비아 광산 투어

일을 마치고 나는 볼리비아 광산투어에 나섰다. 현지 여행사에 도착해 그곳에서 준비한 작은 미니버스에 탑승했다. 나는 투어에 참가한 브라질 친구와 볼리비아 라파즈La Paz 출신의 한 가족과 함께 차에 탑승했다. 우리가 제주도나 박물관을 관광하듯이 이곳 볼리비아 사람들도 현지투어를 했다.

교회로 보이는 하얀 건물이 보였다. 약 400년 되었다는 그 건물에는 아픈 인디헤나들의 역사가 깃들어 있었다. 처음 스페인 사람들이 이곳에

왔을 때 인디헤나 사람들과 말이 통하지 않았다. 스페인 사람들은 그들의 언어를 쓰게 할 방편으로 이 건물을 지어 놓고 사람들을 끌어들여 강제적으로 종교를 믿게 하고는 스페인어로 설교를 했다는 슬픈 전설이 스며 있었다. 그 당시 사람들은 케추아Quechua라는 언어를 썼었는데 지금까지도 적지 않은 이들이 케추아를 사용하는 것을 볼 수 있었다.

가이드는 광산에서 일하는 어린아이들을 위해 선물을 사야 한다며 공책과 연필 등을 파는 곳으로 우리들을 데려갔다. 그리고 광부들에게 줄 코카잎도 사도록 유도했다. 코카잎은 광부들이 광산 안에서 고통을 잊기 위해 씹는다고 했다. 가이드는 차에 올라타기 전 만난 몇몇 어린아이들에게 펜과 노트 등을 전달해주고, 우리는 장비와 옷을 갈아입기 위해 어느 집으로 들어갔다. 그곳에는 광산투어에 참가하는 여행자들을 위한 고무 부츠와 작업복, 안전모 그리고 머리에 쓰는 라이트가 있었다.

발에 맞는 부츠와 헐렁한 큰 작업복으로 갈아입고 안전모를 착용하고 차량에 탑승한 후 흙길을 따라 광산이 있는 지역으로 올라갔다. 광산 언덕에서 한 떼의 어린아이들이 내려오고 있었는데 가이드는 드문드문 보이는 집을 가리키며 애들이 저 집에 산다고 했다. 이곳에는 딱히 다른 돈벌이가 없고 살기가 힘들어 어린애들까지 광산에 나와 일을 한다 했다. 아직 다 자라지도 않은 어린애들이 어떻게 그런 험한 일을……. 내가 그렇게 생각하고 있을 때 아이들이 이상한 돌조각들을 가져와 우리들에게 사라고 했다. 별로 희귀할 것도 없고 예쁘지도 않은 그런 돌조각이었다.

광산 갱으로 들어갔다. 굴 안이 좁아 허리를 굽혀 안으로 들어가니 한 광부가 보였다. 옛날 방식대로 큰 못과 망치로 광물을 캐내는 건 기계가 그들에게 너무 비싸서 사지 못하기 때문이라고 했다. 광부에게 우리가 미리 준비한 코카잎을 건네주었다. 그는 유독 한 쪽 볼이 볼록 튀어나와 있었다. 가이드는 열악한 환경에서 광부들이 고통을 잊기 위해 코카잎을 계속 씹어서 한쪽 볼이 볼록 튀어나온 거라 설명했다. 갱 안의 공기가 매우 안 좋기 때문에 맑은 공기를 공급하기 위해 입구부터 긴 호스가 연결되어 있었다.

굴 안에는 인형처럼 생긴 여자상과 남자상이 모셔져 있었다. 인디헤나들이 스페인 정복자들의 지시를 따를 수 없다고, 대신 이 안에다 이런 상을 만들어 놓고 섬겼다고 했다. 그 인형 상의 한쪽 볼도 볼록 튀어나와 있었으며 입에는 담배가 물려있고 주위에는 코카잎들이 널려있었다. 이 상징물을 보고 있자니 당시 광부들이 얼마나 척박하고도 막막한 삶을 영위했는지 피부에 와 닿았다. 인디헤나들은 스페인 정복자들에게 "왜 우리가 이런 곳에서 일해야 되냐?", "우리들은 햇빛이 있고 달이 있고 맑은 공기가 있고 하늘이 있는 곳에서 일하고 싶다."고 항변을 했단다. 그러자 스페인 정복자들은 광산에 감옥을 지어서 저항하는 인디헤나들을 집어넣었다. 그 감옥이 현재까지 남아있었다.

스페인 정복자들의 총, 칼, 무기 등 억압에 의해 처음 이 광산에서 강제 노역을 당했다. 세월이 흐른 지금 그들은 누구의 억압도 없는데, 더군다나 광산 내부가 무너져 내려 수백 수천 명의 광부들이 깔려 죽는 일도 벌어졌는데, 아직까지 그들이 이곳을 떠나지 못하고 일한다는 사실이 아이러니했다.

일곱 번째 프로젝트,
페루 고아원 봉사활동

이번 봉사활동에는 특별히 기획된 프로그램이 없었다. 그래서 자원봉사자가 얼마나 많은 준비를 해 가느냐에 따라 프로그램이 바뀌는 형태였다. 나는 이런 쪽에 경험이 없어서 막막했다. 그냥 아이들과 시간을 보내고 있다가 이래서는 안 되겠다 싶어서 머리를 굴렸다. '내가 어렸을 때 무엇을 하고 싶었지?', '무엇을 할 때 기분이 좋았지' 등등. 그 애들에게 뭔가 의미 있는 일이 없을까 고민해 보았지만 딱히 떠오르는 게 없었으므로 난 그냥 그들이 하는 대로 놀아주었다. 아이들처럼 노는 건 중노동이었다. 너무 고돼어서 숙소로 돌아오면 녹초가 되었다.

수학문제와 그림그리기 학습을 도와주고 숙제도 봐주었다. 그리고 나머지 시간엔 그냥 동장에서 뛰어다녔다. 공을 차고, 미끄럼틀처럼 바닥에 줄을 잡고 끌어주고, 운

이곳은 지구 반대편에 있는 잉카제국 페루의 아야쿠초Ayacucho
라는 작고 소박하고 아름다운 도시이다. 해발 2,700m의 고산지대에는 메
스티소Mestizo들은 드물고 대부분이 전통의상을 입고 케츄아어를 사용하
는 인디언들이 살고 있다. 도시는 작았지만 공원을 중심으로 성당과 여러
상점으로 둘러싸여 있고 식민지 시대의 도시건설양식이 그대로 보존되어
있다.

　일찍이 페루 워크캠프를 하려고 준비를 했는데 이번에도 볼리비아 때
처럼 일정상 도저히 내 여행 경로와 맞지 않았다. 그래서 나는 페루 봉사
활동을 하기 위해 몇 가지 여행을 포기해야 했다. 그리고 만 하루가 넘게
버스를 타고 왔던 길을 다시 되돌아서 페루로 올라가야 했다. 왔던 길을

거슬러 올라간다는 것은 쉽지 않은 선택이었다.

철저한 소명의식을 갖고, 오직 봉사활동만을 위해 다음 목적지 칠레를 바로 앞두고 울퉁불퉁한, 그 악명 높은 흙먼지 길을 엉덩방아 찧어가며, 버스에서 날을 새며 거슬러 올라갔던 것이다.

열악하고 열악한 아야쿠초의 숙소

버스를 탔다. 제 시간에 약속장소인 아야쿠초에 도착할 수 있을까, 의문이 들 정도로 버스는 느려 터졌다. 진종일 달려서 정작 버스가 정차한 곳은 중간역인 나즈카Nazca였다. 그곳에서 다시 버스를 타고 중간역 피스코Pisco에 도착했다. 그 과정에서 버스 직원이 불합리하게 돈을 더 요구해 실랑이가 벌어졌고 주변사람들의 도움이 있었다. 여기서 또 다시 아야쿠초로 가는 버스를 탔다. 버스 안에는 짐과 사람이 구분 안 될 정도로 뒤죽박죽 포개져 있었고 고장 난 창문 사이로 흙먼지가 들어왔다. 움직일 틈 없는 차 안은 정말, 말할 수 없이 지저분했다. 페루 깊숙이 위치한 시골을 향해 뻗은 꼬불꼬불한 도로를 달리는, 답답하고 불쾌지수 높은 버스 안에서, 연신 '난 견딜 수 있어' 라고 이를 앙다물어야 했다.

그렇게 예닐곱 시간 고행 끝에 나는 드디어 아야쿠초의 땅에 방사되었다. 캄캄한 새벽 세 시 반, 인적 드문 곳에 내던져진 것이다. 어불성설로 들리겠지만 인적은 드문데 오토바이택시는 있었다. 그 택시를 타긴 탔는데 왠지 불안했다. 목적지를 적은 쪽지를 보여 주고는 애써 친한 척 'i Amigo! 친구!' 라 부르며 궁금하지도 않은 이름과 나이 등을 물었다.

만일 그가 인적이 전무한 산길에 접어들어서 갑자기 옆구리에 칼을 들이대며 '있는 거 다 내놔!' 그럼 난 꼼짝없이 명령에 복종하는 수밖에. 그의 덩치와 인상은 왠지 그쪽 냄새가 풍겼고 운전수와는 인연이 멀어 보였다.

그런데 선입견이었다. 그는 나를 착실히 Info-sheet(봉사활동 정보가 적힌 안내서)에 적힌 주소에 데려 주었고 요금도 바가지를 씌우지 않았다. 새벽 네 시. 워크캠프 사무실에 문을 두드리고 전화를 걸어봤지만 무응답, 나는 인근 숙소로 향했다. 이번 워크캠프에서 3주 동안 함께 지지고 볶을 참가자는 모두 열세 명이었다. 방학기간이 아니라 한국인은 없을 거라 생각했는데 한국인이 네 명이나 되었다. 방을 안내받았다. 잠자리는 간단한 철골 위에 부서져 버릴 것만 같은 나무판 두 개를 대서 매트 하나 얹어져 있는 구조였다. 그것은 나의 군대 야외전술용 싱글침대를 연상케 해서, 순간 군대 야외 대대전술훈련 현장에 나와 있는 착각이 들었다.

숙소에는 뜨거운 물이 전혀 나오지 않았다. 겨울이 막 끝나는 시기라 샤워를 하고 나면 머리가 어질어질할 정도였다. 샤워실 앞에서 기다리는 다음 사람을 위해서 우리는 자주 찬물에 번개같이 샤워를 끝내야 했다. 샤워실 이용은 봉사자들 간에 가장 큰 불편사항으로 지목되었다. 우리는 견디다 못해 캠프원들끼리 갹출을 해서 전기온수기를 설치했으나 고장이 잦아 결국엔 도로아미타불이 되었다. 화장실은 물이 부족해 변기의 물을 내리지 못하는 경우가 빈번했다. 그때마다 우리는 부족한 물을 인근 현지 캠프 리더의 집에서 정수기 물통에 받아 이고 와야 했다.

하루 일과가 끝나고 친구들과 둘러 앉아 손빨래를 할 때면 주부가 된 기분이었다. 숙소에서는 정전과 단수가 자주 발생했는데 그럴 때마다 고생을 한 건 캠프리더. 단수를 대비해 리더는 화장실 근처에 항상 물통을 비치해야 했다. 그리고 변기가 막힐 때마다 물통을 들고 변기에 물을 쏟아 부었는데 매번 친구들의 그것을 봐야 하는 고통이 뒤따랐다.

진정한 봉사자로 거듭나다

우리가 봉사활동을 하는 곳은 아야쿠초에 있는 URPI라는 고아원이었
다. 그곳은 부모가 없거나 부모의 학대 또는 그밖에 신체적, 정신적으로
상처를 입고 잠시 부모, 형제들과 떨어져 나온 아이들이 지내는 보호시설
이다. 유치원생부터 중학생까지 약 30명 정도의 남자아이들이 생활을 하
고 있었다. 우리의 주된 임무는 정서적 교감을 통해 가족에게서 받지 못
한 사랑을 아이들에게 베풀고 학업에 흥미를 가질 수 있게 도와주는 것
이었다.

고아원에 들어서기 전, 이름이 뭐니? 몇 살이니? 등의 스페인어를 열
심히 연습했다. 고아원의 나무문을 여는 순간 앞뜰에 비치는 햇빛과 중앙
에 비치된 커다란 새장이 보였다. 왜 여기에 새를 가두어 놓았을까 그런
생각을 하면서 주위를 둘러보았다. 타일 바닥에 배를 깔고 드러누운 채
놀고 있는 아이들이 보였다.

"¡Amigo! 친구!"

아이들이 이렇게 외치며 내게 달려왔다. 물론 같이 온 캠프 멤버들한
테도 달려왔지만 그 순간 나한테만 달려온 것 같은 착각이 들었다. 방금
전까지 스페인어를 까먹을까봐 열심히 외우며 고민했던 일들은 까마득히
잊어버린 채, 아이들 손에 이끌려 다녔다. 개중에는 시큰둥한 반응을 보
이는 아이도 있었다. 나는 그들에게 쉽게 다가가지 못하고 멈칫거렸다.
시간이 지나면서 아이들의 경계심과 나의 낯가림도 모두 허물어졌다.

이번 봉사활동에는 특별히 기획된 프로그램이 없었다. 그래서 자원봉
사자가 얼마나 많은 준비를 해 가느냐에 따라 프로그램이 바뀌는 형태였

다. 나는 이런 쪽에 경험이 없어서 막막했다. 그냥 아이들과 시간을 보내고 있다가 이래서는 안 되겠다 싶어서 머리를 굴렸다. '내가 어렸을 때 무엇을 하고 싶었지?', '무엇을 할 때 기분이 좋았지' 등등. 그 애들에게 뭔가 의미 있는 일이 없을까 고민해 보았지만 딱히 떠오르는 게 없었으므로 난 그냥 수학문제와 그림그리기 학습을 도와주고 숙제도 봐주었다. 그리고 나머지 시간엔 그냥 그들이 하는 대로 놀아주었다. 공을 차고, 미끄럼틀처럼 바닥에 줄을 잡고 끌어주고, 운동장에서 뛰어다녔다. 아이들처럼 노는 건 중노동이었다. 너무 고되어서 숙소로 돌아오면 녹초가 되었다.

고된 생활 가운데서도 우리의 숙식은 우리가 해결해야 했다. 우리는 좀 더 효율적으로 일을 하기 위해, 두세 명이 한 조를 이뤄 숙소에 남아 청소를 하고 아침, 점심, 그리고 저녁을 준비했다. 음식재료는 근처 시장이나 슈퍼에서 장을 봤다. 아침은 주로 시리얼과 안이 텅 빈 공갈빵, 바

나나, 쨈, 버터, 우유, 요거트 등을 먹었다. 지금까지 참가한 CVA도 그랬고 멕시코 워크캠프도 그랬다. 점심과 저녁은 다양하게 먹었다. 파스타, 닭고기, 밥, 샐러드, 카레, 팬케이크 등.

봉사활동 참가자 중에 채식주의자가 두 명 있었다. 음식 하는 당번들은 매번 그들의 식사를 따로 준비해야 했다. 어떤 친구들은 그게 귀찮아서 아예 채식 식단을 짜기도 했다. 처음엔 그래야 하는 걸로 당연하게 생각했는데 시간이 지나면서부터는 뭔가 뒤집힌 것 같은 느낌이 들었다. 다수가 소수를 위해서 양보하는 게 아니라, 평균적인 형태를 엇나간 사람쪽에서 생각을 달리 하거나 불편을 감수해야 옳지 않을까 하고 말이다.

미국 참가자 중에 J라는 흑인 여자친구가 있었다. 그녀는 봉사활동을 하러 온 건지 의문이 들 정도로 아주 형편없는 행동을 했다. 한국팀이 당번일 때의 일이었다. 우리는 있는 솜씨를 다 발휘해 주먹밥을 만들었다.

그런데 J는 어떻게 손으로 밥을 주무르냐, 너무 비위생적이다, 라고 하면서 아시안 음식 스타일에 대해 이해못하겠다고 뒷말을 하고 다녔다. 그 뒤에도 그녀는 털어서 먼지 내는 행동을 자주 했다. 아주 이기적이고 소아적인 행동으로 남에게 대접받으려고 해서, 한국인 친구들 사이에서는 그녀는 '여왕님'으로 통했다. 어쩌면 그녀는 워크캠프의 경험이 전무해서 그럴지도 모른다. 개인의 본바탕이 중요하긴 하지만 사람들과 많이 부딪히다보면 저절로 해야 할 것과 삼가야 할 것을 알게 된다. 내 경우를 들더라도 집에서는 설거지는커녕 내 방 청소도 다 어머니가 해주셨다. 그런데 워크캠프나 우프를 하면서부터 난 완전히 바뀌었다.

봉사활동이란 약하거나 부족한 사람을 돕는 것이라고 알았었다. 그런데 진정한 봉사란 어쩜 남을 돕는 게 아니라 자기 자신을 돕는 일인지도 모른다는 걸 새삼 깨달았다. 돌출된 행동을 삼가고 정해진 규칙에 따르고, 그리고 약한 사람을 돕고 하는 생활에 젖다 보면 저절로 겸손한 삶의 자세가 몸에 배게 마련이다. 먼지 묻은 옷을 새로 세탁하듯이, 자신이 미처 의식하지 못한 나쁜 습관들을 버리고 반성하다 보면 성숙한 인간으로 바뀌게 되고 이렇게 될 때 진정한 봉사자로 거듭나게 되는 것이 아닐까?

밤에 일기를 쓸 땐 내일은 좀 더 잘해봐야지, 라고 다짐을 했다. 그러나 막상 아이들과 부딪혀 생활하다 보면 나도 모르게 짜증이 나고 인상이 써질 때가 많다. 아이들이 마냥 귀엽기만 한 게 아니다. 고집 피우고, 떼쓰고, 어떤 아이는 봉사자들을 막대기로 쿡쿡 찌르는 등 심한 장난을 하기도 한다. 아마 그래서 그런 일이 벌어졌을 것이다. 어느 날 아이들이 욕을 했다. 누가 들어도 조금은 심한 욕이어서 우리 참가자들은 모두 놀랐다. 그 반응을 보고 이번엔 아이들이 한국말로 '바보'라고 말했다. 그 애는 그 말이 아주 심한 욕인 줄 알고 사용했다. 표정과 몸짓에서 그렇게 나타났다. 분명 지난 봉사자들 중 누군가가 아이들에게 알려준 거라 짐작이 됐다. 불쾌했다. 내가 떠나고 다음에 한국 봉사자가 와서 이 말을 듣는다 해도 내가 느낀 감정과 다르지 않을 것이다. 많고 많은 한국 말 중에 하필이면 바보라는 말을 이들 사회에 통용되게 하는 건 바람직하지 않은 일이다.

바보는 그렇게 나쁜 욕이 아니다, 그러니 친구에게 그런 말을 쓰지 말라고 이해시켰다. 그리고 그걸 만회하기 위해 팅팅탱탱 프라이팬 놀이를 비롯해 눈치게임, 공동묘지 쇼킹, 얼음땡, 3·6·9라는 한국 게임을 가르쳐 주었다. 어린 애들은 약간 어렵게 느꼈지만 봉사자들 간에는 대박이었다. 역시 한국 게임은 어디가나 인기 만점이다. 이 게임들을 외국으로 수출하면 대박 날 텐데…….

아이들은 유난히 축구를 좋아했다. 어린이들과 봉사자들로 팀을 짜서 축구를 했다. 꼬맹이라고 무시할 게 아니었다. 아야쿠초는 해발 2,700m에 있는 고산지대여서 아이들과 축구를 할 때면 5분도 안 돼 숨이 턱까지 차올라 죽을 것 같았다. 애들은 쉬지 않고 뛴다. 에너지가 넘친다. 정말 건전지 '에너자이저' 다. 이 에너자이저들은 쉬지 않고 놀아달라고 했다. 애들의 비위를 맞춰주고 집에 돌아올 때쯤이면 우린 반쯤 실신상태가 되었다. 그러나 자꾸 하다보니까 우리의 체력도 향상되었으며 축구가 한층 더 좋아졌다. 우린 축구를 관람하기 위해 경기장에 가기로 했다.

경기장 앞에서 음료수를 샀는데 페트병을 들고 가지 못하게 했다. 유리병도 아닌데 왜 안 되는지 이해되지 않았다. 우린 비닐봉지에다 음료수를 쏟아서 들고 입장했다. 경기장은 축구장 주위로 펼쳐진 시멘트 계단이 전부였다. 축구 시스템 자체가 정말 열악하다. 그런 환경에서 2시간 동안 관람을 했다. 얼굴이 토마토가 되었다.

이번 페루 워크캠프의 경우 주말엔 봉사자들을 위한 여행이 주어졌다. 물론 해당 여행의 제반 비용은 워크캠프 참가비에 포함되어 있다. 주말에 차를 빌려서 아야쿠초 근교 와리Wari라는 지역에 놀러갔다. 집 앞에 대기한 미니밴 차량에 모두 올라타고 이동했다. 페루의 작은 도시 아야쿠초까지 깊숙이 자리한 식민지 시대의 양식과, 스페인과의 마지막 전투지와 기념비 등을 구경했다. 나의 짧은 역사 지식을 길게 늘려 주었다. 그곳에서 멀리 보이는 아야쿠초 시내 전경을 한눈에 감상하고 말 타는 장소로 이동했다. 말이 타고 싶어 남미 여행일정에 끼어 넣으려 했는데 이렇게 봉사활동 프로그램에 포함되어 있어 돈도 절약하게 되었다. 개인적으로 타고 싶었던 흰 색 말을 골라 혼자서 탔다. 그런데 비실비실한 말이 말을 안 듣는다. 관광화가 됐는지 가던 길로만 이동한다.

우리는 주말마다 다양한 활동을 했다. 사막에서 오아시스를 구경하고, 그곳에서 샌드보드를 타고, 폭포도 보러가고, 선인장밭에 가서 선인장 열매도 따고, 마을 정상에 놀러 가고, 말을 타고. 때론 이렇게 봉사활동이 내 여행계획과 일치하여 두 가지 목적을 달성할 수 있어서 좋다. 꿩 먹고 알 먹는다고 해야 하나.

이곳에서 제공하는 메뉴는 돼지고기와 치킨 두 가지다. 채식주의자를 위한 메뉴는 없었다. 결국 리더가 식당에 양해를 구해 채식주의자들을 위해 메뉴에 없는 음식을 따로 주문해야 했다. 리더의 역할에 대하여 생각해보는 시간이 되었고, 한편 채식주의자의 고충이 이해되기도 했다.

고추장의 매운 맛은 정말 달콤해

한국인 참가자들의 당번이 돌아왔다. 지난번 주먹밥을 상기하고는 그 실수를 만회할겸 돼지불고기와 비빔밥을 하기로 했다. 각종 나물을 준비하고 아끼고 아끼던, 한국에서 직접 공수해온 고추장 양념을 하여 소스로 밥에 얹었다. 불고기를 재울 때도 일단 먼저 고추장으로 밑간을 해놓은 다음, 커피와 콜라 그리고 사과를 넣어 고기를 재워놓았다. 레몬이 부족해서 내 개인 돈으로 레몬 다섯 개를 더 사다가 짜 넣었다. 떨리는 마음으로 프라이팬에 고기를 구울 때부터 맛있는 냄새가 퍼졌고 친구들이 입맛을 다셨다. 정말 맛있다고 난리들이었다. 내가 먹어봐도 양념이 제대로 숙성되어 깊은 맛이 났다. 우리의 신개발 콤비네이션 양념을 넣어서 서양 친구들의 미각을 끌어들인 데에는 분명 한국표 고추장이 진가를 발휘했을 터였다. 캠프에서 우리들의 최고 요리사로 불리는 미국인 친구가 한국 음식에 은근히 중독성이 있는 것 같다고, 그 비법이 뭐냐고 물었다.

"한국의 장맛이야. 한국표 고추장은 매우면서도 달콤하거든."

그는 고갤 갸우뚱했다.

"뭔지 잘은 모르지만 아무튼 불고기가 자꾸 먹고 싶어. 앞으로 못 잊을 것 같아."

난 그의 그 말이 너무 달콤했다.

친구들의 몸 상태가 좋지 않았다. 처음에 한두 명이 설사와 복통을 호소하더니 급기야 대부분의 친구들이 병원에 실려 갔다. 전날 한국 음식을 먹었기 때문에 음식을 만든 우리가 잘 못한 건가 하는 생각이 들어서 미안하고 불안했다. 일과가 끝나고 숙소에 돌아와 보니 점심 때 먹었던 접시와 음식들이 테이블에 그대로 놓여 있었다. 오늘 식사 당번 이스라엘 친구도 거동을 할 수 없을 만큼 아프다는 것이었다. 나는 속죄하는 마음으로 설거지를 도맡아 해치웠다. 친구들이 돌아왔지만 나는 여전히 불안했다.

병원에서는 식중독이라는 결과가 나왔다. 원인은 우리가 먹은 샐러드에 있었다. 샐러드를 만들 때 우리는 수돗물에 야채를 씻었다. 그 물 속에는 균이 있었고 그것을 먹은 친구들이 감염된 것이었다. 그런데 이상한 건 친구들 모두 같은 음식을 먹었으므로 조건은 같은 상황이니 모두 바이러스에 감염이 돼야 맞을 것 같았다. 그런데 정말 이상하게 한국 친구들 네 명과 독일 친구 한 명만 걸리지 않은 것이다. 독일 친구와 한국 친구들 간의 공통분모를 찾아내보았는데, 우린 어제 고추장을 먹었다는 사실을 알아냈다. 정밀한 역학 조사를 거친 것은 아니지만 우린 모두 고추장이 바이러스에 대한 면역체계를 형성했다고 결론을 내렸다. 고추장에 페루 수돗물의 항생제라도 들어있다는 말인가? 라고 묻는 사람도 있겠지만 아무튼 우린 말짱했다.

경험이 스승이다

그동안 다른 프로그램에서는 비영어권의 사람도 섞여 있었기 때문에 영어 사용자들도 쉬운 단어로 이야기를 했었다. 나는 이제 자유롭게 영어를 구사할 수 있다는 자신감을 갖고 있었다. 그런데 이번 캠프는 아메리카America(미국, 캐나다) 친구들이 여섯 명이나 되었다. 이들은 그들의 모국어로 자유롭게 의사를 교환했고 난 자주 단어나 문장을 놓쳤다. 뿐만

아니라 내 의사를 표시할 때도 미숙해서 전전긍긍했다. 능숙한 영어 사용자들 사이에 껴서 상황에 맞춰 애드리브로 받아치는 일이 여간 어려운 게 아니어서, 나는 그 상황이 마치 미국 시트콤을 찍는 느낌이었다. 〈프렌즈Friends〉의 주인공 역을 맡아 연기하는 것과 같이.

또한 일과가 끝나고 숙소 안에서 팀원들과 갖는 여가시간도 마찬가지였다. 유치하면 유치한 대로 재미와 오락이 있고 당연 그에 알맞은 영어 표현을 익힐 수 있었다. 이런 시간과 경험이 쌓이면서 그에 비례해 내 영어의 키도 쑥쑥 자라고 있었다. 모든 방면에 경험만한 스승은 없는 것 같다.

각 나라마다 현지에서만 인기 있는 술이 있다. 한국에는 '소주'가 있고, 멕시코에는 '데킬라Tequila'가 있고, 일본에는 '사케(청주)'가 있고, 러시아에는 '보드카Vodka'가 있고, 영국에는 '위스키whiskey'가 있다면 이곳 페루에는 '피스코Pisco'가 있다. 주말 밤에 클럽에 가서 밤 문화를

엿보는 것 또한 빼놓을 수 없는 유흥이다. 머리 색깔부터 쓰는 말들이 제
각각이다. 이렇게 다양한 인종이 한 테이블에 모여 앉아있으면 어떨 땐
내가 아주 중요한 회의에 참석하고 있는 듯한 착각이 들 때도 있다. 술잔
을 놓고 우린 나름 심도 있는 대화를 주제로 삼을 때도 있고, 시시껄렁한
이야기를 안주 삼아 입 운동을 할 때도 있다. 그러나 한 가지 분명한 건
한국에서 또래 친구들과 가졌던 자리보단 좀 더 스케일이 크고 거시적이
라는 거다. 그들과의 교류를 통해 의식의 지평을 넓힐 수 있으며 이 경험
또한 훗날 나에게 스승 역할을 해줄 것이다.

  숙소에서 팀원들 간에 마찰이 생겼다. 쟁점은 저녁 늦게 카드 게임을
하느라 너무 떠들고 다른 한쪽에서는 음악 소리를 크게 키워놓는 바람에
주위 친구들의 수면에 방해가 된다는 것이다. 다른 사소한 문제들도 불거
졌다. 아마 그동안 쌓인 게 많았던 모양이었다. 이 문제를 해결하기 위해
워크캠프 책임자의 중재로 토론을 가졌다. 주로 미국, 독일, 캐나다 등의
서양 친구들이 목소리를 높였다. 이들은 직접적으로 불만을 표출했으며
개인 감정을 해치는 욕도 오갔다. 나를 포함한 다른 친구들은 이번 문제
에 끼지 않고, 그저 관망하는 제3자의 입장을 취했다. 토론하는 친구들을
지켜보며 한국의 〈100분 토론〉 프로그램에서 패널들에게 제한된 시간과
한정된 발언권만을 왜 주는지 알게 되었다. 감정의 골이 깊어 화가 나다
보니 사회자의 통제 없이 서로 발언을 하려고 여기저기서 말이 튀어 나
왔다. 중재자는 진정을 시키고 손을 드는 자에게 발언권을 주기도 하고
각각의 말을 듣고 중간중간 얘기를 정리하면서 토론을 이끌었다. 우리 중
의 리더는 중립을 고수하면서 주로 중재자에게 통역하는 일을 맡았다.

  사회자 겸 중재자 역할을 맡았던 워크캠프 책임자는, 친구들의 감정이
너무 격해서 이성적인 토론을 할 수 없다는 판단 하에 일단 토론을 종료

시켰다. 토론이 원만하게 해결되지 않은 상태로 종료되긴 했지만 그 과정
은 좋은 본보기로 남았다. 그들이 모두 발언을 하도록 내버려둬서 상황이
뒤죽박죽 정리되지 않고 서로의 감정을 해치는 말이 오가, 토론장이 싸움
판이 될 수도 있는 상황이었는데, 우리의 리더와 현지 워크캠프 책임자의
이성적이면서도 성숙된 언행으로 사건은 일단락 지어졌다.

작별인사

아이들은 대체로 순진하고 재밌고 귀여웠다. 하지만 워낙 활동량이 많
은데다 짓궂은 개구쟁이 남자아이들이라 자주 티격태격 싸워서 몇 안 되
는 봉사자들이 30명이 넘는 아이들을 통제하기는 힘들었다. 보통은 봉사
자들을 잘 따르다가도 고삐 풀린 망아지처럼 한 명 한 명이 말썽을 부릴
때도 많았다. 솔직히 무척이나 피곤해서 숙소에 가면 봉사자들 모두가 기
운이 빠져서 거의 쓰러질 정도였다.

봉사자들에게 심할 정도로 장난감이나 돌, 그리고 기다란 청소 빗자루
등의 물건을 던지거나, 몸에 상처가 나도록 긁는 등 납득이 안 갈 정도로
과격하고 위협적인 아이들도 많다. 말로 계속 훈육하고 주의를 주지만 통
제가 되지 않을 때가 많다.

하루는, 풀이나 돌 등을 봉사자들에게 던지지 못하도록 막았는데 고아
원 선생님께 일러바치고는 감정에 북받쳤는지 우는 게 아닌가. 난 내가
옳게 행동했다고 믿었지만 그 애의 감정을 누그러뜨리기 위해 미안하다
고 사과했다. 숙제를 도와주려해도 하지 않으려고, 없다고 말하는 애도
있었다.

몇몇 아이들이 내 인내심을 벗어나는 행동을 할 때 미운 적도 있지만
그런 생각을 하는 내 모습을 바라볼 때 참 속이 좁다는 생각도 했다. 실

망한 점이 한두 가지가 아니었다. 나중에는 내 의지도 없이 고아원에 끌려간다는 생각까지 들었다. 무엇을 가르쳐야 하는 건지 내가 이곳에서 할 수 있는 것이 무엇인지, 또 우리 캠퍼들의 존재 이유에 대해서 의문이 생겼다. 돌보러 온 건데 스트레스만 받는 기분이 들 때도 많았다.

캠프 친구들과 아이들이 모두 참여해 고아원의 벽에다 세계지도를 그려놓고 페인팅을 했다. 열흘 정도 걸려 세계지도를 완성했다. 한국을 페인팅 할 때 내가 우겨서 남북이 나뉜 색깔이 아닌 한 가지색으로 페인팅하도록 유도했다. 페인트를 다 하고 세계지도를 바라보니 뿌듯했다.

이번엔 풍선을 가져가서 놀았는데, 통제가 되지 않을 만큼 애들이 풍선에 집착했다. 아이들이 풍선을 보면 공황상태에 빠져버린다고 하던 리더의 말에 공감이 갔다.

아이들하고 함께 한 시간도 많이 흘렀다. 어려운 문제도 곧잘 풀어내

는 아이들이 기특하고 대견했다. 그러나 내가 스페인어를 조금 할 줄 알긴 했지만 글짓기와 국어 숙제를 대뜸 들이밀 땐 '대략 난감'했다.

처음엔 아이들이 모두 부모가 없어서 고아원에 맡겨졌을 거라 생각했는데 대부분 부모가 있었다. 아이들을 집에서 돌보기에 넉넉지 않은 가정형편으로 인해 고아원에 맡겨진 것이다. 부모들은 비정기적으로 아이들을 방문하곤 돌아갔다. 내 관점에선 이런 일련의 상황들이 오히려 더 아이들에게 가혹한 환경인 듯 보였다.

어디서나 그렇듯 마지막 날에는 대개 조촐한 파티 시간을 갖는다. 고아원에서는 이때 그 달에 생일을 맞은 아이들의 파티도 함께 했다. 파티가 끝나고 후식으로 개인 접시에 모두 푸딩을 받았다. 아이들이 자기가 먹은 그릇을 직접 씻어서 주방에 건네주는 것이다. 우린 모두 멈칫했다. 오전에 한 아이가 자기 빨래를 야무지게 하는 모습을 보았다. 차가운 물에 그 질긴 청바지와 적지 않은 양의 빨래를 한 후에 빨랫줄에 널었다.

그 애들은 고작 예닐곱 살이다. 스물세 살인 나는 지금도 내 옷을 엄마가 빨아주고 심지어 밖에 나와 여행 중일 때에도 양이 많을 때면 세탁소에 맡겨버리지 않는가. 아이들을 보살피러 왔다가 정신적으로 내가 그 애들에게서 보살핌을 받았다는 느낌이 들었다. 나는 마누엘이라는 어린이와 인사를 나누며 10년 후에 한국으로 초대하겠다고 약속했다. 축구도 잘하고 공부도 잘한 마누엘, 나중에 어떤 모습이 되어 있을지 궁금하다.

얼굴과 손등이 튼 아이들에게 나로 인해 URPI 고아원 밖, 아야쿠초 밖, 페루 밖, 세상 밖으로 넓은 시야를 갖게 해주고 싶었다. 큰 꿈을 품을 수 있게, 넓고 새로운 것들을 아이들에게 보여주고 싶었다. 그리고 워크캠프 봉사활동을 통해 무언가 나누어주고 싶었다.

마지막 날 작별 파티를 할 때 아이들이, 내일 축구하는 날이냐고, 며칠 후에 다시 올 거냐고, 물었다. 나는 그들이 이해할 수 있도록 이별에 대하여 설명해 주었다. 스페인어가 짧은 나는 영어로 이야기하고 그들은 스페인어로 이야기했지만 아이들의 생각을 몰라서 답답하다고 느낀 적은 없었다. 아이들이 워낙 생각과 느낌을 온몸으로 발산했기 때문이다. 천진한 아이들의 미소와 눈빛, 그리고 마음만으로도 친구가 될 수 있었다. 그런 행위들이 어쩌면 언어라는 수단보다 더 본능적으로 아이들에게 다가갔을지도 모르겠다. 우리들의 뒷모습이 사라질 때까지 조그마한 손을 좌우로 열심히 흔들어대던 아이들에게 아무것도 주지 못하고, 그저 받고만 왔다는 생각에 미안한 마음이 든다.

페루 시골마을의 순진하고도 소박한 사람들의 모습을 느낄 수 있었던 점, 한 마을에 오래 머물면서 그 마을에 대해 속속들이 느끼고 내적으로 깊이 이해할 수 있었던 점, 페루의 자연환경도 너무 멋져서 쉴 새 없이 카메라를 들어야 했는데 그것도 정말 좋았다. 봉사활동으로만 여기기엔 나에게 너무도 많은 것을 깨닫고 느끼게 해 준 활동이었다.

봉사자들끼리도 헤어질 시간이다. 지구 반대편에 있는 곳까지 날아가 좋은 동기를 가지고 만난 각국의 친구들과 워크캠프. 이런 프로그램이 있다는 것에 대해 감사한다. 돈 주고 살 수 없는 경험이었다.

여덟 번째 프로젝트,
프랑스 페스티벌 봉사활동

이번 캠프의 목적은, 아프리카 니제르 국가에 우물을 만들기 위한 모금 마련을 위해 축제를 여는 것이었다. 프랑스 남부도시 프롱티냥에서는 정규적으로 벌써 여러 해째 FestiPop이라는 형식으로 축제를 열어오고 있었다. 우리는 3주 동안 체류하며, 축제를 기획하고 준비하는 많은 그룹 중에 한 그룹을 이루는 구성원으로 참가하게 된 것이었다.

프랑스 페스티벌 봉사활동

스페인과 프랑스 사이 피레네 산맥을 넘어 툴루즈Toulouse기
차역에 도착했다. 여행자 안내센터에 들러 길을 물었다. 그런데 직원이
영어를 못했다. 나도 모르게 스페인어 할 줄 아느냐고 물었다. 영어가 안
통하니 스페인어로 묻는 나 자신에 놀랐다. 다행히 직원이 스페인어로 설
명해 주었다. 여행을 하다가 필요에 의해서 배우게 된 스페인어였는데 이
렇게 요긴하게 써먹게 될 줄이야. 만일 내가 책상에 앉아서 스페인어를
배웠다면 이렇게 단 시간 내에 대화를 나누게 될 수는 없었을 것이다. 그

리고 길에 나갔는데 프랑스 청년이 방황하는 나에게 다가와 물었다.

"日本人ですか? 일본인입니까?"

난 너무 놀랐지만 얼른 수습을 하고 "No!"라고 단호하게 말했다. 일본이라는 나라의 힘을, 힘 없는 한국을, 그리고 일본어를 못하는 나 자신이 능력 없게 느껴졌다. 많은 감정과 생각이 복합적으로 나를 흔들어서 한동안 멍했다. 영어도 잘 모르는 나라에서 일본어를 구사하다니, 난 기분이 상했다.

캠프가 열리는 프롱티냥Frontignan에 도착했을 때 참가자들이 마중을 나왔다. 난 이들과 세 번의 볼 키스를 나누게 되었다. 남미에서 한두 번 하던 키스가 여기오니 세 번. 그런데 친한 사이끼리는 네 번도 한다는 걸 알게 되었다. 처음에 어색하고 낯설었는데 시간이 지나면서 익숙해져서 나중엔 오히려 인사를 나눌 때 키스를 안 하는 게 어색했다.

이번 캠프는 영어가 힘을 발휘하지 못했다. 프랑스 현지 친구들이 전혀 영어를 구사하지 못해 중간에 통역하는 친구가 필요할 정도였다. 미팅 때는 영어와 프랑스어 두 언어를 동시에 써야 해서 시간이 많이 소비됐다. 현지 리더는 스페인어를 할 줄 알아서 나는 그와 대화할 때는 스페인어로 했다.

김밥 외교

캠프 첫날 친구들과 어색함을 깨트리기 위해 좋아하는 음식의 첫 글자를 알파벳순으로 줄 세우는 게임을 했다. 세계 여러 나라의 음식 이름이 열거되었다. 그중에는 '사시미'와 '스시'가 있었다. 좋아하는 음식이 일식이라니, 나는 매우 놀랐다. 그때 난 좋아하는 음식을 '김밥'이라고 말하고 싶었다. 그러나 애들이 당연히 한식에 대해 알 리 없고 먹어본 적도 거의 없을 것 같았다. 더구나 스시와 비슷하게 생겼다는 그런 설명은 하기 싫었다. 그래서 소시지라고 답했다. 말하고 나니 많은 아쉬움이 남았다.

그후 친구들이 스시가 먹고 싶다고 했다. 스시가 고급음식이라고 생각하며 많은 기대와 호기심을 갖고 있었다. 아시아 음식으로 생각했기에 그들은 아시아인인 내게 기대를 했고, 그리고 일부러 나를 당번으로 세웠다. 그런 임무를 띠고 프랑스 친구 한 명과 저녁 음식을 준비하면서 나는 많을 생각을 했다.

친구들의 입에서 한식 메뉴가 나온다면 얼마나 좋을까? 과연 그런 날이 올까? 일본인들도 좋아하는 한식 말이다. 분명 한식이 일식보다 더 발전할 가능성이 있는데 왜 아직도 세계인들은 일식만 선호하는 걸까. 그러면서 나는 쌀을 씻어 밥을 안치고 야채를 준비했다. 오이와 당근을 씻어서 나무젓가락만 하게 썰고 햄도 그렇게 썰었다. 그리고 이름 모를 초록 야채를 송송 썰어 놓았다. 계란도 깨서 부침개처럼 넓게 부쳐놓았다. 빨강, 초록, 노랑이 어우러진 색감은 화려하고도 먹음직스러웠다.

호기심을 갖고 음식 만드는 모습을 바라보았던 친구가 군침을 삼키며 환호했다.

"와우 스시 환상적이다!"

"이건 스시가 아니라 김밥이야."

나는 이렇게 쐐기를 박아주었다. 저녁이 다 준비되어 친구들이 식탁에 둘러앉았다. 친구들이 볼이 미어지도록 김밥을 집어 먹으며 엄지손을 치켜세웠다.

"지금 먹는 음식은 스시가 아니고 김밥이야."

나는 다시 한번 강조했다.

"한국 음식이야. 우리나라에서는 소풍이나 야유회 갈 때면 이 음식을

싸가곤 해."

친구들이 고갤 끄덕이며 박수를 쳤다. 한 친구가 말했다. 한국이라는 나라에 대하여 관심이 생겼다, 앞으로 여행도 해보고, 한국에 가서 김밥을 먹어보고, 그리고 김밥을 사갖고 야유회도 가보고 싶다고.

"한국에 오면 내게 연락해. 김밥은 사서 갖고 가면 의미가 없어. 집에서 직접 해서 갖고 가는 거거든. 내가 한국 재료로 제대로 말아줄게."

난 정말 그렇게 해주고 싶어서 아주 진지하게 말했다. 그러자 친구들이 정말 열렬하게 박수를 쳐주었다. 나의 애국심에 박수를 친 건지, 색다른 음식을 만들어서 박수를 친 건지, 아님 정성들여 저녁을 준비해줘서 친 건지 모르겠지만 난 아무튼 박수를 받았고, 묵은 체증이 뻥 뚫리는 기분이었다.

후식으로 와인을 마셨다. 이곳 캠프에서는 아침, 점심, 저녁때를 가리지 않고 와인을 마셨다. 여행하면서 이렇게 와인을 많이 마신 적은 처음이다. 많이 마실 때는 아침부터 정신이 해롱해롱해질 때까지 마신 적도 있었다. 이것은 프랑스식 문화에 기인한 거라 생각한다. 식사 후 나는 빨리 자고 싶어 친구들이 서로 대화하는 동안 설거지를 시작했다. 그때 같은 당번 친구가 다가왔다.

"You always do too much. take a break! 넌 매번 일 많이 하니까 좀 쉬어!"

'아낌없이 주어라 그럼 분명 돌아올 것이다.'

갑자기 머릿속에 그런 문구가 떠올랐다.

FestiPop

이번 캠프의 목적은, 아프리카 니제르 국가에 우물을 만들기 위한 모금 마련을 위해 축제를 여는 것이었다. 프랑스 남부도시 프롱티냥에서는 정규적으로 벌써 여러 해째 FestiPop이라는 형식으로 축제를 열어오고 있었다. 우리는 3주 동안 체류하며, 축제를 기획하고 준비하는 많은 그룹 중에 한 그룹을 이루는 구성원으로 참가하게 된 것이었다.

우선 축제에 쓰일 물건들을 만드는 일부터 해나갔다.

하얀 천에 하얀색 페인트 물감칠과 축제 때 쓰일 신호판 만드는 일을 주로 했다. 페인트 작업. 바느질 작업 등을 했다. 이 작업을 마친 뒤 모형 벽통을 밖으로 꺼내고 합판을 매끄럽게 하는 작업, 모형 담배를 고정시키는 일, 나무합판을 나르고 페인트를 칠하는 일, 우유 박스를 테이프로 감싸는 일, 그리고 벽통에 신문지를 붙일 때 필요한 풀을 만드는 일 등을 했다. 그중에서 풀 만드는 일이 신기했다. 비누처럼 생긴 것을 가루로 만들어 물에 탄 뒤 저으면 풀이 되었다. 축제 홍보를 위해 우리는 가까운

도시 몽펠리에Montpelier로 가서 사람들이 가장 많이 지나가는 곳에 자리를 잡았다. 리더와 프랑스 친구가 지나가는 행인에게 열심히 전단지를 돌렸다. 용기가 나지 않아 망설이다가 결국 나도 동참했다. 그런 준비를 마치고 나서 우리는 축제 장소로 이동하였다. 전체 직원들이 모여 간단하게나마 미팅을 가졌다. 그리고 행사 준비를 시작했다. 검은 비닐에 철사를 고정시켜가며 울타리를 감싸는 일이었다. 그 다음 손수레에 팻말을 고정시켜 이동이 가능하도록 만들고, 플라스틱 컵을 나무판에 고정시켜 적당한 크기로 잘라 카트를 고정시켰다. 뜨거운 햇살을 받으며 나무판과 기둥판을 다듬는 일의 준비를 마쳤다.

캠프원들은 직원이라는 표시로 노란색 종이 팔찌를 차고 입구에서 손님을 맞았다. 축제로 모금된 기금은, 아프리카 니제르 국가에 우물을 만들어 주는 데 쓰여질 것이라는 취지를 손님들에게 인식시켜 주고자 벽돌 모양처럼 꾸민 우유팩을 하나씩 건네주었다. 그리고서 손님들이 그 우유팩을 앞에 전시되어 있는 모형 원형 통에 우물 형태로 쌓아 올리도록 유도하였다.

잔치는 북적댔다. 우리는 재밌는 공연을 하면 무대를 구경하고 직원식당에 가서 간식을 먹었다. 손목에 노란팔찌만 있으면 아무데나 다 이동할 수 있고 먹을 것도 마음대로 먹을 수 있다. 이 축제 봉사활동에서만 누릴 수 있는 권한이었다. 행사 기간 내내 많은 특권이 주어졌다. 캠프에서는 축제기간 동안 마음껏 즐기라며 우리에게 자전거를 무료로 빌려주었다. 숙소에서 자전거를 타고 축제 장소에 가면 사람들이 입구에 길게 늘어서 있었는데, 순서를 무시하고 논스톱으로 행사장으로 들어설 수 있었다. 또한 자전거를 타고 지중해 바닷가와 인근 도시를 누비는 재미가 여간 즐거운 게 아니었다.

축제의 마지막 날이다. 여자 캠프원 중에는 직접 패션쇼 무대에 서기도 했는데, 한국인 참가자는 동양 대표로 패션쇼에 섰다. 패션쇼에 이어 유명 가수의 공연도 하고 코미디 원맨쇼와 카푸에라는 브라질 무술도 했다. 새벽 4시까지 축제가 이어졌는데도 너무 재미있어서 피곤하지 않았다. 봉사활동도 하고 축제도 즐기고. 삶이 늘 이와 같다면 참 좋겠다는 생각까지 했다. 다음 날 우리는, 천막 거두는 작업과 축제장 내부 청소,

그리고 그 동안 사용했던 작업실 안에 있던 물건들을 다 끄집어내어 대청소를 했다. 우린 모두 녹초가 되었다. 그래도 기분은 좋았다.

개버거를 파냐고?

여기서는 프랑스어가 권력이다. 앞에서도 말했다시피 현지 프랑스 친구들이 영어를 거의 모르기 때문에 주된 언어가 프랑스어가 됐다. 자연스레 프랑스어를 구사하지 못하는 나는 주변으로 밀려났다. 리더가 프랑스어를 할 수 있는 인원을 뽑아서 전단지 돌리는 일을 시킬 때도 나는 로봇처럼 이리 가라면 이리 갔고 저리 가라면 저리 갔다. 한국어까지 찬밥 신세가 된 느낌이 들어서 자존심이 상했다.

축제에 쓰일 큰 천을 만들기 위해 친구들끼리 모여 바느질을 하면서 러시아 친구와 잡담을 나누다가 나는 충격적인 이야기를 들었다.

"한국 패스트푸드점에서는 정말 개버거를 파니?"

"개버거라니, 그게 무슨 뚱딴지 같은 소리니?"

"한국에서는 개고기를 먹는다며? 패스트푸드점에 가서 개고기 햄버거 주세요, 라고 하면 된다던데……?"

나는 정말 황당해서 말문이 막혔다. 사실 이런 얘기를 여행하면서 수없이 들었다. 처음부터 들이대지는 않지만 어느 정도 가까워지면 어김없이 나에게 묻곤 한다.

"Do you eat dog? 너희들 개 먹어?"

심한 경우엔 식사 도중에 포크를 문 채 나를 말똥말똥 쳐다보면서 물은 적도 있었다. 어떤 여자애는 전기구이 통닭처럼 한국 밥상에 개가 올라오는 건 아닌지, 하는 해괴한 상상을 하는 것도 봤다. 나는 개고기를 먹지 않는다. 하지만 그것과 상관없이 질문을 하는 사람들은 나를 개고기를 먹는 나라에서 온 아이로 몰고 간다. 우리나라에서는 아직도 보신탕이라는 이름으로 개고기를 조리해서 팔고 있고, 재래시장에 가면 개를 토막 내어 팔고 있다. 그러므로 나는 화를 삭인 채 꿀 먹은 벙어리 모양 묵묵부답으로 넘겨버린다.

애완견이 따로 있고 보신용이 따로 있다고 홍보를 하든지, 아니면 아예 보신탕을 금하든지 둘 중에 하나로 갔으면 좋겠다는 생각이 든다. 내가 개고기를 안 먹어서 그런지 몰라도, 문화의 차이라고 넘겨 버리기엔 너무 곤혹스럽다. 물론 보신탕 애호가들이 들으면 다른 나라에도 우리 수준으로 볼 때 혐오식품을 많이 먹지 않느냐, 라고 반문할 것이다. 그냥 문화의 차이니까 넘겨버리라고 말이다. 하긴 엄밀히 말하면 문화의 차이일 수 있다.

말이 나왔으니 말인데 문화의 차이는 일일이 열거할 수 없을 정도로 많다. 한국 참가자들끼리 이야기하는 걸 본 서양 친구들은 종종 묻곤 한다. 너희 둘이 무슨 안 좋은 일 있냐고. 이유는, 서양에서는 서로 눈을 마주보며 대화를 해야지 그렇지 않으면 실례라는 것이다. 한국에서는 도리어 상대방의 눈을 너무 빤히 쳐다보면 결례인데 말이다. 여행을 많이 하다 보니 이제 나는 서양 친구들과 대화할 땐 그들의 관습에 맞춰 행동할 줄 알게 되어서 별로 부담스럽지는 않다.

프랑스 친구들이 대화하는 걸 듣고 있자니 자연스럽게 들렸다. 스페인어를 배워놓은 게 참 뿌듯했다. 프랑스에 와서까지 스페인어를 써먹을 줄 몰랐는데 영어를 전혀 모르는 현지 친구들과 대화할 때 스페인어로 말하는 게 더 효율적일 때가 있다. 생활에 필요한 몇 마디를 스페인어로 적은 다음 프랑스어로 받아 적었다.

낭만을 위하여

캠프가 있는 프랑스 남부 지중해 앞바다는 특별한 데가 있다. 바람이 불때마다 길가에 흐드러지게 핀, 흡사 유채꽃 같은 샛노란 꽃들이 허릴 꺾으며 일정한 방향으로 자지러져서 공연히 내 마음이 설렌다. 아침 일찍 해변에 나가 솟아오르는 태양을 보면 문득 '금으로 타는 태양의 즐거운 울림' 이라는 「아침 이미지」의 시구가 머릿속에 떠올랐다. 거센 해풍은 5월의 햇살이 바다 위에 황금물결로 일렁이게 했다.

정오가 되어 태양이 우리 머리 꼭대기에 내리쬘 때면 내 마음도 자주 빙글빙글 돌았다. 왜냐하면 우리 캠프 바로 옆에 누드 해변이 있었는데, 날씨가 화창한 날이면 프랑스 사람들이 누드 해변에 나와 비키니를 풀어헤치고 선탠을 하거나 태양을 마셨기 때문이다. 여자들 앞에서 부끄러움을 많이 타는 나는 민망해서 제대로 쳐다보지도 못했다. 그렇지만 미끈한 팔등신 미인들이 건강미를 드러내며 자연을 만끽하는 모습은 그 자체로 아름다운 자연의 일부였다.

여기서 조금 더 걸어가면 한적한 해변이 나왔다. 그곳엔 또 그곳 나름대로의 낭만과 멋이 흘렀다. 휴가를 맞은 프랑스 사람들이 바쁜 일상을 미뤄둔 채 한가하게 거니는 모습도 보기 좋았지만 내가 정녕 부러워한 것은 데이트족이었다. 해가 떨어지던 낙조 무렵에 두 남녀가 다정하게 서로의 어깨를 포개고 해변을 거니는 모습을 볼 때면 나는 공연히 옆구리가 허전했다. 스쳐지나간 인연들이, 그중에서도 내게 관심을 보였거나 내가 관심을 두었던 여자친구들의 얼굴이 떠올랐다.

그동안 나는 여러 프로그램에 참가해왔다. 혈기왕성하여 감정의 분출 또한 열정적인 이십 대 초반의 젊은 남녀가 함께 합숙생활을 하다 보니 가끔은 러브라인에 엮일 때도 있었다. 하지만 여행자의 몸이므로, 헤어짐을 전재로 한 만남이므로 깊게 얽히지 않으려고 마음의 창문을 닫아버렸다. 누군가는 이십대에 반드시 경험해야 할 것 중에 사랑, 여행, 봉사를 꼽았다. 나는 이중에 '여행=봉사'라는 등식을 대입하여 실행에 옮겼다. 옳은 계산법이었다. 봉사를 위해 떠났는데 거기 여행이 있었고, 여행을 떠났는데 거기 봉사의 성격이 포함되어 있기도 했다.

서양 친구들은 성에 대해서 무척 개방적이고 즉흥적이어서 만난 지 불과 하루 만에 잠자리를 갖는 경우도 많이 봤다. 이런 인스턴트식의 결합을 사랑이라고 말할 수 있을까? 난 인정할 수 없다. 사랑이란 서로 좋은 느낌으로 출발하여 함께 시간을 가질수록 더 좋아지고 좋아져서 마침내 사랑을 하게 되고, 서로를 존경하게 될 때 그때 비로소 사랑을 이루었다고 말할 수가 있지 않을까.

이런 원칙을 갖고 있기 때문에 나는 섣불리 사랑을 시도해보지 못했다. 그냥 서로 좋아하기만 해도 누가 나무라지 않을 테지만 그러기엔 내 조건이 좋지 않았다. 남들이 보기에 노는 것처럼 보여도 난 지금 내 미래를 위해 투자하는 것이다. 여러 인생의 선배들이 선언한 것처럼 20대는 씨를 뿌리는 시기이다. 나는 '여행+봉사'라는 씨를 뿌리고 다니는 것이다. 이제 씨를 뿌렸으니 곧 발아가 될 것이고, 30대가 되면 무슨 색깔인지 그 형태가 드러날 것이고, 40대가 되면 열매가 맺혀 50대가 되면 사회에 영향을 미치리라 짐작한다. 난 사랑도 이와 같다고 생각한다. 씨를 심고 물을 주고 가꾸고 바람막이를 해주고 결실을 맺고.

우리는 낭만적인 해변에서 바비큐 파티를 하기로 했다. 숯불을 만들고 그 위에 소시지를 얹고 술잔을 가져다 놓고 하면서 파티가 시작되었다. 소시지가 구워지자 친구들이 상기된 표정으로 모여앉아 건배 제의를 했다.

"낭만을 위하여!"

우리 모두 잔을 높이 들어 올리며 제창했다.

"젊음을 위하여!"

"사랑을 위하여!"

"세계 평화를 위하여!"

구호는 달라도 젊다는 것과 낭만을 느끼는 분위기는 같았다. 여행을 시작한 지 얼마 안됐을 땐 이런 자리에서도 옆의 친구 눈치 보기 바빴다. 혹시 나 때문에 친구들이 불편해 하지는 않는지, 내가 제대로 보조를 맞추고 있는지. 그런데 이제야 내 여행의 주인은 나다, 라는 주체적인 인식이 자릴 잡고 있었다. '여행은 또 다른 나를 만나는 것이다.'

친구들이 테이블에 앉아 샹그리아 와인을 마시며 대화를 나누고 있을

때 난 홀로 남아 일기를 정리하고 있다. 나의 미래를 위해 하루를 반성하고 정리하여 기록하는 일은 매우 가치 있는 일이다. 여행에서 또는 봉사활동에서 만난 친구들에게도 난 메일로 안부를 전한다. 그 많은 사람들에게 일일이 메일을 띄우는 건 결코 쉬운 일이 아니며 많은 시간을 요한다. 그러나 지금의 이런 일들이 나중에는 좋은 결실이 되어 돌아올 거라 믿는다. 세계 여러 나라에 같은 목적을 갖고 함께 호흡했던 친구들이 포진해 있다는 것은 또 하나의 자산이다. 그들은 모두 원대한 포부를 안고 좋은 일에 동참하며 밝은 미래를 구상해가는 나의 친구들이다.

느낌이 이상해서 돌아보니, 일기를 쓰고 있는 내 모습을 친구가 카메라에 담고 있다. 일기를 쓰고 있는 내 모습이 누군가에겐 또 다른 풍경이 되다니, 나는 지금의 내 환경이 마음에 든다. 장기 여행자는 항상 다음을 준비해야 한다. 나는 이럴 때마다 길 위에 선 낙타 같다는 생각이 든다. 이상을 향해 끝도 없는 사막을 홀로 걷고 있는 낙타.

아홉 번째 프로젝트,
이탈리아 피에로 봉사활동

날마다 똑같은 훈련은 반복되었다. 이런 우스꽝스런 행동들이 광대놀이 하는 데 도움이 되는지 의구심이 일었다. 받아들여지지 않으니 내 행동은 무척 부자연스러 워졌고 자꾸 반감이 생겼다. 난 도무지 그 행동을 자연스럽게 연출할 수가 없었 다. 그러나 다른 참가자와 짝을 이뤄 극을 만들어야 했으므로 싫다고 뺄댈 수만은 없었다. 어떤 동작을 보여줄까 고민하는 내 머릿속에 갑자기 전에 TV 예능 프로 그램에서 보았던 '꽃게 춤'이 떠올랐고 나는 비척비척 꽃게 춤을 추었다. 친구들 이 포복절도했다. 미리 얘기해 두지만 이 꽃게 춤이 우리가 만든 연극의 피날레를 장식하는 동작이 되었다.

이탈리아 피에로 봉사활동

로마에서 출발한 기차는 열세 시간을 넘게 달려 시라쿠사
Siracusa에 도착했다. 이탈리아 남쪽의 섬, 시칠리아에 위치한 시라쿠사는
날씨는 약간 후덥지근했고 건듯건듯 해풍이 불었다. 날씨와 바닷가 풍경
이 멕시코의 그것과 많이 닮아있어서 언젠가 한 번 와 본 것 같은 기시감
이 살짝 들었다. 캠프 리더가 차를 끌고 마중 나와 있는 것까지도 그랬다.
그렇지만 이곳은 난생처음이었고 아마 앞으로도 가볼 일은 없지 싶다.

리더의 차를 타고 캠프장으로 갔는데 내 눈이 저절로 확대되었다. 캠
프 시설이 너무나 훌륭했던 것이다. 건물 외관은 운치가 있어 보였고 내
부는 캠프에 필요한 것을 모두 갖추고 있었다. 숙소에 들어가 보니 이미

151

여러 명의 참가자들이 와 있었다. 내 방에 들어가니 캐나다 퀘벡 출신의 참가자가 있었다. 그는 스물한 살, 라바 대학에서 2학년으로 의학공부를 하고 있다고 자기소개를 했다. 앞으로 우린 한방을 쓰게 될 것이었다.

공식적인 캠프의 일정 이전에 나는 한 친구와 아주 인상적인 상견례를 했다. 바로 '태오' 라는 강아지였다. 이곳에 상주해온 강아지였고 캠프 참가자들은 어느 친구보다도 이 강아지와 먼저 친해져 있었다. 내 이름은 태호지만 보통 태오라고들 발음한다. 즉, 스펠링은 다르지만 발음이 강아지와 똑같다. 사람들이 태오! 하면 나는 내 고개가 저절로 그쪽으로 돌려진다. 재미 들린 그들이 강아지를 부르는 척하며 나를 놀렸다. 덕분에 내이름은 금세 여러 사람들이 외우게 되었다. 친구들에게 이름이 알려진다는 것은 이유야 어떻든 좋은 일이다.

이탈리아 현지 친구들은 영어에 능숙하지 않았다. 이들을 위해 별도로 통역하는 친구가 있었다. 캠프에 영어 원어민이 없는데도 우리가 모두 영어를 사용하고 있다는 것이 참 아이러니했다. 미국의 파워 그리고 영어의파워가 저절로 실감났다.

시청에서 시장님과의 미팅이 있었다. 그는 유네스코와 협력해 지역 발전에 도움이 되고자 이번 캠프를 실질적으로 구성하신 분이다. 그는 우리들의 사회복지 단체 방문이 얼마만큼 중요한 일인지 인지시켜 주었다. 그의 옆에 있으니 그로부터 든든한 지원을 받는 느낌이 들었다. 그 시간을 통해, 훗날에 높은 위치에 섰을 때 지역사회에 웃음꽃을 피우는 이런 프로그램을 많이 만들고 싶다는 생각을 가졌다.

미팅이 끝나고, 마침 그날이 시장 사모님의 생일이란 말을 들은 우리는 각각 자기 나라의 언어로 생일 축하 노래를 불러줬다. 영어, 그리스어, 리시아어, 터키어, 프랑스어, 스페인어, 한국어, 중국어, 이탈리아어. 왠지 우리가 즐거움을 선사하는 세계유람단처럼 느껴졌다.

광대놀이에도 준비가 필요하다

우리는 광대놀이 봉사활동을 하게 되었다. 일정이 적힌 책자를 건네받았다. 광대놀이의 유래와 어떻게 해야 하는지 등의 전반적인 설명이 적혀있었다. 뒤이어 광대놀이 영상을  시청했다. 캠프 리더의 지도하에 다양한 퍼포먼스를 연습했다. 퍼포먼스는 정해진 룰이 없이 온갖 못생긴 흉내를 따라하고 바보처럼 행동하는 건데 난 좀 어색했다. 기이하고 덜 떨어지는 행동 따라 하기, 이상한 소리 내며 광대 제스처를 만들기, 망가지게 걷기, 광대 이름 짓기, 하얀 천막 뒤에 숨어 움직이기 등의 동작을 각자 하나씩 만들어서 개별적으로 연습을 하고 나중엔 다른 사람과 조합하여 움직이는 연습도 했다.

날마다 똑같은 훈련은 반복되었다. 이런 우스꽝스런 행동들이 광대놀이 하는 데 도움이 되는지 의구심이 일었다. 받아들여지지 않으니 내 행동은 무척 부자연스러워졌고 자꾸 반감이 생겼다. 난 도무지 그 행동을

153

자연스럽게 연출할 수가 없었다. 그러나 다른 참가자와 짝을 이뤄 극을 만들어야 했으므로 싫다고 뻗댈 수만은 없었다. 어떤 동작을 보여줄까 고민하는 내 머릿속에 갑자기 전에 TV 예능 프로그램에서 보았던 '꽃게춤'이 떠올랐고 나는 비척비척 꽃게 춤을 추었다. 친구들이 포복절도했다. 미리 얘기해 두지만 이 꽃게 춤이 우리가 만든 연극의 피날레를 장식하는 동작이 되었다.

처음엔 이해되지 않았는데 자꾸 하다 보니 우리의 퍼포먼스도 스토리와 메시지를 전달하기에 이르렀다. 검은 천 뒤로 숨어 머뭇거리다 사람들 앞에 서서 무표정하게 바라보기, 자신을 나체로 생각한 뒤 사람들 앞에 서서 그들을 응시하기 등. 자기 자신에게 솔직하게 다가가기 위한 연습이었다. 자꾸 반복하다보니 점점 느낌이 왔다. 몇몇 친구들이 눈물을 보였다. 아마도 위선을 벗어버리고 자신의 진면목과 만나자 그런 것 같았다.

마지막으로 우리는 프리 허그Free Hug 캠페인처럼 서로를 안아주었다. 깊이 끌어안으니 상대방의 호흡이 느껴졌다. 사람과 사람 사이에 따뜻함이 전해진다는 사실을 처음으로 느꼈다. 감성적인 퍼포먼스였다.

한국을 알리다

저녁에 광대놀이팀 결성을 축하해주는 파티가 열릴 예정이라고 했다. 그 자리는 시장을 비롯해 지역의 유관들과 현지 관계자들이 참석하는 뜻깊은 자리가 될 것이라고 했다. 각국의 음식과 장기자랑을 하기로 해서 나는 한국 참가자와 함께 머리를 조아리고 고민했다. 뭔가 특별한 걸 하고 싶었다. 가장 한국적인 게 뭐가 있을까? 그때 번뜩 '우리의 소원'이 떠올랐다. 이 곡의 존재이유와 가사, 그리고 상징성은 특별하지 않은가. 분단된 국가에만 존재하는 노래라는 것은 분명 시사하는 바가 크다. 음식은 제육볶음을 하기로 했다.

각 나라의 음식과 장기자랑을 준비하느라 숙소가 정신없이 돌아갔다. 파티가 열렸다. 먼저 참가자들의 음식이 소개되었다. 음식 소개와 함께 간단하게 한마디씩 했다. 그중 대만 친구의 말이 인상적이었다. 작은 섬나라에서 왔지만 중국의 속국이 아니라며 대만을 기억해달라던 말이.

각국 음식시간이 끝나고 각 나라 춤과 노래가 이어졌다. 내가 마이크를 잡았다.

"한국에는 누구나 아는 유명한 노래 한 곡이 있습니다. 제목은 'Our Wish'."

좌중이 모두 내 목소리에 귀를 기울였다. 나는 그들에게 낮은 목소리로 질문 했다.

"여기서 말하는 우리의 소원이 무엇인지 짐작할 수 있겠습니까?"

누군가가 남북통일과 관련된 게 아니냐고 반문했고, 또 몇몇 사람들이 고갤 끄덕였다. 이 시점에서 우리팀은 '우리의 소원' 노래를 틀었다. 반주가 나올 때 손을 잡았고 한 소리로 노랠 불렀다.

"우리의 소원은 통일 꿈에도 소원은 통일……"

나는 이 노랠 부르면서 이렇게 고무되고 떨렸던 적은 일찍이 없었다.

"Wonderful! Wonderful!"

그들은 한국어를 알아듣지도 못하는데, 박수소리와 함께 연신 '원더풀'을 연호했다. 캠프 리더가 우리를 껴안았을 때 나는 속으로 울었다.

이 행사 이후에 우리 팀은 여러 친구들과 더 한층 친밀해졌다. 특히 스페인 여자 참가자가 내게 가까이 다가와서 한국말로 "정말 오빠."라고 했다. 옆에 있던 한국 참가자가 그렇게 코치해줬던 모양이었다. 그때부터 한국의 문화인 형, 오빠, 누나, 언니에 대해 얘기가 오갔다. 친구들은 한국의 이런 호칭 문화에 대해 매우 흥미로워했다. 더불어 나이 많은 사람이 돈을 내는 것과, 나이 적은 사람은 윗사람을 공경한다는 것 등에 대해서도 매우 의아하게 받아들였다.

친구들이 숙소 벽면에 붙일 광고 포스터를 가지고 왔다. 그리고 뒷면에 자기 나라 말로 적고 싶은 내용을 적었다. 대만 참가자가 친구들 이름을 한자로 적어주며 뜻을 설명했다. 친구들이 꽤 좋아하며 적어준 종이를 가져갔다. 이를 옆에서 보고 있던 한국인 참가자가 못마땅해 하며 새치름하게 쳐다보았다.

"애들이 한자만 좋아하고 한글엔 관심을 보이지 않네?"

이렇게 말하면서 그 애는 무엇을 적어야 할지 고민에 고민을 했다.

"'가나다라마바사…'를 적을까?"

내가 이렇게 말했다. 별로 재미가 없을 것 같아서 이내 포기했다. 우리 한글의 아름다움을 알리기 위한 거 뭐 없을까? 궁리하고 고민한 끝에 김소월의 진달래꽃을 적었다. 친구들에게 먼저 시 낭송을 해준 뒤 그 해석을 설명해주었다. 그리고 숙소 벽면에 부착했다.

파스타를 먹었다. 전날도 먹고 전전날도 먹은 지겨운 파스타! 첫날 나

는 캠프에 있는 음식창고를 보고 충격을 먹었다. 음식창고가 2주 내내 먹을 파스타로 가득했기 때문이다. 이탈리아가 파스타와 피자의 나라라지만 파스타가 밥이 될 줄은 몰랐다. 정말 '퐈아~'다. 나는 견디다 못해 저녁식사 때 한국 요리를 해놓고 고추장을 꺼냈다. 친구들이 호기심 어린 눈으로 쳐다보았다. '쉿!' 하고 나는 검지를 입에 갖다 대며 그들을 저지시키면서 한 마디 조크를 날렸다.

"Attention please. 조심하세요."

우린 아무렇지도 않게 고추장을 밥에 비벼 먹었고 친구들도 콧등에 땀을 흘리고 연신 물을 들이켜 가며 밥을 비벼먹었다. 다 먹고 나더니 저녁을 잘 만들어줘서 고맙다고 기립 박수를 쳤다. 기대 이상이어서 조금 뻘쭘해진 나는 일어나서 내 전매특허인 꽃게 춤을 추었다. 친구들도 다 날따라 추었다. 우린 모두 꽃게가 되었다. 이때 내 머릿속에 불현듯 어떤 이미지가 떠올랐다.

'아, 이 담에 아내와 아이들이 힘들어 할 때 지금처럼 이 춤을 춰줘야겠다!'

시간을 내어 친구들과 유럽 바로크의 중심이라는 노토Noto에 놀러갔다. 여행도 하고, 봉사활동도 하고, 역사공부도 하고 일석삼조다. 이곳의 석양은 이상하게 내 고향 전남 강진의 그것과 닮았다. 난 불현듯 엄마 목

소리가 듣고 싶어서 전화를 걸었다. 다른 때보다 목소리가 밝으시다. 비싸더라도 깨끗한 음식으로 가려먹고 언제 어디서나 몸 챙기라는 엄마의 당부는 항상 똑같다. 난 좋은 부모를 두었다. 그런데 과연 우리 부모님도 좋은 아들을 두셨을까? 부모님께 현재의 모습을 보내드리려고 석양을 배경으로 사진을 한 컷 찍었다. 친구들이 카메라는 역시 일본 제품이 좋다고 했고 난 한국 카메라가 훨씬 더 좋다고 우겼다. "넌 Korea man, 애국자라서 그래!"라고 일갈했다. 한 방 맞은 기분이었는데, 친구들이 찍은 사진을 메일로 부탁했고, 난 지금 주겠다며 갖고 있는 메모리를 꺼냈다. 그런데 친구는 메모리가 1GB밖에 되지 않았다. 16GB 메모리를 꺼낸 카드를 보고 친구들이 놀랐다. 난 이때다 싶어 한마디 날렸다.

"한국 전자제품은 모두 하이 테크놀로지라는 거 몰랐어!"

피에로가 된 봉사자들

각자 빨간 코를 착용하고 우스꽝스런 의상을 입었다. 피에로 복장을 하고 행사를 알리는 전단지를 뿌리며 걸어서 노인복지회관까지 갔다. 혼자서라면 쪽팔려서 죽어도 못할 일이지만 여럿이 함께 하니까 나름 재미도 있었다. 복장 탓인지 기분이 붕 떴다.

복지회관 안으로 들어가서 외로운 노인들께 우리가 각자 어느 나라에서 왔는지를 소개했다. 그런데 한 할머니께서 Korea가 어디에 있냐고 물었다. 옆에 있는 친구가 중국과 일본 사이에 있는 나라라고 하니 그때서야 이해를 하셨다. 고무풍선에 바람 빠지듯이 내 몸 안에서 무언가가 쑹 빠져나가는 느낌이 들었다. 중국과 일본을 거쳐야만 존재하는 Korea. 만약 중국과 일본이 주위에 없다면 뭐라고 설명해야 하나? 한국 옆에 중국과 일본이 있어서 고맙다 해야 하나?

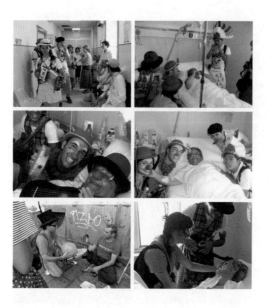

공연을 위해 차를 타고 중앙광장 교회에 갔다. 마을에 내려서부터는 다양한 악기들로 소리를 내며 교회까지 퍼레이드를 펼쳤다. 교회 앞에 도착해보니 소말리아 사람들이 공연을 하고 있었다. 소말리아에서 탈출한 사람들이 보호시설에 살고 있는 듯

했다. 다음 날은 어린이 보호소에 가서 거품도 불어주고 뿡뿡이를 가지고 어린 아이들과 장난을 쳤다. 풍선이 터질까봐 지레 겁먹고 우는 아이도 있었다. 난 유독 그런 심약한 아이에게 맘을 빼앗기곤 했는데, 캠프 첫날 리더가 아이들에게 정을 주지 말라는 말이 떠올라서 가슴이 아팠다.

이번엔 정신지체장애인 복지회관이었다. 공연이 많아 개인 자유시간도 거의 없고 매일 뭔가를 하고 그리고 어디를 간다는 게 너무 버거웠다. 미소를 지으며 사람들 앞에 선다는 것, 에너지가 없는 상태로 상대방에게 에너지를 준다는 것은 보통일이 아니다. 에너지가 바닥의 바닥을 드러냈지만 그 바닥을 더 파서 그들에게 에너지와 웃음 그리고 활력을 불어넣어 주어야 했다. 난 이 일을 하러 여기까지 온 것이다, 라고 자신에게 말해주었다. 피로한 내색을 감추며 모자를 쓰고, 빨간 코를 끼우고 악기를 연주하며 복지관 안으로 들어갔다. 기대에 차서 환영의 박수를 치는 그들을 보자 힘이 났다. 힘들었지만 참 의미 있고 보람찼다.

소말리아 보호소 건물로 이동하였다. 건물에 들어서자 아이들이 몰려왔다. 우리가 노래를 부르자 아프리카 여성들도 그들의 노래를 불렀다. 앞서 리더의 주의사항이 있었는데 아니나 다를까 소말리아 여성들은 우리의 북을 가져가서 자기들끼리 노래를 했다. 우리도 그 노랫소리에 맞춰 북을 치려 했는데 그들은 받아들이지 않았다. 그들에게 즐거움을 주러 온 건지 아니면 우리가 그들이 노는 것을 보러 온 건지 헷갈렸다. 공연이 끝나고 한 아프리카 여성과 사진을 찍었는데 그녀는 얼굴을 가렸다. 소말리아를 몰래 탈출해서 얼굴이 노출되면 소말리아 정부로부터 위협을 받기에 그러는 거지 싶었다.

우리는 광대 복장을 한 채 기차를 탔다. 사람들이 힐금거리며 웃었지만 단체로 움직이니 마음이 들뜨고 수학여행이라도 가는 기분이었다. 우리가 도착한 곳은 혼자 힘으로 생활할 수 없는 지체장애인을 위한 병원이었다. 거의 모든 장애우들이 스스로 밥을 먹지 못해 간호사의 도움을 받아 식사를 했다. 중증 장애를 가진 어린애들은 생각보다 마음이 굳게 닫혀 있었다. 분위기가 이상했다. 아무리 노력해도 그들은 무표정했다. 그러기를 삼십여 분. 그러다 풍선을 주니까 그제야 서서히 마음을 열었다. 이곳에서 일하는 간호사들은 참 대단하다 싶었다. 잠깐 하는 것도 그렇게 힘들던데 그 일을 평생 직업으로 삼다니 존경스럽다. 거기서 나왔는데 다리를 잃은 사람이 길가에 앉아 구걸을 하고 있었다. 우리는 인사를 건네고 그의 의족에 풍선을 묶어주었다. 그가 밝게 웃었다.

숙소에서 마지막 미팅을 가졌다. 옥상에 모여 촛불을 밝히고 둘러앉았다. 각자 지금까지 해왔던 경험과 느낌을 이야기했다. 내 차례가 왔다.

"See you. I won't say goodbye. I am going to see you guys again someday."

이렇게 말하고 나서 나는 한 사람 한 사람에게 그의 이름을 부르며 말했다. 매일 아침 깨워져서 고마워, 우리들을 위해 매일 영상을 찍어줘서 고마워, 첫날 나를 마중 나와 줘서 또 매일 웃게 만들어줘서 고마워, 날 사랑한다고 말해줘서 고마워, 무엇을 할 때 마다 빠지면 재미없다며 항상 날 찾아줘서 고마워, 청소할 때 같은 팀으로 도와줘서 고마워, 매일 피에로 분장해줘서 고마워, 동생같이 그리고 좋은 친구로 생각해줘서 고마워, 포옹할 때 따뜻함을 주어 고마워, 고민을 내게 털어놔줘서 고마워…….
그리고 나는 다시 한 번 말했다.

"Keep in mind, I will visit again someday, so don't forget me."

친구들이 아쉬워하며 모두 우리 방으로 모였다. 몇몇 친구들이 테이블에 올라가 우스꽝스럽게 뉴질랜드의 마오리 춤을 추었다.

이튿날 헤어질 땐 다른 때와는 좀 달랐다. 만남과 이별의 반복, 이것 또한 여행의 연장선이라 생각했기에 분위기에 동요되지 않으려고 마음을 다잡는다. 그런데 이별이 못내 섭섭했다. 개인 일정으로 며칠 남아 친구들이 떠난 숙소와 텐트를 정리하면서, 쓸쓸했고 식탁에 앉아서도 친구들의 목소리가 환청으로 들렸다. 그들에게 난 좋은 사람이었나? 가장 가까이에 있는 사람을 먼저 섬기는 것이 진정한 봉사라는 걸 새삼 느꼈다. 피에로의 복장 안에 자신을 가리고 그 복장에 충실히 임하고 떠난 봉사자들이 더없이 귀하게 여겨졌다. 그들과 함께 하면서 나는 한 발 더 성장했다.

열 번째 프로젝트,
이스라엘 키부츠Kibbutz 봉사활동

우리 국가가 뭘 어쨌다는 거야! 나는 신경질이 났다. 테러와 아무 연관성이 없는 여행자에게 이건 횡포나 다름 아니었다. 시간이 흘러 거의 국경 문을 닫을 시간이 가까워질 때쯤 내게 여권을 돌려주었다. 그런데 이스라엘 도장이 버젓이 찍혀 있었다. 내가 분명히 'No stamp' 라고 외쳤는데도 말이다. 그 도장이 세계의 낙인처럼 내 앞길에 시시종종 태클을 걸게 할 걸 생각하니 뚜껑이 확 열렸다. 그들이 자기들 나라의 적국인 시리아와 레바논을 갔다 왔으니 너 맛 좀 보라는 식으로 찍어버렸다는 느낌을 지울 수가 없다.

이스라엘 키부츠Kibbutz 봉사활동

로마에서 비행기를 타고 이스라엘 텔아비브Tel Aviv에 도착했다. 이스라엘에 온 목적은 오로지 키부츠 봉사활동을 하기 위해서였다. 여행 일정 상 로마에서 터키 이스탄불로 갈 생각이었지만 난 이 일을 하기 위해 텔아비브로 루트를 바꾸었다.

KPC(키부츠 프로그램 센터)사무실에 찾아갔다. 사무실 안에는 한국 전통 물건들과 태극기가 있는 것으로 미뤄 많은 한국인들이 왔다 갔다는 걸 짐작할 수 있었다. 그러나 예약을 하지 않고 찾아왔다 하여 2주 후에 다시 오라고 했다. 사전에 알아본 바로는 그렇지 않았다. 그러나 사무실에서 보여준 자료를 보니 이미 예약된 사람의 명단이 꽉 차있는 게 사실이었다. 그러니 좀 더 정확하게 알아보지 못한 내 불찰이었다.

여행을 할 때, 돌다리도 두드려본다는 심정으로 충분히 사전조사를 하는데도 가끔 이런 일이 벌어지곤 했다. 비자 문제가 안 풀렸다든지 아니면 신상에 갑작스런 일이 발생할 때 그쪽에 필요이상으로 신경이 쏠리다 보면 이렇게 누수가 생길 때가 있다. 그야말로 고지가 눈앞인데, 여기까지 와서 키부츠를 거치지 않고 돌아갈 수는 없는 일이었다. 일단 키부츠에 등록을 했다. 그리고 직원에게 내 사정을 말하면서 2주 후에 반드시 다시 오겠으니 그땐 봉사활동을 할 수 있도록 도와 달라고 간곡히 부탁을 했다. 내가 할 일은 이제 갑자기 생긴 2주간을 어디서 어떻게 보내느냐였다.

중동을 여행하기로 마음먹었다. 원래 키부츠를 끝내 놓고 중동을 여행하려고 하긴 했었다. 여기가 이스라엘인데 중동에 갔다가 다시 이스라엘

164

로 오는 번거로움이 발생했지만 수용해야지 어쩔 수 없는 노릇이었다. 팔레스타인 지역을 둘러본 후 요르단을 지나 시리아까지 갔다 오면 주어진 시간이 얼추 채워질 것 같았다. 시리아를 택한 이유는 고대 아랍문화의 중심지라는 다마스커스 도시를 보고 사회주의를 직접 느끼고 싶었기 때문이다. 민주주의와 사회주의 양면을 겪어보면 내 이념의 시야가 균형감과 함께 얼마만큼이라도 넓어질 수 있을 거라는 생각에서.

　부모님과 오랜만에 통화를 했다. 차마 팔레스타인에 들어간다고 말을 꺼내지 못했다. 그렇지 않아도 일정상 이스라엘에 간다고 말했을 때 위험한 곳이니 가지 말라고 만류했었다. 하긴 내가 봉사활동을 하러 이스라엘에 간다고 했을 때 친구들도, 거긴 위험한 지역이라고 만류했었다. 그러나 팔레스타인을 가지 않고는 중동을 이해할 수 없을 것 같아서 감행하기로 했다. 가자지구까지 갈 생각이었지만 지금도 국지적으로 총격이 오간다는 얘기를 들었으므로 웨스트뱅크 쪽으로 방향을 돌리기로 했다(팔레스타인 사람들은 가자지구와 웨스트 뱅크 지역을 거점으로 살고 있다).

이스라엘 – 팔레스타인 장벽을 넘으며

　멀리 베를린 장벽을 연상시키는 벽이 보였다. 우리를 태운 버스가 검문소 앞에 당도했다. 그런데 신분확인이나 간단한 통과절차조차 없었다. 사전에 입수한 정보에 의하면 팔레스타인이 국가로서 틀 개념이 이뤄진 게 아니라 하나의 지역area이라 했다. 다시 말해 나라가 형식적으로밖에 존재하질 않는다는 얘기다. 팔레스타인 지역으로 들어섰다. 가장 먼저 벽에 그려진 그라피티가 눈에 들어왔다. 팔레스타인의 자유와 평화를 뜻하는 인상적인 내용이었다. 이스라엘―팔레스타인 장벽이 이스라엘과 팔레

165

스타인 영토의 경계 역할이 아닌, 팔레스타인을 외부로부터 차단한다는 느낌을 주었다.

팔레스타인 국기가 여기저기 나부끼는 가운데 한국 제품 중에 LG 로고가 눈에 자주 띄었다. 시장으로 들어갔다. 이스라엘 화폐를 쓴다. 자립할 수 있는 정도의 경제조차 갖추지 못한 나라. 어린 아이들이 카트를 몰고 바삐 돌아다녔다. 아니나 다를까, 우리가 수박을 사서 드는 걸 보더니 서로 자기 카트 이용하라며 옆으로 와서 붙었다. 이 나라의 경제와 교육 사정을 단적으로 나타내주는 현장이었다. 하위 계층에서는 초등학교도 포기하고 노동 현장으로 떠나는 아이들이 많다는 것을 느낄 수가 있었다.

우린 온 길을 되돌아가기 위해 이스라엘행 버스에 탑승했다. 버스가 검문소에 정차했고 사람들은 검문소로 향했다. 팔레스타인으로 들어올 때와 달리 소지한 물건과 여권 등을 철저히 점검했다. 그들의 이중적인

태도에 잠깐 정신이 멍해졌다. 만일 통과하지 못한다면? 하는 생각과 함께 감옥에 갇혀 있는 느낌이 들었다. 여기에 상주해 있는 팔레스타인의 답답함과 분노가 어떨지에 대해 생각이 미쳤다. 이들에겐 여권과 비자가 없을지도 모른다. 나라로서 존재를 인정받지 못하는데 국민으로서의 주권인들 보장받을까 싶어졌다.

나는 요르단을 지나 시리아로 향했다. 막상 시리아에 갔더니 이념보다는 아랍어가 내 시야를 잡아끌었다. 마치 지렁이가 구물구물 기어가는 것처럼 보이는 상당한 호기심이 일었다. 중동을 이해하려면 아랍어 체계를 배워야겠다는 생각이 들어서 좀 더 알아보았다. 다마스커스 대학에 외국인들을 위해 아랍어를 공부할 수 있는 어학원이 있었다. 난 그곳에 들어가 한 달 동안 수업을 받았다. 이곳에서 한 달 머무는 동안에 레바논 여행도 다녀왔다. 그러면서 꾸준히 KPC 사무실에 메일을 보내며 내가 키부츠에 투입될 수 있도록 연락을 취하고 약속을 잡아두었다.

우리 국가가 뭘 어쨌다는 거야!

요르단 암만에서 이스라엘 텔아비브로 이동할 예정이다. 국경에 도착하여 요르단 출국 도장을 받고 버스에 다시 탑승했다. 국경을 넘는 동안 국경 이름이 킹후세인 브릿지에서 알렌비 브릿지로 바뀌었다. 이스라엘 국경 건물 앞에 도착하여 짐과 함께 여권을 직원에게 주었다. 여권은 다시 돌려받고 우리는 여권에 입국 도장을 찍어주는 창구로 가서 줄을 섰다. 내 앞에 일본인 친구들이 서 있었는데, 구체적으로 어디로 가는지 다음 여행지, 체류 기간, 숙소 위치, 항공권 확인 등등을 묻더니 통과시켰다. 일본인 친구들은 별지에 도장까지 받아 챙겼다(여권에 이스라엘 도

167

장이 찍히면 중동에서 이동이 힘듦으로 여행자가 'No stamp'라고 하면 국경직원은 그 뜻을 알아듣고 처리해주는 것이다).

그 다음 내 차례가 되었다. 시리아와 레바논에 갔던 흔적이 있었지만 정확하게 무엇을 하러 가서 얼마나 머물렀는지 모든 질문에 최대한 협조적으로 대답하면서 그들이 원하는 서류를 제시했다. 그런데 그들은 인적 사항을 기록하는 A4 용지를 주고는 다른 직원이 질문하러 올 때까지 의자에 앉아 기다리라고 했다. 같이 온 스페인 친구들은 레바논이나 시리아 등을 갔다 온 흔적이 없음에도 불구하고 나와 같이 A4 용지를 받았다. 따라서 우릴 잡아놓은 이유가 무엇인지 알지 못했다. 난 한편으로 키부츠 일이 자꾸 걱정되었다. 약속을 지키기 위해 오늘 꼭 가야만 했지만 몸이 이렇게 갇혀 있으니 답답해 미칠 지경이었다.

나는 아침나절부터 붙들려 있었는데, 한 나절이 지나서야 직원이 왔다. 먼저 스페인 친구들에게 가서 질문을 하더니 나를 외진 곳으로 불렀다. 레바논, 시리아에 무엇을 하러 갔었고 어디에 머물렀고 얼마간 머물렀는지, 그리고 이스라엘에 체류 일정과 목적에 대하여 자세하고도 심도 있는 질문을 했고 난 사실대로 대답했다. 그녀가 최대한 빨리 처리해주겠다며 사무실로 떠났다. 약간의 시간이 흐른 후, 스페인 친구들 이름을 호명하고는 여권을 내주어 통과시키고는 나는 빼놓았다. 직원은 앉아서 계속 기다리란다. 일본인 친구들이 그때까지도 가지 않고 나를 기다려주고 있었는데 하도 지연되어 나는 그들에게 먼저 가라고 했다. 함께 이스라엘 국경까지 왔던 일본인 친구들과 스페인 친구들이 완전히 떠나가고 나만 혼자 남았다.

우리 국가가 뭘 어쨌다는 거야! 나는 신경질이 났다. 테러와 아무 연관성이 없는 여행자에게 이건 횡포나 다름 아니었다. 시간이 흘러 거의 국경 문을 닫을 시간이 가까워질 때쯤 내게 여권을 돌려주었다. 그런데 이스라엘 도장이 버젓이 찍혀 있었다. 내가 분명히 'No stamp'라고 외쳤는데도 말이다. 그 도장이 세계의 낙인처럼 내 앞길에 시시종종 태클을 걸게 할 걸 생각하니 뚜껑이 확 열렸다. 그들이 자기들 나라의 적국인 시리아와 레바논을 갔다 왔으니 너 맛 좀 보라는 식으로 찍어버렸다는 느낌을 지울 수가 없다. 왜냐하면 나를 면대했던 그 직원은 퇴근할 때까지 붙잡아 놓고 애를 먹이더니 내 여권에 도장을 찍은 뒤 바로 퇴근해버렸기 때문이다.

나는 또 다른 여직원을 따라 여권을 들고 가방을 찾으러 갔다. 그녀는 가방검사를 하겠다며 의자에 앉아 있으라고 지시했다. 이상하게 내 가방에 빨간 딱지가 붙어 있었다. 직원이 내 가방을 가져왔을 때, 난 정말 이성을 통제하기 힘들 정도로 열을 받았다. 가방을 모두 뒤져서 비디오 카메라며 책, 노트, 세계 각 나라 엽서, 다마스커스 A4 용지들을 모두 다 끄집어내어 뒤섞어 놓았다. 거기서 끝나는 게 아니라 내 물건에 접근하려는 나를 가로막고 의자에 강제로 앉힌 다음 내가 메고 있던 작은 가방 또한 풀어헤치라고 요구했다.

그런 다음 국경 안전 담당요원이라 밝힌 여성이 오더니 나를 취조하기 시작했다. 내 가족사항을 포함해 여행을 시작한 처음부터 지금까지 갔던 나라들, 그리고 세계 각 나라에 간 목적과 머물렀던 기간, 여행 경비, 자금 경로, 은행 이용 경로 등도 질문 당했다. 화가 머리끝까지 치밀어 이성적 판단을 할 수 없는 상태가 돼버렸다. 그때 내가 뭐라 답했는지 지금도 헷갈린다. 그들은 특히 나에게 왜 아랍어를 시리아에서 배웠는가에 대해 집중 추궁했다. 그 다음에는 내가 소지한 물건에 태클을 걸었다. 비디오 카메라, 여행 책자, 세계 각국 엽서 카드, 세계 각국 교통 티켓, 팸플

릿 등등.

그들은 나를 스파이로 가정했나 보다. 여행 책자로 범행 루트를 짜고, 비디오 카메라로 현장을 기록하고, 엽서 카드로 스파이 상황을 보고하고. 제일 이해할 수 없는 건 세계 각국에서 모은 엽서를 문제 삼을 때였다. 내 모든 게 다 털린 기분이었다. 그들은 심지어 내가 아랍어를 공부한 흔적이 있는 A4 용지 묶음을 검문에 걸리는 물건으로 분류했다. 하고 싶은 공부조차 감시의 대상이라는 사실이 어이가 없어 난 실성한 사람처럼 헛웃음이 나왔다. 그녀가 왜 웃느냐고 물었다. 여행자라는 사실이 분명한 나를 이렇게 심문하는 것이 너무 한 것 아니냐고 되물었다. 그녀도 내가 단순한 여행자라는 사실을 알고 있는 눈치였다. 하지만 그녀는 내 말을 외면했다.

'정말 여기 있기 싫어. 더 이상 머물고 싶지 않아.'

내 머릿속에서 이 말이 마구 소용돌이쳤다. 이스라엘이라는 나라가 끔찍했다. 키부츠 봉사활동을 하기 위해 온 나라이건만 나에게 너무 많은 돈과 시간과 인내심을 요구한다는 생각이 들었다. 너무 지겨워서 키부츠 봉사활동도 접고 싶어졌다. 그러나 절대로 순간의 감정에 의해 내 목표하는 바가 흔들려서는 안 된다고 나는 스스로를 다독였다. 브라이언 트레이시Brian Tracy가 했던 말이 떠올랐다.

'당신의 꿈과 목표가 지인들을 포함한 타인들에 의해 파괴되는 것을 용납하지 말라. 대부분의 사람들은 위대한 성공으로 이끄는 하루 전에, 한 단계 전에 용기를 잃고 포기한다. 그것은 자연이 당신이 얼마나 원하는지를 알아보기 위해 시험하는 것과 같다. 중단할 것인지 계속할 것인지를 선택해야 하는 그 순간이 바로 당신이 진정으로 이루어 내고 있다는 것을 증명하는 때다.'

국경 문을 닫는 시간이 다가오자 그 검은 복장의 직원은 나를 방사했다.

결국 오늘 키부츠 약속이 깨져버렸다. 너무 분하고 속상했지만 계란으로 바위치기지, 내가 항변할 수 있는 길은 어디에도 없었다. 숙소를 잡고 쉬려고 했지만 너무도 답답해서 해변으로 나갔다. 오렌지주스를 사들고 혼자 해변 모래 위에 앉아있었다. 파도소리가 흥얼거리는 바다 위를 맴도는 갈매기들, 한가롭게 해변을 거니는 사람들, 해변 위에 누워있는 연인들, 물장난치는 학생들. 여긴 또 다른 세상이 펼쳐져 있었다.

불운이 꼬리를 물고 이어지다

설상가상시라더니, 불운이 꼬리를 물고 이어졌다. 신용카드를 잃어버린 것이다. 한국대사관엘 찾아가야 해서 난 호텔직원에게 주소를 적어달라고 부탁했다. 주소를 들고 물어물어 한국대사관엘 찾아갔는데, 아뿔싸 여기가 아니었다! 전에는 이곳이 한국대사관이었는데 현재는 장소를 이동했단다. 그나저나 이렇게 허름한 가정집으로 보이는 곳에 한국대사관이 있었다니……. 난 이스라엘 국경 직원이 날 함부로 괴롭힌 게 이념문제가 아니라 국력문제인 것처럼 자존심이 뭉개졌다. 미국대사관과 비교하면 정말 하늘과 땅 차이였다. 미국대사관을 별 다섯 개 호텔로 치면 한국대사관은 허름한 모델(렌트한 일반 가정집)쯤 돼 보인다.

오늘은 키부츠에 반드시 가야 하는데 어떻게 한담. 난 입이 바짝바짝 타들어갔다. 기차역 보안검색대에서 몸수색을 하는 시간(이스라엘은 불안한 중동 정세로 인해 사람이 분비는 모든 지역에 경찰들이 늘어서 있다), 티켓 사는 시간이 필요한데 과연 갈 수 있을지 의문이 들었다. 최대한으로 움직였지만 KPC에 향하는 동안에도 여러 가지 일들이 꼬이고 뒤

틀려 약속시간이 한 시간이나 지난 후에 도착했다. 한국 속담에 재수 옴 붙었다는 말이 있는데 이날 내 일진이 그랬다.

서류 접수는 나중에 하기로 하고 우선 키부츠 등록비 약 10만 원과 여권을 건넸다. 여권은 2주 후에 내가 가 있는 키부츠 농장으로 보내준다고 했다. 참고로 키부츠를 오는 방법은 직접 컨택과 한국 키부츠 사무실을 통해서 오는 두 가지가 있다. 대부분 사람들은 후자를 선택해 수속대행비를 냈고 영어 인터뷰를 거쳐 이스라엘 키부츠 사무실에 오는 경우가 많다. 이것은 비단 한국뿐만 아니라 키부츠 사무실이 있는 다른 나라 또한 같다. 직접 컨택은 한국 키부츠 사무실을 통하지 않고 오는 방법인데 자기가 직접 영어 지원서를 작성해 현지 이스라엘 키부츠와 연락을 취해야 하는 부담감이 있지만 비용을 절감할 수 있다. 나는 직접 컨택한 케이스이다. 아무튼 정식 등록을 마쳤으니 이젠 정말 키부츠 봉사활동을 할 수 있게 되었다.

시간이 촉박해서 눈앞에 있는 택시를 집어탔다. 요금을 물으니 내가 아는 것보다 훨씬 비쌌다. 깎으려고 말을 붙여보았지만 씨도 안 먹혔다. 나를 일본인으로 본 운전사는 오히려 기차 타지 말고 자기 차로 농장까지 가지 않겠느냐고, 너희 나라는 돈 많으니 택시비로 400쉐켈이면(한화 약 13만 원) 싼 게 아니냐고 꼬드겼다. 나를 사람이 아니라 돈 덩어리로 취급하려 들었다. 하필 이렇게 재수 없는 운전사를 만날 게 뭐람, 난 속이 부글부글 끓어서 차라리 상대를 하지 않고 입을 꾹 다물고 있었다.

역에 도착하자마자 택시에서 튕겨져 나가듯이 튀어나가 가까스로 기차에 몸을 실었다. 옆에 앉은 사람에게 키부츠 역을 알려 달라고 부탁해 놓고는 밀린 일기를 썼다. 한참 일기를 쓰고 있는데, 갑자기 여기가 키부츠역이라고 말하는 것이었다. 난 엉겁결에 벌려놓은 물건들을 주섬주섬 가방에 집어넣으며 막 떠나기 시작하는 기차에서 풀쩍 뛰어내려, 혹시 잘못내린 건 아닌가 하는 생각에(만일 잘못 내렸으면 다시 날쌘돌이처럼 기차에 몸을 날려야 했으므로) 두리번거렸더니 웬 여대생이 눈에 들어왔다.

"여기 키부츠 역 맞아요?"

"혹시 키부츠 바람Bar' am으로 가나요?"

그녀는 바람에서 일하는 키부츠 자원봉사자였던 것이다, 와우! 그녀는 4개월간 키부츠에서 일한 전력이 있다고 했는데 키부츠에 대하여 뭘 많이 아는 것 같았다. 그녀의 말에 의하면 버스를 타려면 아직 시간이 많이 남았다고 했다. 그녀는 그 시간동안 쇼핑을 할 거라고, 자긴 쇼핑이 취미라고 했다. 난 믿거라, 하고 그녀가 하는 대로 따라다녔다.

쇼핑을 마치고 나서 버스터미널에 도착했는데 아뿔싸, 버스가 끊겨버렸다. 그럴 리가 없다며 그녀가 안전요원을 찾아 묻고 항의하고 했지만 말 그대로 이미 버스는 떠나버린 후였다. 직접 알아보고 나 혼자 떠났어야 했다는 후회가 밀려왔다. 미안했던지 그녀는 히치하이킹을 시도했다. 그런데 특이하게 가운데 손가락을 앞으로 들어올렸다. 이상해서 물으니 이곳에선 엄지손가락을 들어 올리는 게 성매매를 의미한단다. 그녀의 말을 믿어야 할지 말아야 할지 헷갈렸다. 그녀는 차를 세워달라고 계속 가운데 손가락을 치켜세우고 서 있었는데, 이스라엘 운전자가 차를 세우고 우릴 태워주었다.

우리는 세 번의 히치하이킹을 해서 키부츠 바람에 도착했다. 차에서 내렸는데, 쓰레기통에 '누가 이런 거 시켜?' 라는 한글이 씌어 있었다. 내용이야 어찌되었든, 한국 사람의 흔적을 보니 반가웠다.

키부츠는 이런 곳

키부츠 봉사활동은 만 18세 이상 35세 미만의 건강한 남녀 누구나 참여할 수 있고 간단한 생활 영어만 가능하면 된다. 키부츠에 있는 동안 모든 숙식을 무료로 할 수 있는데다 용돈(70~150US/월 기준)을 받는다. 그밖에 수영장을 비롯한 스포츠 시설 등도 무료로 사용할 수 있다. 뿐만 아니라, 주말이나 일과 시간 이외에는 휴가와 봉사자들을 위한 여행도 주어진다. 이때 여행의 모든 비용은 모두 해당 키부츠가 부담한다. 숙소는 3인 1실이 보통이며 다른 나라에서 온 외국 친구들과 함께 생활한다.

주로 이스라엘과 지리적으로 가까운 유럽의 여러 나라 젊은이들이 많이 참여하고, 그밖에 미국, 캐나다, 멕시코, 아르헨티나, 브라질, 호주, 뉴질랜드, 남아공, 러시아, 터키, 한국, 일본, 대만 등지에서 참여하고 있다. 참가 가능 기간은 최소 8주에서 최대 6개월까지이며 해당 기간 동안 자유롭게 스스로 체류 기간을 정할 수 있다. 일터는 수영장, 과수원, 정원, 동물원, 식물원, 목화밭, 목장, 양계장, 공장, 호텔, 유치원, 상점, 식당, 주방, 세탁소 등등 매우 다양하다. 자원봉사자는 어느 한 가지 일만 맡아 하는 것이 아니라, 여러 가지 일들을 바꿔가며 하도록 되어 있다. 한 달에 2~3일간의 휴일Day-off이 주어지며 참가 기간 동안 다른 키부츠로 옮길 수 있다.

이스라엘 키부츠의 특성은 이렇다. 이스라엘의 공동 생활체로서 집단 농장이라고 표현하기도 하는데, 각 키부츠마다 주력사업(공장, 농장 등)이 있다. 키부츠에 거주하는 사람들은 각자의 일을 배분받고 수익을 동등하게 나눠 갖는다.

이스라엘 전역에 약 200여 개의 키부츠가 있고 지금 봉사자를 받는 키부츠는 약 30여 개가 있다. 각 키부츠마다 규모에 따라서 수 명에서 수십

명의 외국인들을 고용한다. 내가 배정받은 키부츠 바람은 이스라엘 북쪽, 레바논 국경지역에서 조금 아래에 위치해 있었다. 대학 캠퍼스만한 규모에 키부츠 멤버(키부츠에 사는 이스라엘 사람) 200가구가 있었고, 각종 공장들과 농장도 있다. 이런 정보를 갖고 온 나는 이곳에 와서 많이 놀랐다.

첫째, 식당이 별 다섯 개 호텔 뷔페처럼 깔끔하게 꾸며져 있다는 점과 두 번째는 봉사자가 60여 명이나 된다는 점이었다. 그리고 수영장과 인터넷이 된다는 것도 좋고 오랜만에 영어를 아침 눈떠서 잠들 때까지 접할 수 있는 환경이어서 이 또한 너무 좋았다.

첫날 나는 과일 공장에서 일하기로 배정받았다. 농원에 달린 하우스인데 여기서는 그 하우스를 공장이라고 불렀다. 나는 이곳에서 사과, 배, 복숭아를 색깔별로, 크기별로 분류하여 포장하는 일을 했다. 한국에서 아버지 일도 제대로 도와드리지 않던 내가 남의 나라에 와서 인부로 일하는 게 참 어불성설로 느껴지긴 했다. 호주 공장에서도 일한 적이 있긴 했지만 그때는 미친 듯이 경쟁에서 도태되지 않기 위해 죽기 살기로 일하느라 그런 생각이 들지 않았었던 것 같다.

이튿날은 냉장고에 보관된 사과박스를 내려 썩은 사과를 골라내는 작업을 했다. 골라낸 사과를 포장하여 다시 제자리에 쌓는 작업을

했다. 처음에는 할만 했다. 그러나 점점 박스 쌓는 높이가 높아져가고, 박스의 양은 많아지고 등에 땀이 맺혔다. 허리가 아팠다. 팔 근육에 무리가 왔고 손가락 마디가 빨갛게 아파왔다. 옆에서 직원들이 힘들면 바꿔주겠다고 했지만 난 괜찮다고 했다. 사양辭讓이라는 미덕을 알 리 없는 그들은 내가 괜찮다면 정말 괜찮은지 알지만 사실 난 괜찮지 않았다.

키부츠에서는 일에 늦거나, 열심히 하지 않거나, 키부츠 생활 규율을 어기거나, 소란을 피우면 봉사자 매니저로부터 경고를 받는다. 그리고 그 경고가 세 번 쌓이면 키부츠를 떠나야 한다. 나는 규칙을 지키기 위해 아침 6시에 칼같이 일어나 출근 준비에 만전을 기했고 단 한 번도 실수 한 적이 없었다. 어느 날의 일이었다. 기계적으로 일어나 부랴부랴 이를 닦고 머리 감고 나갈 준비를 했다. 보통 이 시간쯤이면 출근 준비를 하느라 부산을 떨게 마련인데 조용했다. 옆방엔 현지 친구들이 묵고 있었는데 단체로 늦잠이 들었는지 그때까지 느긋하게 자고 있었고, 난 그들을 깨웠다. 고마워하기는커녕 약간 짜증을 내면서 훈계하듯이 한마디 했다.

"오늘은 시간이 한 시간 뒤로 늦춰지는 거야. 몰랐어?"

알고 보니 이스라엘에서도 미국처럼 서머타임이 적용된 것이었다.

우리들의 합숙 풍경

룸메이트와 유럽 여자애들에 관해 이런저런 이야기를 하게 되었는데, 자기는 게이라고 밝혔다. 순간 나는 당혹스러웠다. 두 달간 한 방을 쓸 일이 지레 걱정이 되었다. 우린 많은 대화를 나누었다. 여자를 좋아하는 감정이 정말 하나도 없는지, 남자친구가 있는지, 좋아하는 남자가 있는데 그가 게이가 아니면 어떻게 할 건지, 자기를 좋아하는 여자애가 있었던 적이 있었는지 등등에 대하여 이야기하는 과정에서 나는 그동안 갖고 있던 게이에 관한 이상하고 좋지 않았던 생각이 없어졌다.

여기서 알게 된 진실 하나, 게이는 상대방이 게이가 아니면 아무 일도 일어나지 않는다는 것. 그래서 터득한 진리 하나, 모든 선입견은 아직 경험하지 않은 데서 발생한다는 것. 어제는 스위스 여자애가 레즈비언이란 사실을 알게 됐다. 이런 사실을 다른 친구들도 알고 있었다. 혹시나 하는 마음에 궁금해서 그에게 남자와 여자를 둘 다 좋아하는 사람이 있냐고 물었다. 있다고 했다. 내 머릿속이 복잡해졌다.

나는 Erica, Sanna, Maria 그리고 Miriam, 네 명의 스웨덴 여자 친구들과 친하게 지냈다. 우린 식당에 갈 때도 함께 가곤 했다. 스웨덴 친구는 식사 전에 반드시 당도를 체크하기 위해서 직접 주사기를 자기 몸에 꼽아 채혈을 한다. 북유럽 사람들은 당뇨 비율이 아주 높다는 이야기를 TV에서 본 적이 있다. 물어보진 않았지만 당뇨병에 걸렸나보다 생각했다. 예방 차원에서 매끼마다 체크하기에는 너무 번거롭고 아프기도 할 터였다. 식사할 때마다 단 음식의 양을 조절하며 먹는 그 애를 보며 참 성가시겠다 싶었다. 그런데 그 앤 당뇨병에 걸리지 않았다고 했다. 내가 의아하게 쳐다보니까 그녀가 말했다.

"의학이 발전했지만 아직도 당뇨는 완치가 힘들어. 한번 들어왔다 하면 평생 약에 의존하며 고통을 겪어야한 해."

당뇨는 식습관 여하에 따라서 예방가할 수 있다는 그녀를 통하여 새삼 깨닫게 되었다. 하루는 Erica가 몸이 좋지 않아 방에 남았다. 나는 저녁식사를 마치고 음식을 싸서 그녀의 방으로 갔다 줬다. 무척 고마워하는 그녀를 보며 나는 이성간에도 우정이 통한다는 걸 느꼈다.

하루는 점심을 먹으러 갔는데 먼저 먹고 있는 친구가 엄지를 치켜들며 말했다.

"Fucking delicious! 완전 맛있어!"

대체 얼마만큼 맛있다는 거지? 난 닭고기와 양념 훈제 돼지고기를 받아 테이블에 앉자마자 허겁지겁 먹었다. 정말 맛이 끝내줬다. 여기는 정말 음식이 잘 나온다. 외부에서 손님이 와서 식사 세 끼를 하면 300쉐켈(약 10만 원)이란다. 암튼 키부츠 식당은 무한정 리필이 돼서 먹고 싶은 모든 음식을 배터지도록 먹을 수 있다. 알렉산더라는 스웨덴 친구는 한 끼 식사에 보통 1,000ml짜리 우유 한 통을 다 먹는다. 나도 우유를 좋아하다보니 점점 그 양이 늘어 어떨 땐 한 통을 다 마신적도 있다. 그래서 친구들이 나와 알렉산더를 우유 형제라고 불렀다. 우린 정말 의형제처럼 친하게 지냈다.

나는 룸메이트 이탈리아 친구와도 사이가 좋다. 그가 한 날 가슴이 아프다고 호소해서 내가 마사지를 해줬다. 그 뒤 친구들이 무척 신기해했다. 서양 친구들이 손 마사지를 해달라고 해서 해줬다. 그걸 본 다른 친구가, 또 다른 친구가 해달라고 했다. 아주 줄을 섰다. 내 손이 아파서 폐업을 선언했다. 그렇지만 호감이 있는 여성이 요청해오면 임시영업도 했다. 아프기는커녕 내 손이 마사지를 받는 느낌이 왔다. 달콤했다. 어떤 책에서 봤다. 사소한 것이 절대 사소한 것이 아니다, 라는 걸.

갑자기 몸 상태가 좋지 않았다. 기침이 나오고 발열과 함께 두통이 심하여 잠을 이룰 수가 없다. 다음 날 아침까지 식은땀이 나고 밥맛을 잃었다. 아프기 전까지는 여기에 오래 머물고 싶었는데 막상 몸이 아프니까 만사가 다 귀찮다. 아무리 강한 척 해봤자 몸이 아프면 여지없이 무너진다. 그동안 내가 얼마나 건강했었는지 이제야 깨닫는다.

"나 이제 그만 여기 떠나고 싶다. 난 너무 힘들어."

나는 이렇게 투덜거렸다.

"태호, 네가 떠나고 나면 우린 정말 섭섭할 거야. 넌 우리들의 분위기 메이커였는데……."

여자친구들이 깜짝 놀라며 호들갑을 떨었다. 난 병원에 다녀왔다. 그러자 이 애가 진짜 아팠구나 싶었던지 여자친구들이 적극 간호에 나섰다. 마세도니아 따뜻한 차와 아스피린을 가져오고 절친 스웨덴 친구 사총사는 목에 좋은 캔디를 가져다주며 열은 내렸는지 내 이마를 짚어보고 진심으로 걱정해줬다. 곰살맞은 여자의 손길을 받으며 이래서 사람들은 애인을 사귀는가 보다, 라는 생각이 들었다.

두통이 가라앉지 않았지만 난 일하러 갔다. 사과 포장을 하러 공장에 갔는데 많은 양의 사과가 밖에 나와 있었다. 유대인들은 생산하는 모든 물품의 1%를 신에게 다시 돌려주는 종교의식을 치른다는 것이었다. 기독교에서 십일조를 바치는 것과 비슷한 개념인 것 같았다.

한 숙소에 남녀가 혼숙하다 보니 상상을 초월하는 일들이 정말 많다. 특히 내 방은 여자 샤워실 바로 옆에 있어서 매번 샤워를 하고 난 뒤 몸에 타월 한 장만 걸치고 나오는 여자애들을 자주 봐야 했다. 그 상황에서는 여자애들이 부끄러워해야 맞는데 매번 내가 오히려 민망해서 고갤 돌리곤 했다.

내 방에서 이탈리아 친구와 네덜란드 여자애가 아까부터 이상하다. 서로 키스하고 난리다. 난 모르는 척 컴퓨터를 하고 있다. 키스 소리가 너무 노골적으로 들린다. 여자애가 더 적극적인 듯하다.

"내 방으로 가자!"

여자애가 한 말이다. 둘은 나갔다. 이건 그래도 양반이다. 하루는, 내 침대에서 이불을 덮고 잠을 자고 있는데, 바로 옆 침대를 쓰는 룸메이트 친구가 여자를 데리고 왔다. 나는 기척을 내지 못한 채 처음부터 끝까지 남녀 간의 그 소리를 들은 적도 있었다. 그때 그 친구는 이불 속에 내가 있는 걸 알고 있었는지 아님 모르고 그랬는지 나는 지금도 그게 의문이다.

샤워를 하려고 샤워실로 향하는데 우리 방 맞은편 보고타 친구 방에 스위스 여자애가 T팬티를 입고 보고타 친구와 같이 누워있는 게 보였다. 며칠 전에 보고타 친구가 일하는 중간에 사과를 하트 모양으로 오려서 주는 걸 본 적이 있긴 했다. 그렇더라도 그새 잠자리를 했다니, 그것도 단체 생활을 하는 이런 장소에서. 샤워를 하고 내 방으로 왔는데 보고타 친구와 이탈리아 친구가 와 있었다. 그들은 스페인어로 대화를 나누고 있었다. 아마도 나를 의식해서 스페인어로 하는 것 같은데, 미안하지만 나는 그들의 말을 들을 줄 아는 귀를 가졌다. 그런데 쇼킹한 것은 T팬티 여자 말고도 여기 참가자 중에 다른 여자애하고도 잤다는 것이다. 그러자 듣고 있던 이탈리아 친구가 자기 경험도 이야기했다.

내 개념으로 무질서한 연애놀음은 해서는 안 된다고 생각한다. 도덕이나 윤리를 떠나서 그건 내가 지향하는 삶의 방식이 아니라서. 그러나 솔직히, 나도 가끔은 흔들린다. 예쁘고 귀엽고, 게다가 사귀어보고 싶은 여자애들이 손짓할 땐 정말 운명일지도 몰라, 하는 느낌이 들 때도 있다. 나는 고개를 털어낸다. 운명은 무슨, 목적을 달성하기까지 난 흔들리지 말고 내 방식대로 밀고 나갈 거야. 머릿속에 로버트 W. 서비스의 '계속해서 하라' 시구가 떠올랐다.

'당신의 사명을 믿어라. 그것에 해야 할 큰일이 있고 그것에 당신이 존재해야 하는 이유가 있다. 결코 당신의 마음이 꺾이진 못할 것이니, 계속해서 하라, 계속해서 하라.'

외국어에 대한 단상들

오랜만에 한국 친구들과 통화를 했다. 취업 준비와 토익, 토플 점수 올리기 등을 이야기하며 한숨을 쉬더니 나에게 충고했다.

"너도 이제 한국에 돌아와, 시간 낭비 그만 하고."

솔직히 위로받고 싶었는데, 친구들은 내 의지를 북돋워주는 게 아니라 오히려 낙담시키고 있었다. 나는 두려워졌다. 나 또한 한국에 돌아가 내 꿈을 접고 현실에 안주해버리는 그저 그런 조무래기가 돼버리지 않을까 하고.

그날 밤 꿈을 꿨다. 한국에 돌아가 예전에 그랬던 것처럼 현실에 안주

하고 있는 내 모습과 만났다. 내 꿈을 지지해주고 격려해주는 친구도 도움이 되지만, 잘하고 있는지 날카롭게 지적해가며 따져 묻는 친구도 받아들이기 나름이라는 생각이 들었다. 나는 이왕에 시작한 발걸음이니 언어만이라도 제대로 건져가야 한다고 다시 나 자신을 추슬렀다. 기껏 외국생활을 하고도 영어를 제대로 구사하지 못한다면 이건 말이 안 된다는 걸 다시 자각시켰다.

친구들이 약간은 심각한 표정으로 얘기를 주고받았다. 무슨 불에 관련된 얘기여서 난 처음에 주변에 산불이 났다고 이해했다. 그러다 몇몇 친구들이 인터넷 기사를 보러 간다며 방에 들어가기에 나도 따라 들어가서 인터넷을 봤는데, 우리 키부츠 앞의 레바논과 이스라엘 국경 바로 몇 백 미터밖에 떨어지지 않는 곳에 미사일이 떨어졌다는 것이다! 미사일 뉴스는 이미 국제 뉴스에 장식이 되어 있었다. 그 바로 며칠 전에, 주변 중동 국가 간의 전쟁으로 키부츠 봉사 참가자가 사망했다는 뉴스를 접한 일이 있었다. 마음이 심란해졌다.

'한국의 스물세 살 청년, 봉사활동하다 키부츠에서 폭탄을 맞고 사망하다.'

이런 문장이 내 머릿속에 조합되었다. 이곳 친구들은, 자주 일어나는 일이니 안심하라고 말했다. 몇 십 미터만 지나면 레바논인데 마음이 안정될 리가 만무하다. 그러나 나도 곧 친구들을 따라 일상으로 돌아갔다. 그러나 내 머리 속엔 '멈추지 않은 심지, 중동의 화약고 이스라엘!' 이런 의식이 강하게 자리 잡혔다.

키부츠 내의 카페에 갔다가 이스라엘 할아버지와 이탈리아 친구가 대화하는 걸 들었다. 각 나라 언어의 뿌리가 어디서 시작됐는지, 어느 언어가 쉽고 어느 언어끼리 가까운지에 대한 얘기였다. 할아버지는 이탈리아 친구와 처음에 이탈리아어로 대화를 나누고 있어서 난 당연히 그분이 이탈리아 출신인 줄 알았는데 알고 보니 이스라엘 분이었다. 그는 프랑스어, 독일어, 영어, 히브리어, 이탈리아어, 스페인어 6개 국어를 할 줄 안다고 했다. 이탈리아어와 스페인어는 조금만 할 줄 안다고 했는데 정작은, 내가 10년 넘게 학교에서 배운 영어보다 더 잘했다. 두 개 언어를 제외한 나머지 언어는 원어민처럼 구사한다고 했다.

모국어도 아닌데 영어를 능숙하게 구사하는 스웨덴 친구가 있다. 그 비결을 물었더니 작년에 미국인 여자애와 한 달 동안 같이 여행을 했는데 그때 많이 늘었단다. 미국인 여자애를 만나기 전까지는 지금의 나보다 못했다고 했다. 불과 일 년 만에 그 앤 거의 원어민에 가까울 정도로 영어를 잘한다. 나도 그런 친구 한 명을 여행 중 만났으면 좋겠다는 생각이 든다. 같이 여행도 하고 영어도 늘고! 하긴 여기서도 맨 영어 사용자들인데 내가 너무 조바심을 내고 있는지도 모르겠다.

우리들의 행복했던 시간들

친구들이 어깨 안마를 받고 싶다며 내 앞에 앉았다.

"태호, 난 너랑 있으면 마음이 편하고 푸근해."

이런 말을 처음 들은 건 아니다. 솔직히 친구들은 나를 좋아한다. 어떤 유럽 친구가 시샘이 나서 물은 적이 있었다.

"친구를 네 편으로 만드는 노하우가 뭐니?"

노하우라니, 솔직히 말이 말 같지 않아서 나는 그냥 입을 다물었다. 친구는 만드는 게 아니라 사귐을 가꾸어 나가는 것이다. 단체에 모이게 되면 별의별 인간이 다 있다. 인신공격을 하거나 깎아내리는 친구, 까닭 없이 남의 나라를 헐뜯는 친구 등, 기선 제압을 하기 위해 트집을 잡는 유치한 친구, 팀을 짜서 일을 할 때, 슬쩍 미뤄놓고 소위 농땡이를 치는 친구, 당번 때 아프다고 꾀를 피우는 친구. 그때마다 욱하고 치미는 게 있었지만 한 템포 낮추고 시간을 벌었다. 자기에게 적의를 품지 않았다는 것을 알게 되면 그때부턴 경계하지 않았고 필요 없이 각을 세우는 일도 없어졌다.

자만과 독선을 버리고 자기 자신을 낮추며 남의 뜻에 마음을 여는 것이 친구 사귐에 대한 예의라고 생각한다. 자신의 모난 곳을 다듬고 반성하다 보니 어느 결에 친구들이 내 곁으로 모였다. 나는 항상 친구들의 이야기에 경청하고 작은 일에 배려하는 습관을 들였다. 그런 습관들이 오늘의 나를 만든 원동력이 되지 않았나, 속으로 생각해본다.

손목이 좀 아팠지만 난 그들을 위해 기꺼이 마사지를 해주었다. 그랬더니 내 맘에 쏙 드는 어떤 여자친구가 속삭이듯 물었다.

"태호야, 한국말로 난 널 좋아해가 뭐야?"

난 살짝 가슴이 뛰었다. 그 애에게 말해줬다.

"고마워!"라고.

그 앤 주로 다른 애들이 없을 때 나에게 마사지를 받았다. 그리곤 답례로 '고마워(난 널 좋아해)'라고 속삭였다. 그 애의 눈빛은 난 널 좋아해, 라고 말했지만 내 귀엔 정확히 '고마워'라고 들렸다. 만일 그렇게 가르쳐 주지 않았다면 난 아마 그 애에게 마음을 빼앗겨 사고를 치고 말았을지도 모른다.

그 중에 내 마음을 살짝 훔쳐간 여자친구도 있었다. 허전했다. 방으로 들어와 룸메이트에게 심정을 털어놓았다. 그 앤 안됐다는 듯이 날 쳐다보더니 몇 마디 날렸다.

Why don't you hook up with her? You missed out on the

fun! 왜 꼬드기지 않아? 넌 즐거움을 날렸어!"

머릴 깎기 위해 친구들과 함께 외출을 했다. 좋은 미용실을 찾아 돌아다니다 한 곳에 들어가니 예약을 해야 한다고 했다. 이곳 미용실은 모두 예약제라고. 예약을 잡아놓고 시간도 때울 겸 마을 구경에 나섰다. 높은 언덕에 그림 같은 저택이 보여서 그리로 발길을 돌렸다. 집주인은 친절했으며 우리 젊은이들에게 호감을 보였다. 2006년에 레바논이 자기 집 안마당에 폭격을 가했다며 그 흔적을 보여주었다. 그 당시 그는 집안에 있었다고 했다. 바로 집 안마당에 떨어진 미사일. 암튼 미사일이 떨어졌다는 그 자리에 아이들이 천진난만하게 뛰놀고 있었다. 그 아이들이 무탈하게 자라야 할 텐데, 언제쯤 중동에 평화가 찾아올까.

우린 불량소년이라도 된 듯이 낄낄거리며 동넬 누비고 다니다가 시간이 되어 미용실엘 갔다. 미용사가 '어떻게 자르실래요?'라고 물었다.

"Show me your skill."

특별히 고집하는 스타일이 없어 최대한 당신의 능력대로 잘라달라고 했다. 주변에 있던 친구들이 배꼽을 잡고 웃었다. 이후 친구들은 키부츠 봉사자 친구들을 만날 때마다 내가 했던 말을 했다.

"Show me your skill."

상황에 잘 맞지도 않는데도 그렇게 말했는데, 그럴 때마다 나머지 친구들은 당연히 그래야 하는 것 것처럼 나를 툭툭 쳐가며 배꼽을 잡고 웃어댔다. 정말이지 언제 그렇게 실컷 웃어봤나 싶을 정도로 많이 웃었다.

봉사자 친구들과 버스를 타고 모두 함께 어디를 간다는 것은 언제나 설렌다. 게다가 이곳 키부츠에서는 이동경비, 외식비, 놀이공원 입장료 등등이 모두 무료라서 더욱 기분이 좋았다. 이번엔 워터파크 놀이공원으로 갔다. 태어나서 물놀이 기구만 있는 곳에 오기는 처음이었다. 친구들

185

과 뭉쳐서 여기저기 천방지축 아이들처럼 첨벙대고 물장구를 치며 폐장 시간이 다 되도록 놀았다. 그곳에서 나와 우리가 발길을 옮긴 곳은 갈릴레이 호수였다. 예수가 걸었다는 그곳, 갈릴레이 호수! 우리가 당도하니 갈릴레이 호수에는 낙조로 물들어 있었다. 곧바로 키부츠에서 가져온 고기로 바비큐 파티가 시작됐다. 시장이 반찬이라고 했던가, 닭고기와 소고기의 바비큐가 꿀맛이었다.

숙소로 돌아갈 시간이 되었다. 몇몇 친구들이 오늘 여기서 하룻밤 묵자고 나를 설득했다. 그리고 보니 그 애들은 대충 야외에서 묵을 짐들을 챙겨온 게 보였다. 난 그런 준비가 전혀 되어있지 않으므로 망설였다. 내일은 쉬는 날이라서 업무에 지장이 없긴 했지만 아무래도 노숙을 하기에는 무리여서 망설여졌다. 그런데 그냥 가기에는 갈릴레이의 저녁 풍경이 너무 근사했다. 내가 남겠다고 하니까 친구들이 나를 끌어안으며 환호했다. 그때 내 입에서 엉뚱깽뚱한 말이 튀어나왔다.

"아름다운 밤이에요!"

무슨 뜻인지도 모르면서 친구들이 박수를 쳐주었다. 난 너무 행복했다. 밤이 점점 깊어지자 찬 이슬이 내려 선득거렸다. 나무를 구해다 불을 피워 놓고 자리에 누워 잠을 청했다. 두 눈에 밤하늘의 별이 들어왔다. 문득, 예

수님도 나와 같이 반짝이는 저 별을 바라보았을까? 하는 생각이 들었다.

밤이 깊어지자 너무 추웠다. 나중엔 이가 딱딱 부딪히며 떨렸다. 이런 나를 보다 못한 나의 절친 스웨덴 여자 친구Maria가 침낭을 건네줬다. 우린 함께 침낭을 덮고 잤다. 그 애의 머리가 내 이마에 닿을 때 난 알퐁스 도데의 「별」이 생각났다. 뤼브롱 산의 목장에서 양떼와 사냥개만 상대하며 홀로 지내는 소년 같은 심정이 들 때, 뜻밖에도 양식을 싣고 와준 스테파네트 아가씨. 갈릴레이에서, 자기 침낭 속에 날 품어준 Maria, 그녀는 나의 스테파네트였다. 밤하늘의 숱한 별들 중에서 가장 빛나는 별이 내려와 내게 기대어 쉬는 느낌으로 나는 그녀의 머릴 내 어깨에 뉘이고 행복한 꿈속으로 빠져들었다.

성은 성스러운 행동인가, 아니면 게임에 불과한 것인가?

스페인 여자친구들이 나에게 한국의 언어유희에 대해 물었다. 그래서 '간장공장 공장장은 간 공장장이고……' 이것과 '경찰청 쇠창살은 청 쇠창살이고……' 두 개를 말해줬다. 친구들은 신기한지 폭소했다. 다른 나라의 언어보다 한국 언어에 친구들이 많은 관심을 보였다. 서양에서는 라틴어라는 뿌리가 같아 비슷하게 소리 나는 게 많고 유럽 각 나라의 언어를 접할 기회가 많다. 하지만 아시아 중에서 머나먼 나라 한국의 말은 친구들이 듣질 못해 무척이나 신기해했다.

한 여자 친구가 이스라엘에서 만난 남자애와 잠시 여행을 떠난다고 했다.

"For what? 무엇을 위해서 떠나?"

나는 그냥 대수롭지 않게 의례적으로 물었다. 그러자 그녀는 웃으면서, 손을 까딱까딱 흔들어 보였다. 난 도무지 그 손동작이 무엇을 의미하는지 알 수 없었다. 옆에서 친구들이 그 손동작이 성행위를 의미하는 거라고 말해주었다. 그때부터 친구들은 각자 자기 나라에서 통하는 성행위를 표현하는 손동작들을 해보였다.

숙소 밖에서 얘기하는 소리와 여자 신음소리가 들렸다. 어두워 누구인지 가늠할 수 없었지만 어떤 남성이 바지를 다 내리고 여자 뒤로 성행위를 하고 있었고 여자는 신음소리를 내고 있었다. 아무리 한밤중이라 하지만 들리는 소리가 있고 숙소 바로 옆 건물의 확 트인 공간에서 성행위를 한다는 것이 황당했다. 난 이튿날 내가 본 광경을 룸메이트인 이탈리아 친구에게 털어놓았는데 그 또한 그래? 황당했겠다, 라고 말하며 덧붙였다.

"대체로 북유럽 친구들이 성에 대해 거리낌 없이 행동하는 것 같아. 어떤 친구들은 섹스를 게임처럼 즐기기도 하는 것 같아."

그렇게 많은 사람들을 만났건만 난 아직도 성에 관한 건 낯설다 그래서 많이 혼란스러웠다. 나중에는 성이 장난인가, 하는 생각이 들어 가치관이 흔들렸다. 나는 자라지 않는 소년 같기만 하다.

꽃

여행하다보면 주변 사람들이 꼭 묻는 말이 있다. 어느 나라가, 도시가, 음식이 가장 좋았느냐는 것이다. 어느 순간이, 어떤 때가 행복하고 좋았는지 묻는 사람은 없다. 내가 받고 싶은 질문은 바로 이런 것인데 말이다. 나는 어느 나라나 도시보단 마음에 맞는 친구들과 어울리는 시간이 가장 행복했다. 세계를 여행하면서 수많은 친구들과 함께 어울렸지만 그 중에 가장 행복했던 한 군데를 꼽으라면 이곳 바람에서의 키부츠 생활을 들겠다.

우선 어느 캠프에서보다 내가 가장 잘 적응했다. 그리고 친구들은 무엇을 할 때마다 나를 찾았다. 영어와 스페인어를 할 줄 아는 것과 풍부한 여행 경험이 이런 결과를 안겨 주었다. 60여 명이나 되는 이번 캠프에는 특히 남미 친구 비율이 높았는데 나는 그 친구들을 위해 가능한 한 스페인어를 썼다. 그런 배려가 그들을 편안하게 해줬던 모양이었다. 또한 자

189

기들 나라를 다녀갔다는 이유 하나만으로도 이미 친구라고 다가오는 걸 자주 본다. 이 당시 난 내가 인지하지 못할 정도로 캠프 참가자 60명 친구들의 거의 모든 나라를 방문했다. 그래서 겪었던 경험과 에피소드들이 참 많아 어느새 내가 누구와도 쉽게 말이 통하는 그런 친구로 변해 있었다. 역시 경험은 또 다른 경험을 낳는다.

호주 친구 룩은 여행을 한 지 1년이 됐다고 했다. 나이도 나와 같고 내가 세계 일주를 통해 본 것만큼 그 또한 여행을 통해 익힌 견문이 넓었다. 여행 다닌 곳도 비슷하여 우린 공감대가 많다. 그도 나처럼 휴학하고 나온 거겠지 싶었는데, 사법고시에 합격하고 나서 여행을 시작했다고 했다. 지금까지 그냥 편한 친구로 바라봤었는데 갑자기 존경스러워졌다. 또 있다. 과테말라 여자친구는 앞으로 4년 동안 더 여행을 할 거라했다. 당시 나는 학업을 진행하기 위해 한 학기를 쉴까 말까 심각하게 고민했기 때문에, 길 위에서 많은 시간을 허비한다고 생각하지 않느냐고 내가 물었다. 그런데 그녀는 이미 대학교 학사를 두 개나 땄노라고 대답했다. 존경스럽다!

좋은 친구는 나를 키운다. 다시 말해 큰친구를 사귀게 되면 내 꿈의 키도 커진다. 꿈이 커지면 자기 현실에 대하여 강한 검열의 시간을 하게 된다. 대학 1학년을 마치고 군대에 다녀온 후 바로 여행을 시작한 나. 앞날이 불안하기만 한 나. 어떤 면에서는 난 참 대책 없는 아이다. 그러나 일보 전진하기 위해서 경험을 쌓고 있는 중이다. 중요한 건 방향이다. 방향만 잃지 않으면 늦더라도 언젠가는 목적지에 도달할 수가 있다.

떠날 시간이 되어, 키부츠 봉사자들이 마련한 음악회가 열렸다. 기타 반주에 노래와 피아노 공연이 있었고 이에 화답해 키부츠 현지 멤버들의 공연이 이어졌다. 스시에 곁들인 와인을 마시며 음악 감상에 젖어들었다.

좋은 시간이 흘러가는 속에서 문득, 어렸을 때 피아노를 중간에 그만뒀던 것에 대한 후회가 솟아났다. 새로운 갈증이었다. 김우중의 문법을 확장시켜 말한다면, 세상은 넓고, 할 일은 많고, 그리고 시간은 흘러간다.

이제 정든 키부츠를 떠날 준비를 해야 한다. 내 방 열쇠와 카드 등을 키부츠 사무실에 반납했다. 체크아웃 하면서 600쉐켈(한화 20만 원 정도)의 용돈을 받았다.

난 친구들에게 마음을 담아 편지를 쓰고 작은 선물을 준비해서 그들의 방에 들렀다.

'아픈 나를 위해, 춤을 추고 그림자처럼 옆을 지켜준 스웨덴 친구 크리스토퍼.
맑은 공기를 마셔야 한다며 나를 데리고 공원을 산책시켜준 프랑스 친구 세라.

아플 때 끼니마다 내 방에 찾아와 식당에 바래다 준 콜롬비아 친구 훌리안.

가족처럼 병간호를 해준 룸메이트 이탈리아 친구 조바니와 남아공 친구 마틴.

알약을 구해서 따뜻한 차를 만들어 직접 내 방에 찾아와준 마세도니아 친구 에레나.

내 이마를 짚어보고 두통에 좋다는 차를 타서 가져다준 스웨덴 친구 사나.

내 방에 매일 들리다시피 하며 약국에서 직접 약을 사다 준 스웨덴 친구 에리카.

떠나는 전 날, 마음을 담아 글을 적어준 덴마크 친구 애나마들과 콰테말라 친구 베오, 그리고 멕시코 친구 갈리아.

내 일기장을 가져가 몰래 글을 적은 후 읽어보라며 편지글을 건넨 뉴요커 레첼.'

이튿날 아침, 스웨덴 여자애들 Erica, Sanna, Maria, 그리고 Miriam이 마음을 담아 편지를 써서 내 방문 아래 끼워놓고 갔다. 내가 떠난 키부츠 바람은 상상할 수 없다는 말에 콧등이 시큰해지면서 고마운데…… 쓸쓸하고 허전한 이 느낌은 또 뭘지! 떠나는 당일 친구들과 인사를 건네며 눈물을 참고 있을 때, Miriam이 내 손을 보듬듯이 잡더니 호주머니에 편지를 넣었다. 밤새 내 생각을 하며 작성했을 그녀의 정성에 나는 감동받았다. 키부츠의 생활이 왜 가장 행복했던 순간으로 기억되는가를 생각해봤다. 처음엔 어색했는데 차츰 임의로워지고 나아가 우린 진실한 친구가 되었다. 돌이켜보아도 그 시간들이 그립고 그들은 내 가슴에 꽃으로 남았다.

내가 그의 이름을 불러 주기 전에는
그는 다만
하나의 몸짓에 지나지 않았다

내가 그의 이름을 불러 주었을 때
그는 나에게로 와서
꽃이 되었다

— 김춘수, 「꽃」 중에서

열한 번째 프로젝트,
아름답고 슬픈 대륙, 아프리카

한 여자아이가 바닥에 누워있었다. 세상에, 온몸에 온통 화상을 입어 눈, 코, 입의 균형이 일그러질 대로 일그러진 어린 여자애였다! 충격이라고밖에는 달리 표현할 말이 없다. 지갑을 꺼내는 내 손이 벌벌 떨렸다. 곁에서 내 모습을 보는 이가 있었다면 아마 남의 지갑을 여는 줄 알았을 것이다. 나는 지갑을 거꾸로 쥐고 털었다. 주먹에 그득한 동전을 소녀의 동냥통에 부어주었다. 소녀는 아무 기척 없이 시체처럼 누워 있기만 했다. 만일 그 애가 나를 쳐다보며 눈이라도 마주쳤다면 난 아마 지니고 있던 100Birr 지폐까지도 달 탈 털어 주었을지도 모른다.

아름답고 슬픈 대륙, 아프리카

나는 원래 육상으로 아프리카 종단을 할 계획이었다. 그런데 이스라엘을 갔다 왔다는 흔적이 내 여권에 남아 있어서 나는 수단을 갈 수 없었다. 어쩔 수 없이 비행기를 타고 수단을 건너뛰어야 될 것 같아 항공권을 알아보는 중에 마침 케냐로 가는 티켓이 있다는 것을 알았다. 그리고 그 티켓은 에티오피아를 스톱오버해야 했다. 에티오피아에 오기 전 내가 알고 있는 지식은, 세계 최빈민국과 시바 여왕이 있는 곳, 그리고 6·25 전쟁 때 아프리카 국가 중에서 유일하게 한국에 파병을 한 국가 정도 외엔 없었다.

낯선 에티오피아

이집트에서 뜬 비행기는 수단을 경유해 에티오피아에 도착했다. 공항이 크지 않아 오히려 정감이 갔다. 인포메이션으로 가서 숙소 찾아가는 방법과 아주 기본적인 단어, 그리고 ATM 기기 위치 등에 대해 물어보았다. 숙소로 이동하여 짐을 정리하고 필요한 짐만 작은 가방에 챙겨 나왔다. 에티오피아 글씨는 사람의 모형을 장난삼아 그려놓은 것과 흡사했다. 글자의 모형을 사람으로 이해했기 때문이다. 멀리서 보면 중국 문자처럼 보이기도 한다.

들던 대로 세계 최빈민국이라는 말이 실감났다. 검은 판자촌 일색에다 사람을 쏘는 듯이 정면으로 쳐다보는 시커먼 흑인들. 호기심인지, 조롱인지, 놀리는 건지 알 수 없는 소릴 하며 따라붙는 검은 피부의 사람들. 해코지나 하지 않을까, 날 덮쳐서 소지품을 털지 않을까, 집단으로 몰려와 나를 깔아뭉개지나 않을까 긴장되었다. 중동에 있을 땐 그렇잖았는데 여기 오니까 흑인들이 무섭다. 숙소에 들어왔는데도 편안하지 않고 강제로 고립되고 갇힌 느낌이었다.

바람을 쐬려고 밖으로 나왔다. 그런데 이때 우연히 여행자 두 분을 만났다. 구세주를 만난 것처럼 반가웠다. 바로 옆 카페에 들어가 커피를 마시며 우린 대화를 나눴다. 그분들은 아디스 아바바에 온 지 5일 됐는데 주로 대사관에 드나들며 수단 비자 준비를 했다고 했다. 흑인이 무섭고 이곳이 적응 안 된다고 했더니 그분들도 도착 당일엔 그랬는데 금방 익숙해졌다며 마음 놓으라고 했다.

호텔에서 인터넷 이용하는 방법과 국제식당 위치와 주변 숙소 등에 대한 정보를 많이 가르쳐 주었다. 그분들은 에티오피아 남부를 다녀왔는데 트루미Trumi가 정말 좋았다고, 거긴 원주민들이 맨발로 막 뛰어다닌다고 했다. 그곳에서 찍은 사진을 보여주었는데 난 완전 뻑 갔다. 가보고 싶어 가슴이 막 뛰었다. 도둑이 많으니 짐은 항상 내 몸에 붙이고 다니라는 말을 해주고 그분들은 떠났다.

나는 에티오피아의 남부를 여행하기 위해 항공사에 전화해 페널티를 물고 항공권 날짜를 수정했다. 수중에 가지고 있는 돈은 없는데 이곳엔 ATM 기기가 눈에 띄지 않았다. 여행자를 위한 인프라가 전무하다시피 한 아프리카 아디스 아바바 도시 내에 존재하는 모든 ATM 기기를 수소문해서 시도해 보았지만 전혀 먹히질 않았다. 피가 말랐다. 오성급 호텔 안 은행에 가서 돈을 인출해야겠다는 생각을 했는데 여행사 직원이 자기 사무실에도 ATM 기기가 있다고 했다. 혹시나 하는 마음에 갖고 있던 카드 모두를 시도했더니 외환은행 카드가 먹혔다. 다른 지역에서 시도했을 때는 안 됐는데 여기서는 된다니 참 희한하다. 똑같은 ATM 기기인데 말이다. 그나저나 외환은행 카드가 내 희망이다. 세계 여행을 하다 보면 다른 여타의 은행 카드보다도 외환은행 카드가 더 잘 먹힌다. 다른 다라에서도 그랬다.

어린 영혼을 위한 기도

에티오피아 지도를 사기 위해 나는 영어를 할 줄 아는 현지인을 한 명 데리고 거리에 나섰다.

한 여자아이가 바닥에 누워있었다. 세상에, 온몸에 온통 화상을 입어 눈, 코, 입의 균형이 일그러질 대로 일그러진 어린 여자애였다! 충격이라고밖에는 달리 표현할 말이 없다. 지갑을 꺼내는 내 손이 벌벌 떨렸다. 곁에서 내 모습을 보는 이가 있었다면 아마 남의 지갑을 여는 줄 알았을 것이다. 나는 지갑을 거꾸로 쥐고 털었다. 주먹에 그득한 동전을 소녀의 동냥통에 부어주었다. 소녀는 아무 기적 없이 시체처럼 누워 있기만 했다. 만일 그 애가 나를 쳐다보며 눈이라도 마주쳤다면 난 아마 지니고 있던 100Birr 지폐마저도 탈탈 털어 주었을지도 모른다. 누가 훔쳐가든 말든 말이다. 그러나 소녀는 미동조차 하지 않은 채 말 그대로 시체처럼 누워만 있었다. 거리에 누워서 죽음을 기다리는 소녀를 두고 나는 차마 발길이 떨어지지가 않았다.

어린애가 무슨 죄가 있다고……. 과연 신이 존재 하는가 의문이 생겼다.

'신이시여, 만일 존재하시거든 저 소녀를 좀 보살펴 주소서!'

난 마음속으로 빌었다. 이 여자아이의 얼굴을 평생 잊지 못할 것 같다. 고백하자면, 나는 세계여행을 하면서 구걸하는 이에게 자발적으로 지갑을 열어 돈을 준 경우는 거의 없다. 구걸하는 빈민들을 수없이 봐와서 그런 감정이 무뎌졌기 때문이다. 그 날 그 애를 만나기 전 길거리에서 꼬맹이들이 돈을 달라고 달라붙었지만 난 어느 누구에게도 동전 한 닢 적선하지 않았다. 하지만 저 애는 어떻게 하라는 말인가. 사지가 거의 오그라든데다 상처에서는 고름이 질질 나오는데 어떻게 삶을 이어가란 말인가!

저 애가 누워 있는 땅은 세계 최빈국이고 그의 아버지는 흑인인데.

지도 파는 곳을 알려주겠다고 따라온 현지인이 내 소매를 잡아끌었다. 그리고 그 현지인은 소녀에게 돈보다는 식권을 주는 게 낫다고 알려주었다. 자선단체Charity NGO에서 판매하는 식권이 있는데(25장에 4Birr) 그것을 주면 식사를 해결할 수 있다는 것이다. 식권 파는 곳으로 이동했다. 친절히도 영어로 식사 티켓을 판다고 적혀 있었다. 크리스천과 관련된 NGO가 아닐까 하는 생각이 들었다. 4Birr에 식사 티켓이 25장이라고 알고 있었는데 막상 사보니 4Birr에 8장이었다. 그래도 원하던 티켓을 구입했다는 사실에 안도했다.

이 사실을 많은 이들에게 더 알려야겠다는 책무가 느껴졌다. 어떤 NGO 단체가 이런 자선행사를 펼치는지 정말 궁금했다. 다시 옆 사무실로 건너가서 브로슈어를 얻었다. 이게 국제단체냐고 물었더니 그렇지 않고 국내에서 운영된다고 했다. 이 기구가 네덜란드로부터 지원을 받아 운영된다고 알려주었다. 이 NGO 단체의 뒤에 네덜란드가 있었다니, 난 네덜란드라는 나라를 다시 바라보게 됐다.

일단 티켓을 들고 밖으로 나왔다. 숙소로 향하는 길에 허름해진 옷을 입고 길거리를 방황하는 세 명의 아이들을 보았다. 그 중에서 한 아이가 내게 다가왔고 난 그에게 처음으로 티켓을 주었다. 훈훈해지는 이 기운은

어디서부터 오는 것인가, 고작 4Birr(환화 280원)일 뿐인데……. 또 한 장은 서점 근처에서 신발 닦기를 하는 아이에게 주었다. 그리고 그 주변에 있던 아이 업은 여자애에게 남은 두 장을 주었다. 처음 티켓을 줄 때도, 그 다음에도 그리고 또 그 다음에도 주변에서 나에게 어느 나라 사람이냐고 물었다. 난 그 어느 때보다도 자랑스럽게 말했다.

"I am Korean. 나는 한국 사람입니다."

그들은 하나같이 말했다.

"Good and nice people. 멋진 사람들이네."

'Korean=Good and nice people' 이런 등식이 내 머릿속에 성립되었다. 난 무척 고무되었다. 티켓을 쥐었던 손을 바라보노라니 어서 부자가 되어 다음에 이곳에 와서는 더 많은 티켓을 사서 굶주리는 어린 영혼들을 돕고 싶어졌다. 난 지금도 티켓을 건네줄 때, 이게 웬 행운인가 하며 나를 바라보던 그 아이들의 맑은 눈동자를 잊을 수가 없다!

지도를 300Birr에 샀다. 이곳 물가와 비교하면 상상을 초월하는 가격

이다. 유럽 각 나라 지도보다 훨씬 비싼 이유가 외국에서 프린트를 해오기 때문이라고 했다. 지도를 챙겨 넣고는 근처 찻집으로 갔다. 꽤 고급스러워 보이는 찻집은 고즈넉해서 복잡한 머릿속을 풀어놓고 정리하기에 알맞았다.

'사람은 무엇으로 사는가?'

일찍이 톨스토이가 던졌던 심오한 질문을, 나는 나를 성찰하기 위해 정리해보고 싶었다. 가방에서 노트를 꺼내어 머릿속의 생각들을 적어 내려갔다.

'나는 누구인가.

나는 무엇 때문에 이 고행을 자처하는가.

나는 지금 왜 에티오피아라는 이곳에 와 있는가.

나는 장차 어떻게 살 것인가.'

그동안 작업을 마치고 숙소에 들어가서, 또는 친구들이 술을 먹고 있는 바 한쪽 구석에서, 달리는 기차 안에서, 기타 치고 노는 트럭 안에서

숱하게 물어왔던 질문들이다. 그때마다 나는 열심히 살고 있으니 됐어, 라는 말로 귀결을 지었다. 그런데 그 날은 달랐다. 그 소녀 때문이었다. 고맙겠지만 고맙다는 말도 표현하지 못하던, 아니 어쩜 그런 감정마저도 이미 고갈되어버릴 만큼 생의 의지를 상실해버렸는지도 모를 그 소녀가 내 머릿속에서 떠나질 않았다. 그때 불현듯 내 머릿속을 강타하는 생각이 있었다.

'나는 무엇을 하고 싶은가!'

이 말은 내 존재를 드러내는 물음이었다. 주관적인 생각을 객관적인 입장에서 던지는 물음. 다시 소녀의 모습이 환영처럼 어른거렸다.

"나는 그 소녀를 돕고 싶다!"

내 이런 말이 입 밖으로 터져 나왔다. 소름이 끼치고 진저리가 쳐지며 심한 요의가 느껴졌다.

'그 소녀를 돕는 건 내 희망이다!'

무의식 속에서 밀어낸 이 말은 내가 나에게 주는 미션이다.

이것이 아프리카의 실상이다!

여행자의 삶은 예상하지 못 하는 사건들의 연속이다. 에티오피아에 머물게 될 거라곤 꿈에도 상상을 못했는데 길에서 여행자들을 만났고 그분들이 극구 추천하는 에티오피아의 남부 마을을 여행하기 위해 비행기 타켓을 변경하고 남은 여행일정을 수정했다. 여행사를 통해 랜드크루저를 빌려 여행하는 경우도 있지만 돈을 아끼기 위해 개인적으로 여행을 하려고 함께 여행할 친구를 물색하여 친구를 구했다. 일본 여자친구이며 이름은 미카이다. 아프리카를 육로로 종단 중이라 했다. 남자도 벅찬 아프리카를 여자 홀로 종단하는 그녀는 멋지고 용감해 보였다. 그녀 앞에서 내

가 작아지는 것 같았다.

호텔에 큰 짐은 맡겨두고 다시 짐을 꾸려 버스터미널로 갔다. 새벽 시간임에도 불구하고 수많은 사람들이 와글거렸다. 너무 복닥거려서 정신이 하나도 없었다. 영어를 하는 어떤 애가 어디를 가냐고 물었다. 우린 아르바 민치를 외치며 어디가 어딘지 분간하지 못한 상태로 그를 따라 움직였다. 몇 번 우왕좌왕거리다 버스 티켓을 구입했는데, 역시나 우리를 안내해준 애는 돈을 요구했다.

버스에 올라, 버스 관계자의 지시에 따라 나는 이리저리 자리를 몇 번 옮겼다. 밖이나 안이나 정신 없긴 마찬가지였다. 시간이 지날수록 해는 높이 떠오르고 차안의 열기는 높아져만 가서 사람들이 땀을 흘리기 시작했다. 아프리카 현지 주민들의 알 수 없는 냄새가 내 코를 찔렀고 버스 창문을 비웃기라도 하듯 모래 먼지가 차 속으로 들어찼다. 좌석과 좌석의 공간

이 너무 좁아 차가 흔들릴 때마다 무릎이 부딪쳐 아팠다. 서 있는 사람에다 통로엔 짐들로 가득해서 몸을 옴짝달싹할 수가 없었다. 연신 '난 어떤 상황이 와도 참고 견딜 수 있어' 라고 이를 앙다물었다. 창밖으로는 원시적인 방식대로 지은 집이 자주 눈에 띄었다. 문득 저런 데서 한번 살아보면 어떨까, 하는 생각이 들었다. 문명의 혜택을 못 누릴지 몰라도 근심 걱정 없이 자연이 친구가 되어 인간 본연의 목적에 충실한 삶이 될 테지.

처음엔 아스팔트 도로였는데 조금 가니까 그 위에 돌을 깔아 놓아 통행이 불가했다. 버스는 어쩔 수 없이 시골 마을길로 접어들었다. 엉덩이가 문드러지는 것 같이 아팠다. 그러나 그보다 더 고통스러운 건 그놈의 엄청난 흙먼지였다. 나는 원래 기관지가 좋지 않아서 고통은 두 배였다. 너무 힘들어 비행기 타고 날아가고 싶다는 생각을 하는 사이 어느덧 버스가 정차했다. 버스에서 내리니 호기심 가득한 눈을 한 꼬맹이들, 그리고 삐끼들이 들러붙었다.

아르바 민치는 자그마한 시골마을이다. 배도 고팠지만 그보다도 우선 샤워를 하고 싶어서 숙소로 향했다. 목이 계속 아팠다. 매연과 먼지를 순간적으로 너무 많이 들이마신 탓일 게다. 그렇지만 여행의 목적에 충실하기 위해 일찍부터 일어나 버스를 타고 도르제라는 마을 구경에 나섰다. 현지 카페에 자리를 잡고 빵과 차를 시켰는데 그 가격이 30원이었다. 한국에서 30원으로 할 수 있는 게 과연 무엇이 있을까? 같은 지구에 살면서 다른 두 거대 집단의 갭이 너무나 컸다. 세상은 참 불공평하다는 생각

이 들었다.

시골마을이라 그런지 아디스 아바바와는 전혀 다른 느낌이다. 물통을
옮기는 아이들. 땔감인지 집 지을 재료인지 모르겠지만 나뭇가지들을 한
가득 이고 가는 수줍음 많은 어린 소녀들과 나이 드신 할머니들. 그런데
나뭇가지를 이든 물통을 이든, 여기는 주로 여자 아이나 여성들이 한다.
남성들이 메는 모습은 보이지 않는다. 가방을 옷으로 감싸 등에 탈싹 붙
여 메고 가는 아이들 이 모두가 매우 인상적이며 정겹다.

학교가 보여서, 우리 옆에 따라붙는 아이에게 혹시 학교 안을 구경해
도 괜찮으냐, 물었다. 그는 학교 관계자에게 묻더니 괜찮다는 허락을 받
아왔다. 우린 학교 안으로 들어갔다. 아이들은 호기심 가득하며 재미있어
죽겠다는 표정으로 개구쟁이 특유의 몸짓으로 분주하게 우리를 관찰한
다. 그러다 호랑이 선생님이 나타나 교실로 들어가라고 말하니 일사분란
하게 교실로 뛰어 들어가는 것까지 세상 어딜 가나 아이들은 다 똑같다.

우리는 곧 학교 관계자의 안내를 받게 되었다. 옷감 만드는 법과 완성
된 제품 등등. 그런데 왜 이런 걸 우리에게 보여준담? 왜 이다지도 친절
하담? 이런 생각이들 때, 우리 옆에 따라다니던 아이가 2Birr을 그에게
줘야 좋아한다고 귀띔해 준다. 우린 2Birr을 학교 관계자에게 주고 학교

에서 나왔다. 이제 좀 쉬고 싶었는데 "Photo, Photo 1Birr."라고 외치며 아이들이 달려든다. 어딜 가나 이 나라 아이들은 외국인을 보면 사진을 찍으라거나 뭔가를 달라고 손을 내밀며 달려든다. 남녀노소 할 것 없이 모두 이런다. 여기는 시골이라서 안 그럴 줄 알았는데 누가 이들을 이렇게 만들었나, 이게 아프리카의 진실인가…….

아디스 아바바에서 만났던 여행자 두 분이 내게 상상하던 아프리카 모습은 존재하지 않는다는 말을 해준 게 머릿속에서 맴돈다. 진정한 문명과 문화의 손길이 닿지 않은 순수한 아프리카는 존재하지 않는 것일까, 라는 의문을 품은 채 우리는 다음 장소로 발길을 옮겼다. 어느 길을 가나 아이들이 따라 붙었다. 어떤 아이는 우리가 어렸을 때 했던 고무줄놀이를 보여주며 사진을 찍어달라고 요구했다. 고무줄이 자연에서 구한 나뭇가지 줄이라는 점이 인상적이긴 했지만 사진을 찍진 않았다. 나중에 시장에 있을 때도 여자 아이 두 명이 내게 졸졸 따라 붙더니 내 호기심을 자극하려고 내 앞에서 줄넘기 하는 것을 보여줬다.

다리도 쉴 겸 맥주를 마시러 들어갔다. 시큼하고 맛이 없어 혀만 대다 말았다. 우린 집안을 둘러보며 사진을 몇 장 찍었다. 주모가 골을 내며 가이드 하는 아이와 대화를 했는데 이유인즉, 집안 구경하고 사진까지 찍

었는데 돈을 주지 않아서 그런단다. 결국 그녀에게 1Birr을 주고 그녀와 함께 사진을 찍었다.

시장이 서는 곳으로 이동했는데 현지 사람들이 우리 주위로 너무 많이 모여들어 포위당한 느낌이었다. 난 그 포위망을 뚫고 혼자 주위를 돌았다. 한 아이가 아이를 업고 있어서 사진을 찍었다. 아이가 아이를 돌보는 게 딱해서 1Birr을 주었다. 그랬더니 애들이 벌떼처럼 달려들어서 난 달아났다. 여기저기서 꼬맹이들이 달려와 "Photo, Photo."를 외치며 내게 달라붙었다. 언제부터 그들 머릿속에 Photo가 돈으로 인식되기 시작했을까? '외국인=카메라=돈' 만약 외국인이 사진기 없이 나타난대도 그들은 "Photo."를 외쳐댈 것이다. 슬픈 현실이다. 그들이 우리를 바라보는 시각과 우리가 그들을 바라보는 시각은 참 너무나도 많이 다른 것 같다. 같은 지구별에 서로가 공생하기에는 너무나 떨어져 나와 버린 게 아닌가 하는 생각도 든다.

그들은 무엇을 팔면서 생계를 이어가나 보았다. 다 식생활용품이다. 사람 살아가는 건 아프리카 시골장이나 뉴욕의 마켓이나 별반 차이가 없다. 그렇다고 정서가 같은 건 아니다. 난 사람들과 어울리고 싶어 그들에게 다가가려 했지만 그들은 나를 외국인으로만 바라본다. 장난을 걸어 봐도 호기심과 돈을 가진 이, 이 이외의 느낌은 전혀 받지 못했다.

아디스 아바바에서 오늘 버스가 너무 늦게 출발해 내일 아침에 진카행 버스 티켓을 판다고 해서 우린 아르바 민치에서 하룻밤을 자야 했다. 우리는 함께 숙소로 돌아왔다. 미카가 방을 함께 쓰는 게 어떻겠냐고, 자긴 괜찮다고 말해서 난 그녀의 제안을 받아들였다. 방에 들어왔는데 영어를 쓸 줄 아는 동네의 젊은이가 찾아와서, 버스 티켓을 사려면 지금 터미널에 가야 한다고 알려주었다. 우린 그를 따라나섰다. 터미널에 도착하자 그는 대가를 요구했다. 우린 거절했는데도 계속 따라붙었다.

"Kill. Fuck. Yakuza. Fighting!"

이러며 약을 올렸다. 내가 반응을 보이지 않자 미카의 목을 조르려 했다. 이건 아니다 싶어 내가 싸울 태세를 보이자 주변에 있던 사람들이 몰려들었다. 그중 한 명이 잘린 손가락을 들어 보이며 떠들어댔다.

"어떤 놈이 내 얼굴을 치려고 해서 내가 손으로 막았는데 그 놈이 내 손을 잘라버렸어." 미카가 움찔했다. 그 아이는 그걸 즐기며 뽐내듯이 일갈했다.

"This is Africa! 이것이 아프리카다!"

언젠가 TV 다큐멘터리를 보는데 '아프리카에서 죽는 건 파리 목숨과 같다'는 말을 들었다. 섬뜩했다. 그는 한판 붙자며 저돌적으로 달려들었다. 그야말로 여긴 아프리카인데 쥐도 새도 모르게 사라지는 것 아닌

가, 불안했다. 재수 옴 붙었다는 생각도 들었다. 어떻게 처신하는 게 현명한가를 생각했다. 가능한 한 일을 크게 벌이지 않는 게 최선의 방법이라는 결론을 내리고, 그를 자극시키지 않으려고 조심하면서 그곳을 빠져 나왔다.

날은 어둑해졌다. 어느 점잖은 청년의 도움으로 우린 숙소로 돌아올 수 있었다. 미카는 방에 들어와 책을 읽다가 잠이 들었고 난 컴퓨터를 충전하면서 사진 파일을 정리하고 일기를 작성했다. 같은 공간의 침대 위에 미카와 같은 이불을 덮고 잠들었다.

다음날 돌아오는 길에 버스가 중간 마을 Wayto 근처에서 쉬었다. 버스에 문제가 생겨 많이 지체했다. 당연히 아이들이 따라붙었는데 난 갑자기 그들에게서 소독차를 따라 다녔던 어렸을 때의 나를 발견하게 되었다.

난 주변 아이들과 놀았다. 사진을 찍어 그들에게 보여주니 완전 자지러진다. 휴게소를 떠나기 전 아이들이 물병을 요구해서 남은 물을 다 마시고 한 아이에게 주었다. 서로 가지려고 몸싸움을 벌이더니 급기야 어떤 아이는 울음보를 터트렸다.

　버스는 계속해서 진카로 향했다. 어느 지점에 잠깐 멈춰 섰을 때, 아이들이 물건을 팔고 있었다. 아프리카 100% 자연 칫솔과 치약, 장난감, 휘슬, 의자 등등. 난 휘슬을 구입했다. 가격을 깎을 수 있었지만 가격을 깎는 게 과연 의미 있는 일일까 싶어 부르는 값 2Birr를 주었다. 버스 안에서 사람들에게 카메라 찍는 법을 가르쳐주며 그들과 사진을 찍었다.

접시 부족을 만나다

　미카와 나는 무르시Mursi, 일명 접시 부족을 보기로 했다. 아프리카 한 부족에는 결혼한 여자들이 결혼반지 대신 접시를 입술에 끼우는 풍습이 있다고 했다. 아랫입술을 찢어 접시를 끼우
는데 접시가 크면 클수록 더 아름답다고 했
다. 그러나 현지 친구들은 무르시에 대하여
다르게 이야기 했다.

현지 친구에게 들은 이야기이다. 무르시
부족은 17세가 되면 앞니 두 개를 뽑고 접시
를 끼고 접시가 커지면 남성들이 아름답다고 여겨 결혼을 하게 된다고
한다. 입술에 접시를 끼우지 않은 여자 아이는 그러므로 아직 17세가 되
지 않았다는 얘기가 된다. 그 부족은 깊은 데에 있었고 우린 오토바이를
타고 가기로 했다. 미카와 나는 각각 오토바이 두 대에 올라타고 출발했
다.

도중에 문제가 생겼다. 강이라고 하기엔 수심이 얕고 냇물이라고 하기
엔 폭이 상당히 넓은 물을 만났다. 그런데 다리가 없었다. 여길 어떻게
건널까 싶었는데 오토바이 운전자들은 우릴 실은 채 그대로 돌진했다. 다
행히 날 태운 운전자는 솜씨가 좋아서 탈이 없었는데, 미카를 태운 오토
바이는 강 중간에 엎어졌다. 미카는 물에 빠진 생쥐 꼴이 되었다. 그 꼴
을 해가지고도 미카는 무르시 부족을 봐야 한다고 고집을 피워서 우린
주변을 돌며 찾아다녔다.

드디어 무르시 부족과 마주쳤다. 정말로 입술에 접시를 끼우고 있었
다. 옆에서 계속 보는데 볼수록 참 신기해서 눈을 뗄 수가 없었다.

체 게바라를 흉내 내다가

미카는 다음 여행지인 케냐로 떠나고 이후부터는 나 혼자 움직였다.
난 투르미Trumi 와 데메카Demeka의 부족 마켓을 가보고 싶어서 알아보

왔다. 그런데 이곳은 버스가 다니지 않는다고 했다. 현지 트럭을 타고 들어갔다가 만약에 밖으로 나오는 교통수단을 잡지 못하면 난 원주민 마을에 갇히게 될 수도 있었다. 이런 이야기를 나누고 있는데 현지 인포메이션에서 일하는 친구가 찾아왔다. 오토바이로 투어를 하자고 꼬드겼다. 오토바이로 다니기에는 짧은 거리가 아닐 뿐더러 길도 험난하다. 오토바이기사를 고용해 에티오피아 남부를 여행했다는 이야기는 들어보지 못했으므로 난 고갤 갸웃거렸다. 그러자 그는 내가 여행할 루트를 설명했다.

원주민 마을Omorate을 포함시켜 Jinka-KeyAfer-Trumi-Omorate-Trumi-Demeka-Trumi-Wayto. 마지막 날에는 버스가 있는 곳까지 나를 데려다 주겠다고 했다. 이 설명대로라면 염려할 부분이 해결되는 것 같아 구미가 당겼다. 그는 하루에 300Birr씩 4일 동안에 1,200Birr로 하자고 제시했다. 거금이었다. 그러나 이번 기회에 부족을 보러 가지 않으면 후회

할 것 같았다. 또한 내가 원하는 진정한 모습의 아프리카를 제대로 보기 위해 에티오피아에 비행기 날짜까지 수정해가며 바꾼 모험을 어느 정도 보상받고 누리고 싶은 생각이 굴뚝같았다.

가격을 1,000Birr로 낙찰시켰다. 여기에다 음식과 숙소는 그가 해결한 다는 조건이 붙었다. 그들이 500Birr을 선불로 요구했는데 난 머리를 굴려 300Birr, 300Birr, 400Birr씩 나눠서 주겠다고 했다. 먼저 그 자리에서 300birr을 주었다. 떠나기 전 타이어 집에 가서 내 짐을 오토바이에 고정 시키고 예비 타이어를 챙긴 후 기름집에 가서 기름을 가득 채우고 타이어의 바람을 꽉 채웠다. 마지막으로 물 한통을 산 뒤 맘무예(내 오토바이 현지기사)와 함께 오토바이를 몰고 Key Afer를 향해 출발했다.

'붕!' 소리와 함께 내 기분도 붕 떴다. 나는 갑자기 스물세 살에 오토 바이로 남미 전역을 여행했다던 체 게바라가 떠올랐다. 나는 아프리카 사람들의 모든 것을 만져보고 싶었고, 모든 것을 느끼고 싶었고, 그리고 모든 것을 알고 싶었다! '오 게바라!' 부에노스 아이레스의 의학도인 체 게 바라가 남미 전역을 여행한 나이가 스물세 살 때의 일이었는데 공교롭게 도 내가 오토바이에 실려 아프리카 오지를 탐험하고 있는 이 순간도 스물세 살이다. 체 게바라는 라틴아메리카의 여러 곳을 여행하면서 서민들의 가난한 생활을 몸소 체험했으며, 빈곤에 대한 해결책은 혁명밖에 없다는 확신을 갖게 되었다.

'Be realistic, demand the impossible! 리얼리스트가 되라, 그러나 불가능한 꿈을 가지라!'

부푼 기대를 안고 떠난 지 약 30분 지났을 무렵 앞바퀴에 바람이 빠졌다. 이건 무슨 불운의 복선이람? 예비 타이어로 갈아 끼웠다. 다시 오토바이는 배기통 매연과 함께 미끄러지듯이 출발했다. 약 1시간 30분이

지나 Key Afer에 도착했다. 맘무예는 동네 가게 앞에서 오토바이를 세워 놓고 쉬었고 난 주변을 돌았다. 이때 어떤 이가 나를 때리려 했다.

　오토바이를 타고 올 때 원주민들이 멀리서부터 계속 걸어왔는데 그들 대부분이 오늘 열리는 부족 마켓에 물건을 팔러 온다는 사실을 Key Afer 에 도착해서 알았다. 서양 여행객들이 이 원주민의 행렬을 카메라에 담고 있었다. 똑같은 사람인데 인간을 동물원의 동물처럼 사진을 찍어간다는 느낌을 받았다. 소위 문명인들은 사진을 찍기 위해 이곳에 오고 돈을 요 구하면 돈을 준다. 나 또한 그들과 같은 행동을 했다. 생각해보니 아까 나를 때리려 했던 행위에 대해서도 이해가 갔다. 그는 그동안 여행객들에 게 억눌리고 쌓인 불만을 그렇게 표출하고 있다고 느꼈다. 나를 향한 게 아니라 모든 여행객들을 향한 경고이자 그들의 억눌린 감정일 것이다. 그 들이 받을 느낌을 어느 정도 이해할 것 같다.

　원주민 재래시장을 돌아볼 때, 타임머신을 타고 시간 여행을 온 듯한 느낌을 받았다. 짜이와 빵을 먹었는데 주막 아이가 내게 3birr을 5birr로 속여 팔려 했다. 뻔히 보이는 가격인데도 그랬다. 한 아이가 영어를 꽤 잘해서 우린 대화를 나누게 되었다. 그는 학교 유니폼을 살 돈을 마련하기 위해 장날에 나온다고 했다. 아프리카 부족에 대한 것과 여행 관련된 가격에 거품이 있다는 말도 해주었다. 현지 버스 요금을 예로 들었다. 그러나 우리가 지불하는 가격이 거품이 있다손 쳐도 그것은 여기서 큰돈이지만 우리들에게 그리 큰돈이 아니기에 괜찮다고 말해 줬다. 그렇지만 그 애는 바깥 사회와 에티오피아 사회 사이의 경제적 차이는 짐작하지 못했다. 난 그 애를 혼란에 빠트리고 싶지 않았다.

　오전엔 오토바이를 탈만 했는데 오후에는 햇살이 너무 강해서 따가웠다. 데메카에서 잠시 쉬다가 투루미에 해가 질 무렵 도착하여 가장 싼 방을 잡았다. 샤워를 하고나니 살이 익어 화상 수준이었다. 아프리카 햇살은 남미의 그것에 비할 바가 아니었다. 그나저나 체 게바라는 피부가 괜찮았나 모르겠네……. 맘무예가 내게 와서 오토바이 비용 300Birr을 요구해서 어차피 나중에 지불할 돈이기 때문에 난 아무 의심 없이 300Birr을 건넸다.

다음날, 약속시간이 이미 이십여 분이 지났는데도 맘무예의 모습이 보이지 않았다. 마을 중앙에까지 가서 수소문을 해보았지만 그의 행방이 묘연했다. 설마 돈을 갖고 튀진 않았겠지, 아직 400Birr 줄 게 더 남았는데……. 그런데 설마 했던 일이 사실로 드러났다. 진카에서 트루미로 오토바이를 타고 온 이가 진카로 돌아가는 맘무예와 마주쳤다는 것이다. 사기를 당한 것이다. 그나마 맘무예가 공인된 진카 여행 사무실Official Tourist Jinka Office 소속이라서 다행이었다. 나는 그 사무실에 찾아가서 그간 진행된 상황을 이야기했다. 돈을 돌려받을 가능성이 높다고 하는 사람도 있었고, 돈을 반 이상을 주면 갖고 사라지는 경우가 보통이라는 사람도 있었다.

여기가 아프리카라는 사실을 왜 잊고 있었을까. 내 마인드 자체가 이미 신용사회에 오랫동안 적응하다보니 이런 누수가 생긴 것이다. 마을을 돌며 맘무예를 수소문해 보았지만 찾지 못했다. 다 망쳐 버린 듯한 기분이었다. 누군가와 함께 여행하면 편하고 좋을 텐데 아무도 오지 않는 이 아프리카 오지 마을을 혼자서 여행하려니 외롭고 벅찼다. 체 게바라도 이랬을까, 그런 생각이 들어서 난 방에 잠시 누워 쉬려다 말고 가방을 메고 밖으로 나왔다.

아프니까 아프리카다

흙과 나뭇가지로 엮어 만든 집들이
늘어선 길을 쭉 따라갔다. 물가에서
하메르Hamer 부족이 씻고 있었다. 내
가 다가갔는데도 웃통을 벗고 씻고
있던 여자애는 태연하다. 오히려 내가
민망해졌다. 그때 동네에서 또 한 명
의 어린애가 다가왔는데 영어를 꽤
잘한다. 이때부터 이 애들이 나를 가

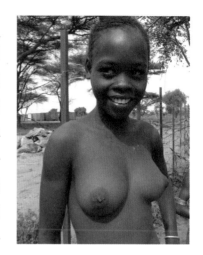

이드했다. 그런데 같이 사진 찍은 여자애의 발톱이 돌멩이에 부딪혀서 피
가 나왔다. 맨발로 걸어 다니니 발이 다치는 건 다반사이다. 아프리카 대
부분 친구들이 발톱이 성한 데 없이 다 못생겼다. 치료를 제때 받지 못
했을 것이다. 절룩거리며 따라다니던 그 어린애는 피가 질질 나오고 붕
뜬 발톱을 그 자리에서 잡아 뽑아버렸다. 한국에서라면 구급차를 부를 상
황인데 그 앤 참으로 강하고 담대했다. 반창고 같은 게 있으면 좋겠는데
휴지도 없고 내가 갖고 있는 거라곤 생수뿐이어서 살살 닦아주었다. 쓰라
릴 텐데 잘 참았다. 기껏 닦아주었더니 그 아이가 그곳에 흙을 뿌렸다.
그게 그들이 갖고 있는 치료법이었다.

아프리카에서 길을 지나다 보면 불구인 사람들이 참 많이 보인다. 멀
쩡했던 사람이 아프다가 치료를 제때에 하지 못해 불구가 되었다. 아프리
카를 단적으로 표현한 말이 있다.

'아프니까 아프리카다.'

직접 와보니 아프리카는 너무나 슬픈 대륙이었다. 아주 풋풋해 보이는
17, 18살 정도의 여자애와도 마주쳤다. 문득 이 소녀들을 한국으로 데려

217

가 발전된 현대 세상을 보여주고 싶다는 생각이 들었다. 무심코 몇 살이냐고 물었다. 그런데 그 애는 자기 나이를 모른다고 했다. 어떻게 자기 나이를 모를 수가 있는지 내가 너무 놀라니까, 옆에 있던 아이가 아프리카 부족 사람들은 나이를 세지 않는다고 했다.

한 소녀와 그의 엄마가 땔감을 잔뜩 이고 가는 모습이 보였다. 왜 남자들은 일하지 않는 걸까. 그들의 문화라 치부하기에는 불공평하다 싶었다. 그녀들은 몇 십 킬로미터 떨어진 곳에서 나뭇가지를 이고 부족시장에 내다 판다. 옆 친구에게 저렇게 팔아서 얼마를 버느냐 물었다. 10Birr. 한화 700원도 되지 않은 금액이다. 하루 700원을 벌기 위해 나무숲을 헤집고 다니는 모습을 보며 난 대체 어느 별에서 온 걸까, 생각이 들었다.

에티오피아……. 6·25 전쟁 때 파병을 하고 한때 우리보다 잘 살던 나라였는데 무엇이 두 나라를 극과 극으로 갈라놨을까. 만약 내가 이곳에서 태어났다면 세계를 여행할 수 있었을까. 지금과 같은 큰꿈을 꿀 수 있었을까? 새삼 내 조국 대한민국의 국민으로 태어난 걸 감사하게 된다.

돌아다니면서도 머릿속에서는 떼인 돈 생각이 자꾸 났다. 어떻게 하면 찾을 수 있을까 액땜했다 치기에는 속이 너무 쓰렸다. 돈을 떼었다고 여행을 중지할 수는 없었다. 여기 온 주목적이 부족 마켓을 보기 위한 것

이었기에 데메카에 꼭 가야했다. 아침에 타운으로 나가 주위를 둘러봤는데 가는 트럭이 없었다. 어찌어찌해서 데메카로 가는 차량을 찾았지만 가격이 50Birr란다. 이 사람들은 피부가 희면 돈이 많다고 생각해 터무니없는 가격을 부른다. 타운으로 나가 보았다. 마켓 시작 시간이 됐는데 이러다 늦으면 부족 마켓을 못 보게 되는 게 아닌가, 그러고 있는데 랜드크루저가 왔다. 데메카로 향하는 차량이었고 난 운 좋게 현지 친구들과 함께 차량에 탑승했다.

데메카에 도착해 마켓 주변을 돌면서 지나가는 부족을 붙잡고 카메라를 들어달라고 했다. 그래도 잘 찍었다. 이 친구들이 어떤 물건을 사고파나 구경하는데, 물건 팔던 아프리카 부족 친구가 나를 보며 한국말을 했다.

"준비! 돌려차기, 옆차기, 하나, 둘, 셋!"

나는 깜짝 놀랐다. 그는 에티오피아 수도인 아디스 아바바에서 태권도를 배웠다고 했다. 한국에 대한 이해가 거의 전무하다시피 한 이곳 아프리카 오지 마을 사람들에게서 들은 한국말은 정말 신선하고 반가웠다. 난 태권도가 세계와 통하는 또 하나의 창이라는 것에 느끼는 바가 많았다.

트루미로 돌아가는 차량을 잡기가 쉽지 않았다. 마을 길목에서 랜드쿠르저를 타고 여행하는 서양 여행객들의 여러 차량을 놓쳤다. 간신히 한 차량을 잡는가 싶었는데 운전사뿐만이 아니라 승객들까지 날 떼어버릴 심산이었다. 이 차를 놓치면 난 이곳 아프리카 오지에 갇히게 된다. 난 트렁크 칸이라도 괜찮으니 그곳에 태워달라고 'Please, please, please!'를 절박하게 외쳤다. 운전사는 마지못해 트렁크 칸을 열어줬다. 트렁크 칸에는 먹다 남은 음식판과 물통, 타이어, 천막 등등이 흙먼지와 함께 어지럽게 놓여 있었다. 난 그곳에 털썩 주저 않았다. 그 차에는 스페인 사람들이 타고 있어서 그들의 기분을 맞춰가며 스페인에서 여행했던 경험을 스페인어로 지껄였다. 내가 이렇게까지 해가며 여행을 해야 하나 싶어지며 나 자신이 초라해졌다.

이정표 없는 거리에 서서

나는 지금 이정표 없는 삼거리 갈림길에 서 있다. 세 가지 길 중에 어느 곳을 가야 할지 나는 꼼수를 궁리 중이다. 사기당한 돈을 돌려받는 진카, 더 많은 원주민을 만나는 오모라테, 시내로 돌아가는 아르바 민치 방향을 놓고 말이다. 사실은 돈을 돌려받을 생각이 굴뚝같아서 아까부터 차를 기다리고 있는 중이다. 해는 저물어 가는데 진카 방향으로 가는 차량은 오지 않는다. 아니 한 대 만나긴 했는데 화이트 사람(백인)은 태우지

않는다고 했다.

　기다림에 지치고 또 지쳐 이제 태워주기만 한다면 아무 쪽으로 가는 차량이라도 잡아타자는 쪽으로 바뀌었다. 그저 하염없이 기다리기만 하는 이 막막한 심정은 기다려본 자만이 알 것이다. 머릿속에 프로스트의 「가지 않은 길」 시구가 떠올랐다.

　'오랜 세월이 흐른 다음

　나는 한숨지으며 이야기하겠지요.

　두 갈래 길이 숲 속으로 나 있었다,

　그래서 나는 사람이 덜 밟은 길을 택했고,

　그것이 내 운명을 바꾸어 놓았다.'

　아마존도 그랬지만 남들이 가지 않은 길을 간다는 건 참 힘들다. 그것은 얼마만큼의 어려움이 도사리고 있는지 알 수 없기 때문일 것이다. 나는 남들이 가지 않은 길을 갈 것이다. 프로스트의 시처럼 나 또한 나중

에 말하고 싶다. 이런 모든 경험들이 먼 훗날 피와 살이 되고 나를 형성하는 중요한 밑거름이 돼서 내 운명을 바꾸어 놓았다라고. 해가 완전히 졌다. 아프리카 오지의 시골 마을이라 불빛이 거의 없다. 밤하늘의 별이 지상보다 더 밝다. 달빛삼아 길을 걷는 게 아니라 여기선 별빛 삼아 길을 걷는 게 맞다.

이런 상황에서 자꾸 잠이 쏟아졌다. 캄캄한 밤에 드디어 차량이 나타났다. 이미 많은 현지 사람들이 트럭에 탄 상태였지만 난 무조건 올라탔다. 운전사가 갑자기 제지를 하면서 300Birr을 불렀다. 그 돈은 현지인이 내는 가격의 30배이다. 아프리카 사람들은 화이트(유럽, 아메리카, 아시아) 사람 모두가 돈을 많이 갖고 있다고 생각한다고 했다. 검은 대륙, 그것은 많은 의미를 함축하고 있다. 여러 번의 설득을 했지만 난 탑승하지 못했다. 자정이 넘었다. 결국 난 허름한 숙소를 찾아 하룻밤 유숙을 하기로 하고 발걸음을 옮겼다. 몸과 마음이 지쳐 씻지도 못하고 몸을 뉘었다. 숙소는 답답하고 잠자리는 너무 불편하다.

이튿날, 하염없이 길 위에 서서 기다렸다. 이때 마을에 트럭 한 대가 나타났는데 방향을 물어보니 진카 쪽으로 간다고 했다. 가격은 100Birr. 저절로 내 머릿속 계산기가 움직였다. '진카=사기당한 돈' 이런 방정식이. 내가 선택한 게 아니야. 이건 필시 하늘이 내게 뭔가를 암시하는 걸 거야. 바로 가방을 챙겨 진카행 트럭에 실었고 차는 출발했다. 난 넉살좋게 50Birr에 해달라고 흥정했다. 그들이 안 된다고 했지만 이미 난 차량에 탑승했고 돈은 내가 쥐고 있으니 다시 내리라고 말하지는 못하겠지 하는 배짱에서 50Birr을 지불했다.

가는 도중에 데메카에서 차량이 섰고 난 여기서 에티오피아 전통음식 인제라를 먹었다. 케이아파로 향하는 동안 중간에 사람들이 계속 트럭에 올라탔다. 언제 내가 아프리카 원주민들과 현지인들이 뒤죽박죽 섞인 트럭을 타보랴, 이건 정말 돈 주고도 사기 힘든 경험이었다. 케이아파에서 내릴 사람은 내리고 탈 사람들은 타고, 경찰이 있는 지역에선 원주민들과 함께 몸을 숙였다. 최근에 한 외국인이 트럭 뒤칸에 타고 여행하다가 사망사고가 난 적이 있었다. 그때 이후로 안전을 고려해 정부에서 외국인들이 현지인들의 트럭을 타고 이동하는 것을 금지시켰다. 비포장도로 때문에 여러 가지로 힘들긴 했지만 나름 재미있었다.

진카에 도착해 전에 묵었던 숙소로 향했다. 해가 지기 전에 일을 처리해야 할 것 같아 일단 영어 쓰는 이를 찾아 내 사정을 설명하고 파출소에 가서 통역을 해달라고 부탁했다. 여행사 입구에서, 내 돈을 떼어먹은 맘

무예와 같은 소속 랜드크루저 드라이버 동료를 만났다. 나와 경찰이 맘무예의 이야기를 설명했다. 그러자 그는 다짜고짜 합의문을 보여 달라고 했다. 구두 약속하는 거 봐놓고 무슨 소리냐. 그리고 난 너희 사무실에서 만든 프로그램에 참여했으니 너희 사무실에서 책임이 있다고 말했다. 경찰과 주변 사람들, 그리고 나와 동행해준 통역자가 내 편을 들었다. 그러자 그가 대충 합의하려고 얼마면 되겠냐고 물었다. 난 전부를 요구했다. 숙박과 식비, 게다가 여기까지 다시 오는 돈을 더 썼으며 아무것도 한 것 없이 시간만 낭비했고 다시 이 자리에 있으니 600Birr을 다 돌려받는 게 당연하다고 말했다. 이때 바로 당사자인 맘무예가 우리 앞에 나타났다. 너무 괘씸해서 생각 같아서는 주먹을 날려주고 싶었다. 난 다시 사무실 관계자와 경찰 앞에서 그간의 상황을 말했다. 이어서 경찰이, 맘무예에게 왜 약속장소 오모라테에 함께 가지 않았냐고 물었고, 그는 오모라테 근처에서 부족 간 전쟁이 있어 가지 않았다고 했다. 부족 간 전쟁이라니 황당했다. 내가 투르미에 머무르는 동안 현지 트럭이 오모라테를 몇 번 오갔다. 그의 말은 자신을 방어하기 위한 새빨간 거짓말이었다. 맘무예는 자기가 이틀을 투어 했기에 600Birr이면 맞는 값을 받았으니 돌려줄 수 없다고 했다. 그러더니 보증금이 600Birr이었고 나머지는 200+200, 이렇게 모두 1,000Birr을 주기로 합의했다고 각본을 새로 짜서 들이댔다.

경찰은 나에게 합의문을 보자고 했다. 처음부터 그들이 말로 신청을 해왔고 나는 그에 응했으므로 합의문 같은 건 없었다고 말했다. 모든 사실이 내가 옳은 것 같긴 하나 증거불충분으로 일을 더 이상 진행 시킬 수가 없다고 다음날 다시 와서 서면으로 이번 사건을 작성하라며 경찰은 떠나버렸다. 허탈했다.

그렇지만 잃은 것만 있는 건 아니었다. '앞으로 모든 계약은 반드시 문

서 작성을 할 것'이라는 걸 깨달았다.

  꼭두새벽에 기상하여 짐을 챙기고 아디스 아바바로 되돌아 가기위해 터미널로 향했다. 다행히 표를 구하긴 했는데 버스를 타고 보니 내 자리는 등받이 없이 그냥 시트만 있었다. 피할 수 없으면 즐겨라, 나는 이렇게 읊조리며 MP3를 귀에 꽂고 창밖 풍경을 구경했다. 남자들은 주로 당나귀나 소를 몰거나 아니면 수레를 밀었다. 진흙길에서 물통을 이고 가는 한 소녀가 보였다. 그녀는 고여 있는 더러운 흙탕물을 물통에 담았다. 그리고 몸을 숙여 흙탕물을 마셨다. 저들의 삶이 소떼나 양떼와 무엇이 다를까? 이 나라는 물 부족이 정말 심하다. 에티오피아 어딜 가나 물통을 이고 가는 현지인들을 자주 마주치게 된다. 주로 여성이거나 아니면 아이들이다. 내가 체험한 것과 아프리카를 여행했던 많은 친구들 얘기를 종합하면 아프리카의 많은 지역이 물 부족 정도가 아니라 거의 말라버린 수

준인 곳이 꽤 많았다.

이틀에 걸쳐 장장 열여덟 시간 동안 버스를 타고 드디어 아디스아바바에 도착했다. 여행이 길어지니 내 물건들이 남아나질 않았다. 청바지는 거의 너덜너덜해졌고 신발도 다 닳았다. 옷수선 하는 집을 찾아보니 이 나라에선 미싱을 하는 사람들 모두가 남자였다. 옷수선을 맡기고 신발을 수선하러 돌아다녔다. 수선 가격 협상을 본 후 그들은 선불을 요구했고 난 이미 진카에서 돈 떼인 경험이 있던 터라 거절했다. 영어도 못하는 주인의 고집이 워낙 대단해서 한참동안 실랑이를 벌여야 했다. 결국 돈을 후불로 지불하겠다는 글을 작성하여 서명 하는 것으로 합의를 보았다.

그깟 청바지 수선하는 데에 서명을 하다니 웃기는 일이지만 진카에서 하도 혼이 나서 앞으로는 아무리 하찮은 일이라도 돈이 걸린 문제에는 서류를 꾸미기로 했다. 그나저나 세탁소 주인의 솜씨는 엉망진창이어서 박은 델 뜯어서 다시 박고 하느라 내 청바지는 걸레가 되어버렸다.

탄자니아 잔지바르 섬의 눙귀Nungwi를 아시는지

에티오피아에서 케냐를 경유해 탄자니아 다르에스살람에 왔다. 이곳에서 다시 보트를 타고 잔지바르 섬에 왔다. 눙귀Nungwi 해변을 가기 위해 현지 미니버스인 달라달라 차량을 탔다. 트럭을 개조해 만든 달라달라는 닭장 같다. 짐을 싣는다면 모를까, 사람이 타기에는 차의 내부가 영 아니었다. 빗물이 차안으로 들어왔다. 바퀴에서 일어나는 흙먼지와 흙물도 차안으로 들어와 내 몸과 배낭에 흩뿌렸다. 비는 내 옷과 짐만 버려놓

고 이내 그쳤다.

　잔지바르 섬에서 가장 유명하다는 능귀에 도착하였다. 나는 바다 냄새
가 좋다. 태어나고 자란 곳이 바닷가여서 그럴 것이다. 숙소를 잡아놓은
다음 서둘러 해변으로 갔다.

　"아……!"

　내 입에서 감탄사가 절로 나왔
다. 옥빛의 바닷물은 황홀하고 아
름다웠다. 물이 너무 맑고 투명해
서 물고기들의 움직이는 모습이 그
대로 보였다. 물 색깔에 취해 해안

가를 따라 계속 걸었다. 관광객보다 현지인들이 더 많았다. 옷이 젖건 말
건 그곳 아이들과 첨벙거리며 물놀이도 즐겼다. 정말 물색이 너무 곱고
아름다워서 그 물에 내 몸을 적시지 않고는 배길 수가 없었다. 물도 예쁘
지만 모래도 아주 환상적이다. 완전 부서지는 하얀 가루모래다. 그걸 카
메라에 담으면서 여행 중 처음으로 부모님께 미안했다. 부모님 덕으로 이
곳에 온 것인데 나 혼자 이런 비경을 즐긴다는 게 못내 아쉬웠다. 어떻게
든 기회를 만들어 다시 오리라 마음에 새겨둔다.

　스페인 바르셀로나에서 온 관광객에게 사진을 찍어달라고 부탁했는데 나중에도 두세 번 더 마주쳤고, 그걸 인연으로 해서 우린 점심을 함께 했다. 혼자였으면 휴양지 식당에서 밥을 먹지 않고 싼 데서 해결했을 텐데 좋은 사람들과 좋은 정보를 나누는 것이 더 값어치 있는 일이라고 판단됐다. 점심 후 그녀들이 보트를 타고 눙귀 해변을 둘러볼 거라면서 함께 하자고 했다. 보트 비용을 지불하려고 하자 그녀들은 나를 초대한 것이라며 정중히 거절했다.

해변은 꽤 길었다. 아주 호화스러운 오성급 호텔들과 그에 어울릴 법한 식당들이 줄지어 있었다. 주변에는 주로 유럽인들이었다. 이곳에서 하룻밤 묵는 데 얼마인지 물었더니 배를 모는 사람이 400유로(한화 약 70만 원)라고 말했다. 입이 쩍 벌어졌다. 기아에 허덕이는 어린 생명이 수두룩한 가난한 땅 아프리카에 이렇게 호화로운 숙박을 하며 지내는 사람이 공존한다는 사실에 내 안에서 강한 저항감이 밀려들었다. 자꾸 고개가 옆으로 흔들어졌다. 내릴 때 한 번 더 얼마간의 보트 비용을 지불하려고 했지만 그녀들은 끝내 사양하면서 연락처나 서로 교환하자고 했다. 숙소로 오는 길에 달빛이 비추는 '달빛 강'을 찍으며 또 한 번 그 비경에 탄성이 나왔다. 모기가 어쩌나 극성을 부리던지, 정말이지 비싼 돈을 내고서라도 편히 잠을 자고 싶다는 생각이 들었다.

이곳에 교환학생으로 와서 공부하고 있는 일본인 학생과 이야기를 나누었다. 간호학 석사 과정을 밟고 있는 중이며 지금은 대중 질병 HIV 등에 관해 공부하고 있다고 했다. 스와힐리어가 재미있다고도 했다. 교환학생으로 다른 나라에서 공부를 하면 경험도 많이 쌓게 되고 그런 과정을 거치고 난 후에는 나중에 해외로 쉽게 공부해 나갈 수 있겠다 싶었다.

열 살 정도로 보이는 현지 남자애가 뜨거운 커피를 들고 다니며 팔고 있었다. 주전자가 꽤나 무거워보였다. 스와힐리어를 하는 일본인 친구에

게 부탁해 그가 하루에 얼마를 버는지 물어보도록 했다. 하루 종일 돌아다녀 100잔 정도를 팔아, 5000실링(한화 3,700원)을 번다고 했다. 너무 적은 돈이다 싶어 내가 불쌍하게 쳐다보니 일본인 친구가 말했다.

"탄자니아 사람의 60%가 1달러 이하로 살아가지. 하지만 그들은 불행하다고 생각하지 않아. 그런데 이들보다 아주 잘 살고 있는 일본인들은 일 년에 몇 백 명이 자살하니 난 그게 참 아이러니라고 생각해."

열두 번째 프로젝트,
아프리카 야생동물 보호 봉사활동

야생동물 보호 봉사활동 프로그램에 가장 저렴하게 오는 방법은 현지와 직접

연락을 취하는 것이다. 지원서와 동기 등을 작성해서 현지 에이전시와 연락을

주고받아야 하고 인터뷰도 해야 한다. 이 모든 일은 물론 영어로 진행되기 때문

에 쉽지 않은 일이긴 하다. 난 그 절차는 물론 서류 꾸미는 일 등의 일체를 내

가 직접 작성하였다. 그런 다음 그쪽에 이미 다녀왔거나 전공을 한 친구들에게

이메일로 서류를 검토해줄 것을 의뢰하였다. 그렇게 한 번 걸러진 서류를 발송

했더니 훨씬 수월하게 일이 풀려나갔다.

아프리카 야생동물 보호 봉사활동

새벽 5시쯤에 봉사활동 약속장소 포트엘리자베스Port Elizabeth
의 교외에 도착했다. 바깥 날씨가 추워서 점퍼를 껴입었다. 치안이 극도
로 불안한 아프리카에서는 시내 곳곳에 안전 가이드가 배치되어 있었다.
모든 상점의 문이 닫혀 있고 행인도 거의 없는 다운타운 거리를 거닐다
가 피곤이 몰려와서 벤치에 앉아 기다리는데 바로 눈이 감겼다. 잠들면

도난을 맞을까봐 짐을 몸에 딱 달라붙게 감싸고는 잠을 몰아내며, 어제 버스에서 먹다 남은 포테이토칩과 햄버거를 먹었다. 봉사활동 관계자를 만나기로 한 시간까지 앞으로 많은 시간을 버텨야 했기 때문에 뭐라도 먹어둬야 했다.

캠프의 오너를 만났다. 그의 차를 타고 사바나 리조트에 가는 동안 이상한 간판을 봤다. 히치하이킹 금지 신호판이었다. 사람들이 히치하이킹을 얼마나 많이 하기에 저런 금지신호판이 등장한 걸까. 간판도 그런 문화도 신기했다. 도착해보니 다섯 명의 봉사자가 와 있어서 그들과 인사를 나눈 뒤 내 방에 들어가 몸을 뉘었다. 워낙 고단했던 터라 죽은 듯이 깊은 잠에 빠졌다. 원숭이가 지붕 위에 올라가 두들기는 소리, 사자가 어흥거리는 소리에 잠이 깼다. 이 상황이 매우 비현실적이어서 순간 내가 영화를 찍고 있는 것 같다는 생각을 했다.

사바나의 '빅 5' 내 손안에 있다

나는 야생동물 보호구역Private Game Reserve 사바나에서 봉사활동을 하게 되었다. 6천 헥타르의 드넓은 초원에 수많은 종류의 동물이 뛰놀고 있었다. 통상 국립공원 내에서의 사파리는 엄격하다. 일출 전과 일몰 이후에는 절대 금지. 사파리 차량도 지정 도로로만 다녀야 하기에 동물을 멀찍이서 바라만 봐야 한다. 반면 남아공의 사설 보호구역 안에서는 일몰 이후, 동물의 야성이 가장 강한 모습을 볼 수 있는 야간 사파리도 가능하다. 특히 아프리카 야생동물 빅5가 초원을 나뒹굴고 있어, 국립공원에 비해 규모는 작지만 면적 당 동물의 수가 훨씬 많고 사파리 관광이 편해 관광객이 많이 몰린다. 이곳 사바나는 숙소 밖의 야생 필드와 내부 필드로 나뉜다. 야생에 자립할 수 없거나 도움이 필요한 경우 내부의 우리에서

일정 시간 보호를 받는다.

　이곳에서는 봉사자 친구들에게 리더와 가이드 역할을 하는 사람을 코디네이터라고 했다. 지금의 코디네이터는 베를린 출신으로 열아홉 살의 여성이었다. 열아홉 살이면 내 둘째 동생뻘이다. 난 약간 자존심이 상하려고 했다. 그는 이곳에 자원봉사자로 두 달간 체류한 경험이 있는데 오너가 코디네이터를 해보라고 제안해 1년간 급여를 받고 일하는 중이라고 했다. 사파리에서 최고로 인기 있는 야수가 다섯 종류 있었다. 사자, 코끼리, 코뿔소, 표범, 버팔로 이 다섯 동물을 아프리카에선 '빅5'라고 했다. 우리는 자원봉사자이기에 '빅5' 동물을 직접 만지고 이유식을 주며 만지고 놀 수도 있다. 일터로 가는 길에는 사자, 뱅갈 호랑이, 치타, 와일드 독 등이 있었다. 백사자가 있는 우리에 도착했다. 귀엽다며 친구들이 만져보았지만 사자의 발톱을 보니 나는 좀 떨렸다. 사진을 몇 방 찍고 쓰다듬다보니 사자가 백구처럼 느껴졌다.

우린 우리 안에서 사자의 그늘용 구조물을 설치했다. 이어서 호랑이 우리로 향했다. 아프리카에 호랑이라니 어울리지 않지만 이곳은 야생동물 보호구역이라서 호랑이를 소유하고 있었다. 공원 내 동물의 숫자는 먹이사슬의 법칙에 의해 자연적으로 조절되지만 자연재해 또는 멸종위기 동물을 보호하기 위해서는 자원봉사들의 손이 필요하다. 야생동물과 함께하는 일도 있었지만 사바나의 동물을 보호하기 위해 울타리를 치는 일도 우리의 임무였다. 그 외에 야생의 1차 소비자(식물을 먹이로 하는 초식동물)의 먹이인 초원의 죽은 풀들에 빠르게 새싹이 돋게 하기 위해 말라버린 초원에 불을 피워 사바나 생태계 피라미드를 조절하는 것도 우리의 임무다.

초원에서 동물들을 관찰하기 위해 드라이브하는 차량이 있었는데, 야생동물들이 드라이브 차량의 모습과 엔진 소리에 놀라 심장마비로 쓰러져 죽었다고 했다. 그래서 그 얼룩말을 냉장실에 보관해두었다가 먹이로 쓰기 위해 오늘 꺼냈다 했다. 이곳에서의 맹수들 먹이는 인근 가축농장에서 죽은 소를 받아 맹수들에게 주기도 하고 야생 사바나 지역에 맹수들이 먹다가 남은 동물이 있으면 그것을 가져와 냉장실에 보관했다가 다시 맹수들에게 준다고 했다.

죽은 얼룩말 먹이를 사자 우리와 와일드 독, 호랑이, 치타 우리에 집어넣었다. 그 순간 사자들이 180도 바뀌었다. 순한 모습은 온데간데없고 거친 야생의 모습을 드러냈다. 특히 와일드 독은 얼룩말 고기에 완전 미쳐 버린다. 사자는 여러 마리가 한꺼번에 달려들어 먹이를 먹고 와일드 독은 얼룩말을 서로 차지하려고 으르렁거린다. 하지만 호랑이는 혼자서 음식을 차지한다. 옆에 있던 아기 호랑이는 사바나의 약육강식 법칙에 따라 다가가지도 못하고 입만 쩝쩝거린다. 사자와 와일드 독이 먹이 씹던 그 아찔한 장면과 소리가 생생하다.

봉사자들이 얼룩말 아기들에게 젖을 먹여 주었다. 아기들을 야생에 방치할 경우 필경 사자의 먹이가 될 테고, 그렇게 되면 사자의 야성이 크지 못하기 때문에 사바나에서 데려왔다고 했다. 친구들이 각각 이름도 붙여 주고 이유식을 먹이고 난 후 소화를 돕기 위해 앞마당 잔디에서 아장아장 걷기 운동을 시켰다. 그러던 어느 날 얼룩말 한 마리가 바닥에서 일어나지 못한 채 쓰러져 있었다. 기력이 없어 보여서 포도당 주사를 놓으려 했는데 바늘이 들어가질 않아서 입에 넣어주었다. 그러나 상태가 점점 악화되어 한쪽 눈이 멀고 숨만 붙어 있더니 결국 숨을 거뒀다. 그 뒤로 두 마리가 같은 증세로 죽고 이제 한 마리만 남았다. 그 한 마리마저도 상태가 좋지 않았다. 배변에 문제가 있어서 친구가 약간의 응급조치를 취했지만 결국 죽었다. 인간의 손을 타서 그런 건 아닌가 하는 생각이 들었다. 먹이사슬인 사자에게 먹힐까봐 구해준답시고 한 짓인데, 자연이 인간에게 메시지를 전달하려는 것은 아닌가 하는 생각도 들었다.

어린 리더를 만나서

남아공 사파리의 즐거움은 초원의 숙소 '로지Lodge' 생활에서도 만끽

할 수 있다. 각 사설 보호구역 안에서는 여러 개의 로지가 운영된다. 객실은 초지 위에 방갈로 형태로 하나씩 떨어져 있다. 방문을 열면 바로 대자연. 사자가 방문을 긁고, 코뿔소가 기둥을 들이받거나, 기린이 창문 안으로 긴 목을 쑥 내밀기도 한다고 들었다. 우리들은 이곳에서 가장 비싼 숙소로 구경을 갔다. 그 별장의 욕실과 침실은 얼룩말 가죽으로 장식되어 있었다.

　나이 어린 인도 친구가 와서 우리들에게 봉사자 생활에 만족하는지 불편한 점 등은 없는지 등을 물었다. 그의 행동에는 상당히 여유와 자신감이 있어 보였다. 그는 자기가 사바나 리조트의 소유주 샤키라고 했다. 나이로는 믿기지 않는 일이었지만 종업원을 다루는 솜씨에서도 어딘지 모르게 무게감이 느껴졌다. 그는 내게 다가와 다음 여행지인 인도 비자 문제가 잘 마무리되었는지 물었다. 난 충격을 받았다. 난 바로 그 문제 때문에 사무실에 전화를 걸어, 차를 빌려달라고 간곡히 사정사정하여 간신이 허락을 받았다. 그런데 그 상대가 나보다도 두 살이나 어린 스물한 살짜리 애였다니, 난 정말 기분이 이상해졌다. 처음에 열아홉 살짜리 코디네이터가 우리를 관리한다는 사실에 놀랐는데 스물한 살짜리가 이 큰 리조트를 맡아 관리하다니 어이가 없었다. 그의 아버지는 식료사업, 전기사업 등 남아공에서 굵직한 사업을 하는데 자식들에게 하나씩 맡기고 있으며 그는 리조트의 전체를 맡아 관리하지만 주로 호텔 일을 한다고 했다.

그 뒤로도 우린 많은 이야기를 나누었다. 그의 집안에서 2004년에 처음 이 지역의 땅을 구입했다. 그리고 조금씩 주변 땅을 매입하면서 그 일대에 울타리를 쳤다고 했다. 처음에 샤키는 리셉션 건물에서 청소, 손님 접대, 카운터 일 등의 허드렛일이나 자질구레한 일 등을 했다. 그 다음 호텔 일 등을 맡아가며 경력을 쌓았고, 결국 자기가 이곳 주인이 되었다는 것이다. 향후 2년 안에 케이프타운을 비롯해 남아공 여러 곳곳에 Kwantu 이름을(이곳 야생동물 보호구역의 이름) 딴 호텔이 들어서게 될 것이라고 청사진을 설명했다. 머잖아 중국과 비즈니스를 벌이고 그 다음 유럽지역에 Kwnatu 이름으로 호텔을 만들어 나갈 거란다. 그때쯤이면 자기 비즈니스를 TV에서 보게 될 거라고 했다. 이미 나보다 멀찌감치 나가 있는 그. 솔직히 너무 부러웠다.

그가 사회를 바라보는 눈높이와 나의 그것과는 상당한 차이가 있겠지. 친한 친구의 레벨도 상당하겠지. 재벌을 아버지로 둔 자제들과 어울릴 테니까. 인생은 참 불공평하다는 생각이 들었다. 돈은 역시 쌓인데 또 쌓인다. 빈익빈 부익부 현상은 비단 부에만 해당되지 않고 사회 전반에 걸쳐 행해진다. 지식, 권력, 일자리, 인적 네트워크도 쌓인 데 또 쌓인다는 걸 여행하면서 느꼈다. 내가 여행에 필요한 여러 가지 사항에 대해 잘 모를 때, 게다가 영어까지 짧으니까 아무도 내게 물으려 하지 않았다. 내 쪽에서 다가갈까 봐 귀찮아하는 게 역력했다. 그러다가 여러 나라를 여행하게 되면서부터 영어로 불편 없이 의사소통을 하게 되고 경험이 축적되니까 친구들이 내게로 다가오는 게 느껴졌다. 어느 시점에서부터는 내가 구심점이 되어 친구들을 리드하고 있는 나 자신을 발견하게 되었다.

'경험이 경험을 부른다.'

여행할 때 친구들끼리 가장 많이 나누는 대화가, 어딜 갔었고 어디에 갈 예정인지 하는 거였다. 자신이 갔다 온 델 친구가 갔다고 하면 단박에 가까워졌다. 또한 내가 여행 중에 참여한 프로그램들과 항공권, 이동 수단, 여행 계획, 숙소 등등 혼자서 이 모든 것을 예약하고, 조사하고, 계획하고, 정보를 수집하고, 만들어 낸 이야기를 들려주면 대개는 입을 딱 벌렸다.

"So Amazing! 와 대단해!"

나를 엄청난 사람처럼 쳐다보면서 그때부터 친구하고 싶어 무척 친절해진다. 봉사단체에 들어가려고 할 때도 마찬가지다. 초보자는 이런 저런 제약이 많다. 경력이 부족하기 때문이다. 그러나 봉사한 이력이 쌓이면 그게 좋은 자료가 되어 한결 쉬워진다. 경험은 반드시 쌓인 데 또 쌓인다. 이것은 비단 현대인들의 행동양상만은 아닌 것 같다.

유대인들은 친한 사람 열 명을 골라 연간 수입을 적은 뒤 평균을 낸다. 이것이 자신의 연간 수입이라 믿는단다. 이 말을 재해석해 보면 자, 친한 사람 열 명을 골라 그들이 사회적으로 어떤 지위에 속해 있나 평균을 낸다. 이것이 내가 속해 있는 사회적인 지위가 된다. 나 자신에게 물었다. 나는 지금 어느 정도의 레벨에 와 있을까?

내 안의 내가 대답했다. 현재진행중이다, 라고.

사바나에서 동물들과 함께

여기서 우리가 하는 봉사자의 일이라는 게, 일하는 직원과 관광객 중간쯤 되는 것 같다. 워커들이 하는 일을 하기도 하지만 동물들을 만지는 일 등 좀 더 흥미로운 일들을 맡는다. 그래서 그런지 앞으로 3년까지 이

곳 야생 동물 보호 봉사활동 캠프를 하기 위해 미리 예약해놓은 봉사자들의 신청이 밀려 있었다. 우리가 머물고 있는 사바나 리조트에는 부유한 관광객들이 인생을 즐기거나 휴양을 하러 오기 때문에 그들을 위해 놀이방과 여러 활동들을 많이 갖추고 있다. 물론 우리 봉사자들도 그 혜택을 보고 있다. 우린 정말 다양하게 혜택을 누리고 있다.

나미비아 국립공원 에토샤Ethosha에서 여행하고 있을 때 야간 드라이브를 하려 했지만 가격이 너무 비싸서 하지 않았다. 그런데 이곳에 와서 봉사자의 신분이라서 따로 돈을 물지 않고도 야간 드라이브를 갈 수 있어서 너무 좋았다. 다른 봉사활동 때에는 우리가 직접 밥을 해먹기 때문에 귀찮은 점이 많았는데, 여기는 호텔 출신 주방장이 요리를 해서 음식이 매일 맛있다. 또한 사바나의 동물 구경도 원 없이 할 수가 있었다.

우리는 코끼리 보호구역에서 이곳 리조트에 관광객들이 투어를 할 때 중간에 껴서 관람을 할 수가 있었다. 이 투어를 하는 비용은 한화로 약 10만 원이라는 말을 들었다. 코끼리 4마리가 등장하여 조련사의 말에 딱딱 맞춰 움직이는데 신기했다. 코끼리의 공연이 끝나고 코끼리를 타는 시간이 주어졌다. 코끼리 등을 올라타고 신기해서 나는 코끼리 몸 이곳저곳을 만져봤다. 피부가 거칠었고 그 사이에 털이 나 있었다. 한 바퀴 장주를 돌고나서 원점으로 돌아와 코끼리에게 오렌지를 주었다. 이때 코끼리 혓바닥을 만졌는데 끈적거리며 따뜻했다.

사파리에서는 동물의 뒤를 쫓으며 일을 했다. 동물의 개체수를 파악하기 위한 보고서를 기록하고, 동물 연구와 관련된 일의 하나로 동물들을 추적하는 일을 돕는다. 우리는 게임 드라이브도 갔다. 사자 추적 안테나를 들고 차량에 탑승했다. 우리의 목적은 건강상태를 점검하기 위해 사자를 찾는 거였다. 안테나를 들고 사바나를 누빌 때면 내가 내셔널지오그래픽 다큐멘터리를 찍는 기분이었다. 쿵쾅쿵쾅 가슴이 뛰고 설렌다.

가는 길에 코뿔소와 마주쳤다. 공원관리원이 우리를 즐겁게 해주려고 코뿔소에 바짝 붙어서 운전을 했다. 코뿔소가 놀라서 뛰는데 난 그 모습을 카메라에 담느라 정신이 없었다. 느려 터져 보이던 코뿔소가 그렇게 빨리 달릴 줄 몰랐다. 중간에 기린도 보았고 품바도 보았다. 사자 가족은 덤불에 웅크리고 있고 임팔라는 무리를 지어 뛰어다닌다. 나무를 부러뜨려가며 먹이를 찾아다니는 코끼리와 수백 마리씩 대이동을 하는 버팔로 떼가 바로 옆을 스친다.

안테나에 달린 무전기를 켜자마자 사자의 신호가 잡혔다. 안전을 대비해 공원관리원은 차에서 내릴 때 장총을 휴대했다. 안전상 봉사자는 차 위에서 대기하고 있다가 공원관리원의 지시에 따라 움직였다. 나무 뒤쪽에 숨어 우리를 조심스럽게 바라보는 수사자를 발견했다. 우리를 몇 번

응시하더니 다시 몸을 숨겼다. 이번엔 다른 암사자와 새끼 무리들을 찾으러 나섰다. 주변 일대를 도는데 이번에도 신호음이 잡혔다. 그리고 그 신호가 강한 쪽으로 이동했다. 전체 신호가 잡혔을 때 우리들도 차에서 내려 주변 일대를 둘러봤다. 그때 산 중턱에서 이동하는 사자 무리를 목격했다. 사자 무리는 우리를 유심히 관찰하듯 쳐다보고 있었다.

야생동물 보호구역 사바나를 누비며 동물 숫자 등을 세고 숙소로 복귀할 때 막 태어난 검은꼬리누Wildebeest 아기를 발견했다. 어미를 잃고 방황하고 있었다. 그대로 방치하면 사자 먹잇감이 되기 쉽기 때문에 우리는 아기 검은꼬리누를 숙소로 데려와서 우유를 먹였다.

관리원이 야생 사바나에서 무슨 일이 벌어지는지 한번 보자며 드라이브를 하러 가자고 제안했다. 엄마, 아빠 타조 뒤꽁무니를 졸졸 따라다니는 아기 타조들이 보인다. 정말 앙증맞고 귀엽다. 그러다가 기린 무리를 보게 됐다. 기린 무리는 여기서도 자주 보기 힘든 광경이다. 그 뒤 레인저는 걸핏하면 우릴 데리고 드라이브를 시켜줬다. 타조, 사슴, 얼룩말, 코뿔소, 기린, 사자, 코끼리를 실컷 구경했다. 관광객들이 비싼 돈을 주고 하는 사바나 드라이브를 시도 때도 없이 한다는 것이야말로 아프리카 야생동물 봉사활동만의 특권이지 싶다.

브라보, 나의 친구들!

새해를 맞았다.

맹수 우리의 대청소를 하기로 했다. 우선 사자 우리로 들어가 그들이 먹고 남긴 동물 뼈들을 포대 자루에 담았다. 냄새가 좋지 못하다. 호랑이 우리에 들어갔다. 호랑이는 사자와 다르게 계속 공격적으로 장난을 치려고 덤볐다. 관리원이 제지해 아무 문제 없었지만 호랑이들의 움직임이 많아 정신이 없었다. 중간에 내 카메라 케이스 가죽을 새끼 호랑이가 물었다. 물에 젖긴 했지만 이상은 없었다.

코디네이터인 헤니의 엄마가 딸과 시간을 보내려고 독일에서 왔다. 모녀가 가방을 들고 이동 하기에 내가 들어줬다. 헤니가 자기 엄마한테, 멋지고 상냥한 애nice and gentle boy라고 말했다. 시간이 나면 가끔 나는 헤니가 모는 차를 타고 드라이브를 즐겼다. 드넓은 초원에서 얼룩말이나 기린 같은 큰 동물을 구경하는 재미도 특별했지만 그녀의 얘기를 들을 때 난 무척 즐거웠다. 그런 헤니가 나를 무척 자랑스럽게 여겨서 나도 기분이 좋았다. 식사 중에 헤니는 그 이야기를 또 했다. 그러자 친구들이 입을 모아 "태호는 매너 좋고 심성이 아주 착한 애야."라고 말했다. CVA 봉사활동을 할 때는 리더의 가방이 바닥에 떨어졌는데 아무도 도와주지 않아서 내가 가방을 들어주었는데 그때도 같은 소리를 했었다.

객지에서 새해를 맞는데다가 헤니의 엄마가 오고 하니 친구들은 엄마 생각이 나는 모양이었다. 각 나라마다 어떻게 엄마를 부르는지를 얘기해보자고 했다. 아프리카 짐바브웨이나 독일이나 한국이나 영국이나 억양과 소리가 비슷했다.

친구들이 아침에 나무 베는 일을 했다. 휴일이라 의무는 아니었지만 아침식사 후에도 계속 그 일을 하겠다고 했다. 나무 베는 일이 좀 힘들긴

했지만 친구들과 더 한층 가까워졌다. 일을 마치고 돌아오는 길은 더 재미있었다. 헤니가 "Theo~Theo~" 내 이름으로 노래를 불렀다. 전에 아프리카 다국적 배낭여행 때 영국 친구가 내게 Theo~Theo 노래를 불렀는데 같은 노래였다. 유럽 친구들에게는 잘 알려진 노래인 것 같았다. 난 잘 모르는 노래이긴 했지만, 이 친구들이 나를 각별히 여긴다는 것쯤은 이해되고도 남았다.

이제 헤어질 때가 되었다. 이번에는 친구들에게 한국 복주머니를 선물해줬는데 너무들 좋아했다. 가장 한국적인 게 가장 세계적이다. 그래서 선물을 고를 때도 가급적 이런 주제를 담으려고 생각한다. 복주머니를 받아든 헤니가 말했다.

"You are so sweet."

그녀의 목소리야 말로 아이스크림처럼 달콤했다. 스페인의 작가 그라

시안이 말했다. 친구를 갖는다는 것은 또 하나의 인생을 갖는 것이라고. 여행을 많이 다녀보지 않은 사람들은, 오다가다 만난 사이인데 그들도 친구라고 할 수 있을까, 헤어지면 그만 아닌가? 의구심을 품기도 한다. 그러나 천만의 말씀이다.

여행을 하기 위해서는 반드시 다음 여행의 스케줄을 미리 챙겨놓았다가 그대로 움직여야 한다. 나는 인터넷 카페에서 정신없이 다음 여행지 인도 비자 건에 대해 알아보았다. 비행기 일정표와 수정된 비행기 티켓, 그리고 호텔 예약증을 뽑았고 친구와 일정도 조율했다. 메일을 확인하니 나의 키부츠 룸메이트였던 친구가 뜻밖의 제안을 한 메일이 와 있었다.

수영장이 딸린 무료 호스텔을 제공해 주겠다는 것이다. 그는 만일 일정상 바빠 이곳에 머무르지 않아도 되니 한번 와달라고 했다.

칠레 산티아고에 머물 때의 일이었다. 유럽을 나오는 비행기 티켓이 없어 발을 동동 구르고 있었는데 뜻밖에도 델타 항공사에 일하는 칠레 친구가, 에어프랑스 항공사에서 일하는 친구에게 연락을 취해 두었다. 비행기 티켓을 만들어준 것만으로도 대단한 행운이라고 생각했는데 공짜로 해주어서 난 정말 얼떨떨했다. 여행에 있어 어려움에 빠질 때 기꺼이 도와주는 세계 각지에 퍼져 있는 친구들. 만일 그들이 없었다면 내가 과연 계획대로 여행을 실행에 옮겼을까 싶다.

후배 봉사자를 위한 고언 한 마디

이곳 캠프에서는 내가 아시아인으로는 두 번째. 한국인으로는 최초 참가자였다. 아프리카 야생동물 보호 봉사활동에는 동양 사람들보다 서양 친구들이 대부분이다. 그 이유는 자국에 마땅한 에이전시가 없어 현지나 영국과 미국 등의 큰 에이전시를 통해야 해서 영어가 능숙하지 못한 동양인들에게 불리하기 때문이다.

아프리카 야생 봉사활동에 참가하기 위해 나는 남미 여행에서부터 준비했는데 유럽, 중동 여행 중에 정말 많은 스트레스를 받았다. 게다가 아프리카 야생동물 보호 봉사활동은 그 어느 프로그램보다 참가비가 비쌌다. 내가 과연 봉사활동을 하러 가는 건지 의심이 들 정도였다. 그것은 봉사활동과 관광 중에 야생 자원봉사활동이라는 일이 관광 쪽에 더 가까웠기 때문이다. 합리적인 봉사활동 프로그램을 찾으려고 여행에서 만난 세계 각지 친구들의 인맥을 통해 짭짤한 정보를 수집하지 못했다면 난 아마 이 봉사활동을 접었을지도 모른다. 사람들은 보통 정보는 인터넷에다 나와 있다고 생각한다. 틀린 말은 아니지만 그렇다고 인터넷에만 의지하고 움직이기에는 여러 가지 허점도 많다. 인터넷에 공개된 정보를 기초로 자료조사를 한 다음, 이미 경험해본 친구들에게 재확인하면 많은 도움을 얻게 된다.

이번에도 나의 인적 네트워크의 도움 덕택에 무리 없이 이곳에 오게 되었다. 야생동물 보호 봉사활동 프로그램에 가장 저렴하게 오는 방법은 현지와 직접 연락을 취하는 것이다. 지원서와 동기 등을 작성해서 현지 에이전시와 연락을 주고받아야 하고 인터뷰도 해야 한다. 이 모든 일은 물론 영어로 진행되기 때문에 쉽지 않은 일이긴 하다. 난 그 절차는 물론 서류 꾸미는 일 등의 일체를 내가 직접 작성하였다. 그런 다음 그쪽에 이미 다녀왔거나 전공을 한 친구들에게 이메일로 서류를 검토해줄 것을 의뢰하였다. 그렇게 한 번 걸러진 서류를 발송했더니 훨씬 수월하게 일이 풀려나갔다.

여행 중 봉사활동을 시도하다 보면 이상한 데서 꼬여서 사면초가가 될 때가 있다. '돈이 생기는 것도 아니고, 자격증을 따는 것도 아니고, 출세를 목적에 둔 것도 아닌데 뭘 그래, 그냥 접어.' 주변에서 또는 자신의 내부에서 이렇게 꼬드기는 소릴 듣게 된다. 그럴 때마다 나는 『스무 살 여행, 내 인생의 터닝 포인트』의 저자 브라이언 트레이시가 했던 말을 상기했다.

'신은 넘을 수 없는 장애물을 주지 않는다. 그것은 장애물이 아니라 디딤돌이다. 장애물이 고통스럽지만 그것은 앞으로 나아가기 위해 꼭 필요한 것들이다. 장애물이 아니라 도약판임을 기억하라.'

그의 말처럼 처음엔 어렵고 힘들지만 계속 정진하다보면 어느 날 한 단계 성큼 올라가 있는 자신을 발견하게 되었다.

열세 번째 프로젝트,
마더 테레사 하우스 봉사활동

마더 테레사 하우스에는 매주 월요일, 수요일 두 번 오후 3시에 등록을 할 수 있어서 나는 그 시간대에 맞추어 방문을 했다. 사무실에 들어갔는데 사람들이 계속 입실했다. 한국 분이 와서 내게 한국 사람인지 물었고 내 자리를 이동시켰다. 영어권이, 스페인어, 한국어, 일본어 그룹으로 나뉘어 오리엔테이션이 있었다. 영어권 친구들이 가장 많았고, 그 다음이 스페인어 그룹, 그리고 한국어와 일본어 그룹이 뒤를 이었다. 네 그룹 외에 원래 프랑스어 그룹도 있는데 프랑스어를 쓰는 인원들은 여름에 많이 오기에 지금은 없다고 했다. 스페인어는 수십 개의 남미 국가와 스페인어 국가가 섞여 있었다.

테레사 수녀Mother Teresa는 1950년 인도 콜카타에서 사랑의
선교회Missionaries of Charity를 설립했다. 이후 이 선교회는 계속 확장하
여 테레사 수녀가 사망할 무렵에는 나병과 결핵, 에이즈 환자를 위한 요
양원과 무료급식소, 상담소, 고아원, 학교 등을 포함해 123개 국가에 610
개의 선교 단체를 세웠다. 1950년 '사랑의 선교회'를 설립하고 2년 후
1952년 8월 22일 '죽어가는 사람들의 집Home for Sick and Dying
Destitutes' 또는 '순결한 마음의 장소Place of Pure Heart'(벵골어 Nirmal
Hriday의 번역)로 불리는, 죽어가는 사람들을 위한 공간을 개설했다. 이

후 45년간 '사랑의 선교회'를 통해 빈민과 병자, 고아, 그리고 죽어가는 이들을 위해 인도와 다른 나라들에서 헌신했다.

죽음을 기다리는 사람들의 마지막 쉼터, 삶과 죽음의 경계처럼 맞닿아 있다. 칼리카트에는 50여 개의 침상에 30대 청년에서부터 70대 노인들까지 다양한 연령대의 사람들이 누워 있다. 어떤 이들은 의식도 없이 가는 수액 줄기에 생명을 의탁하고 있고 어떤 이들은 멍하니 앉아 창문 너머 풍경들을 쳐다보고 있다.

너무도 남루한 환경

비행기가 캘커타 상공에 다다랐다. 왜 아직도 구름 속에 있지, 싶을 정도로 사방이 안개로 뒤덮여 있었다. 안개를 헤치고 비행기가 캘커타에 입맞춤을 하고나서 나는 내렸다. 먼저 내 몸에 아무런 증상이 없다는 것과 최근에 바이러스 국가에 입국했던 경험이 없음을 확인하는 카드에 서명한 후 인플루엔자 바이러스를 검사하는 기계에서도 체크를 했다.

인구 천만 명 가까이 사는 도시의 국제공항이라고 하기에는 환경 상태가 무척 열악했다. 여행자 안내 데스크조차도 존재하지 않았다. 인도에 대해 아무런 정보도 없이 온 나는 적잖이 당황했다. 경찰에게 ATM 어디에 있고 택시는 어떻게 타고 1달러는 얼마 정도냐고 이것저것 물으니 자기는 모른다며 다른 이를 가리켰다. 그 사람도 잘 모르고 또 다른 사람도 잘 모른다. 모른다면서도 그들은 모두 한 곳을 가리켰으므로 난 일단 그리로 발길을 옮겼다. 나와 보니 공항 출구 쪽이었다. 외국인이 거의 없는 탓에 호기심 어린 시선들이 내게로 모아진다. 아니나 다를까, 곧이어 택시 삐끼가 달라붙는다. 나는 정중히 따돌렸다.

"No thank you. 고마워 괜찮아."

내겐 1루피도 없는데 ATM 기기는 보이지 않는다. 어떤 청년에게 물으니 그는 뜻밖에도 내가 가고자 하는 마더 테레사 하우스의 칼리카트에서 일한다고 했다. 나는 신이 보낸 전령사인가 싶게 반가웠다. 그의 도움으로 ATM 기기에서 돈을 인출하고 대강의 정보도 얻었다. 그는 택시를 잡아주면서,

"미터기에 표시된 값의 두 배를 지불하면 돼. 150루피면 충분할 거야."라고 운전사가 들으라는 듯이 말해주었다.

스쳐 지나가는 거리의 풍경은 무척 낯설었다. 더군다나 초현대적인 도시 케이프타운에서 방금 왔기 때문에 그 갭이 더 커서, 타임머신을 타고 시간을 거슬러 전혀 다른 시대에 도착한 느낌이었다. 눈앞에 지나가는 인력거를 보면서 100년 전 흑백사진 속으로 빠져 들어가는 착각이 들었다.

미터기가 자꾸 신경 쓰였는데 어느새 150루피를 넘겨버리더니 목적지에 도착했을 땐 250루피가 나왔다. 미터기를 조작했거나 아니면 뺑뺑 돌아서 오지 않고는 그렇게 많이 나올 리가 없다고 강하게 따졌다. 아까 택시를 잡아주던 동료의 이야기를 상기시키며 200루피만 받으라고 했다. 기사는 200루피가 또한 거금인데다가 양심에 찔리는지 그 돈만 받았다.

일단 사무실을 알아두고 그곳 직원과 미팅할 시간이 아직 남아서 주변을 둘러보았다. 현지인들의 주거 상태를 보고 충격을 받았다. 세계 어느 곳에나 빈민은 있지만 이렇게 다수가 모여 있는 건 처음 본다. 분명 외국인들이 몰리는 거리가 있을 터여서 게스트하우스가 어디 있느냐고 물으며 이동하다가 여행자의 거리를 발견했다. 한국 사람이 지나간 흔적으로 미뤄 그곳이 국제 게스트 하우스International Guest House라 판단해 체크인 했다.

길거리엔 행인과 소, 염소, 개들이 돌아다녔다. 쓰레기 더미에서 소가 뭔가를 찾아먹고 그 주변을 개들이 기웃거리고 까마귀처럼 보이는 정체불명의 새들은 소 등위에 타거나 생쥐의 배를 찢어 쪼아 먹고 있었다. 너무나 그로테스크한 풍경에 비위가 뒤집어져 고갤 돌렸다. 배가 볼록 튀어나온 죽은 개가 던져져 있는 쓰레기더미 옆에서 어린 아이들이 신나게 노랠 부르며 줄넘기를 하고 또 한 무리의 다른 아이들은 소꿉놀이를 하고 있었다. 그리고 그 옆으로는 썩은 하수도 물이 매캐한 냄새를 풍기며

흘러가고 있다. 여기도 21세기 현대 사회라는 것이 도무지 접수가 되지 않았다.

마더 테레사 하우스에 등록하다

마더 테레사 하우스에는 매주 월요일, 수요일 두 번 오후 3시에 등록을 할 수 있어서 나는 그 시간대에 맞추어 방문을 했다. 사무실에 들어갔는데 사람들이 계속 입실했다. 한국 분이 와서 내게 한국 사람인지 물었고 내 자리를 이동시켰다. 영어, 스페인어, 한국어, 일본어 그룹으로 나뉘어 오리엔테이션이 있었다. 영어권 친구들이 가장 많았고, 그 다음이 스페인어 그룹, 그리고 한국어와 일본어 그룹이 뒤를 이었다. 네 그룹 외에 원래 프랑스어 그룹도 있는데 프랑스어를 쓰는 인원들은 여름에 많이 오기에 지금은 없다고 했다. 스페인어는 수십 개의 남미 국가와 스페인어 국가가 섞여 있었다. 그러나 한국어 그룹과 일본어 그룹은 단일 국가로 한국과 일본뿐이었다. 어디가나 봉사활동에 최선을 다한 한국과 일본인들을 보고 자긍심을 느꼈다. 봉사자들을 등록해 주시는 마가레트 수녀님도 한국 분이시다.

이곳에서 우리가 지원할 수 있는 곳은 네 곳이 있다. 사망을 앞둔 사람들에게 평안을 주는 칼리가트, 정신 · 신체 장애자들이 모여 있는 프렘단, 초등학생 전후의 고아들과 장애인들이 있는 단야단, 갓난아이부터 영유아들이 모여 있는, 여성 봉사자들만 갈 수 있는 슈슈바반.

등록 첫날 본인이 원하는 장소와 봉사할 기간을 적어서 냈다. 나는 죽어가는 환자들을 돌보는 곳 일명 '죽음의 집'에 지원하겠다고 적어냈다. 수녀님이 종이를 거두어서 '기적의 메달'이라 불리는 성모 마리아상 메달에 키스를 하시고는 다시 건네주셨다. 가톨릭이 아닌 난 이때 처음으로

성스럽다는 느낌을 받았다. 그것이 종교의 본질인지 수녀님 개인의 힘인
지는 아직도 잘 모르겠다.

　마더 테레사 하우스의 일은 주 6일을 하는데 목요일엔 쉰다. 목요일에
거리에 나갔다. 인터넷카페 앞에 꼬맹이들이 불을 피우고 몸을 녹이고 있
었다. 그런데 영어를 곧잘 해서 어디서 배웠냐고 물었더니 이곳엔 지나가
는 외국인들이 많았고 그들과 얘길주고 받다 보니 영어를 익히게 되었다
고 했다. 그 애들은 학생이며 차림새도 그저 그런 인도의 어린이었는데
아무래도 노숙자 같은 느낌이 들어서 물어봤다.

　"미안하지만 너희들 집이 어디니?"

　그러자 그 애들이 주먹을 쥔 채 엄지손을 빼들어 땅을 가리켰다.

　"여기? 여기서 잔단 말야?"

　발로 땅바닥을 가리키며 물었더니 애들이 당연하다는 듯이 고갤 끄덕
였다.

　"부모님은 어디 계시니?"

그 애들의 엄마는 고향에 있고 아버지는 여기서 함께 생활한다고 했다. 난 구걸을 하는 거리의 아이들을 보면 부모의 잘못으로, 그러니까 부모가 자기의 역할이나 책임을 다하지 못하여 아이들이 고생한다고 생각해왔다. 그런데 그의 부모도 함께 거리에 있다면 그것도 많은 무리가 그렇다면 이들의 삶의 질이 향상되는 일은 요원하지 않을까 하는 우려를 하게 되었다.

신의 뜻이 어디에 있는지 나는 알지 못합니다

이곳 마더 테레사 하우스는 대가를 바라고 오는 곳이 아니기에 모두 자발적으로 일을 했다. 군대에서 자대 배치 받고 이등병이 자기 일을 찾아서 물어봐야 하는 것과 같다. 비슷한 시스템이라고 보면 맞다. 내가 여기에서 처음 한 일은 빨래였다. 빨래는 어떤 설명이나 기술 없이도 누구나 할 수 있는 일이어서 힘이 달릴 때까지 일을 했다. 입고 온 옷이 흠씬 젖었는데 손으로 비틀어 짜서 주름을 폈다. 그 다음 무슨 일을 해야 될지 몰라 그곳에서 일하는 분께 물었다. 의료봉사를 하고 있는 이탈리아 분에게 가보라고 했다.

난 병실로 갔다. 환자 대부분이 팔다리 부분이 외상을 입어 거동할 수 없는 모습이 눈에 들어왔다. 물론 그 공간 특유의 냄새도 내게 첫인사를 했다. 이 두 가지의 감각만으로도 난 이곳의 분위기가 어느 정도 파악되었다. 첫날은 그분이 하는 일을 지켜보며 거들었다. 환자들의 손발톱을 잘라주고, 마사지를 해주고, 호스를 통해 소변을 보는 이들의 수발을 들어주고, 손이 불구가 되어 혼자 식사를 못하는 이에게는 식사 중에 음식을 떠먹여 주었다. 이렇게 일을 하고 나니, 내가 여기 오길 잘했단 생각이 들었다.

이튿날도 빨래를 마치고 병실에 갔다. 의료봉사를 온 분이 간단하게 지시했다.

"환자가 고통스러워 몸을 움직일 것이니 손을 잡은 상태로 고통을 잊을 수 있도록 시선을 다른 데로 돌리거나 다른 생각을 할 수 있게 대화를 하세요."

잘할 수 있을지 자신은 없었지만 난 고갤 끄덕였다. 그의 지시대로 나는 의사 옆으로 다가가서 환자의 손을 붙들었다. 의사가 소독을 하기 위해 환자의 다리에 감긴 붕대를 풀었을 때, 내 입에서 '아!' 하는 신음소리가 뱉어졌다. 에티오피아의 거리에서 본 소녀의 환영이 떠올랐다. 마치 그 소녀를 다시 보고 있는 것 같은 기시감이 들었다. 화상을 입은 상처가 썩고 곪아서 처참하게 문드러진 상태가 그랬다. 핀셋으로 소독솜을 집어 들고 있던 의사가 날 쳐다봤다. 그 눈빛에는 딴청 피우지 말라는 경고가

255

담겨 있었고 난 목례를 하면서 얼른 환자의 손에 집중했다. 의사가 소독 솜을 문지르자 환자가 연탄 위에 올려놓은 오징어처럼 몸을 뒤틀어대며 '아으, 아흐.' 신음했다. 어떻게, 어떻게 해야 되지, 겁이 났다. 난 잠시 호흡을 가다듬고 마음속으로 기도했다.

'제가 이 일을 감당해 낼 수 있도록 힘을 주소서!'

환자의 손을 가볍게 잡고 가슴을 보듬듯이 하고는 환자와 눈을 맞추었다. 그러자 그도 애써 진정을 하며 날 바라봤다. 내 진정을 받아들이려는 것 같았다. 그것도 잠깐이었다. 소독을 마친 의사가, 곪아서 살이 흐물흐물해진 곳을 가위로 도려내기 시작했다. 환자는 또 다시 사지를 비틀며 미친 듯이 외쳐댔다. 차마 눈 뜨고 볼 수 없어서 난 차라리 눈을 감았지만 울부짖는 고통 소리가 내 고막을 후벼 팠다. 어깨를 세워서 내 귀를 막았다. 환자의 손에서 고통이 내게로 넘어왔다. 나는 괴로웠다.

"괜찮아……?"

옆에 있던 다른 봉사자가 이렇게 물으며 내 어깰 두드려줬다. 난 고개를 끄덕이며 마음을 다잡았다. 의사가 내게 손전등을 주면서 상처 부위를 비춰달라고 했다. 어쩔 수 없이 환자의 상처 부위를 들여다보아야 했는데 정말 고역이었다.

'이것은 사람의 다리가 아니다. 이것은 사람의 다리가 아니다.'

속으로 이렇게 주문을 외우며 상처 부위에 불빛을 비췄다. 의사는 좀 더 깊게 상처를 도려냈고 환자는 더 큰 고통에 몸서리치며 사지를 비틀었고 비명소리가 하늘을 찔렀다.

'이러다가 고통으로 인해 사람이 죽을 수도 있겠구나!'

그런 생각이 내 머릴 짓눌렀다.

'고통을 이길 수 있도록 하는 방법은 없을까?'

궁리가 여기에 미치자, 순간 나는 신이 내게 이곳에 보낸 이유가 바로 여기에 있었는지도 모른다는 생각을 했다. 에티오피아에서 화상을 입고 거리에 누워 있는 소녀를 보았을 때와는 또 다른 어떤 충격이었다. 그땐 막연하게 환자의 상처를 재생시키는 학문을 공부하고 싶다고 생각했다. 그래서 난 인터넷을 뒤지며 알아보았고 관련 학문을 하는 사람에게 자문도 구했다.

재생의학에 답이 있다는 걸 알게 되었다. iPSInduced Pluripotent Stem 세포를 연구하여 세포가 분화하는 메커니즘을 적용하면 죽은 세포를 재생시킬 수가 있고 이렇게 되면 수많은 난치병 환자들이 고통에서 해방될 수가 있을 것이라는 확신이 들었다. 즉, 생명과학 분야의 분자생물학(분자세포유전학) 쪽에서 재생의학을 공부하면서 유전자와 줄기세포 등을 이용해 난치병과 불치병으로 일컬어지는 병들에 대해 연구하고 싶었다. 그렇게만 된다면 이 환자는 물론 에티오피아의 그 소녀도 자릴 털고 일어나 새 삶을 살 수가 있을 것이다.

그 환자의 손을 붙들고 있을 때 확신이 들었다. 내가 꼭 하지 않으면 안 될 소명의식 같은 걸 느꼈다. 이번 여행이 끝나는 대로 한국에 돌아가서 그 준비를 하기로 했다.

가난한 시체

옥상에 올라가니 사람들이 어느덧 티타임을 갖고 쉬고 있었다. 이곳의 짜이는 아프리카에서 먹었던 그 맛과 별 차이가 없었다. 짜이와 비스킷을 먹으며 거리를 내려다보면서 나는 지금 어느 시대에 와 있나 하는 생각이 들었다. 거리도 지나가는 사람들의 행색도 너무나 남루해서 도무지 21세기라고는 믿기지 않았다.

식사를 마친 다음 설거지를 하고 있는데 한 남자분이 이리 오라고 손짓을 했다. 난 영문도 모른 채 따라갔다. 그는 어떤 창고로 나를 데리고 갔다. 그곳엔 예수와 성모 마리아, 그리고 마더 테레사님의 사진이 걸려 있었다. 그런데 그 창고에 들어서자 생전 처음 맡아본 아주 이상한 정체불명의 냄새가 코를 찔렀다. 그곳이 무슨 창고인지 난 전혀 감을 잡을 수가 없었지만 아무튼 기분은 별로였다. 철판 위에 어떤 물체를 흰 천으로 싸 놓았는데 냄새는 그곳에서 났다. 맡아본 적은 없지만 여러 정황으로 미뤄 그것은 시취이며 그것들 또한 시체라는 걸 알 수 있었다. 시체의 얼굴 부위에는 스카치테이프를 이용하여 아기 손바닥만한 빨간 꽃이 붙여져 있었다. 죽음을 이렇게 가까이서 느끼는 건 처음이었다.

남자가 철판의 반대 방향을 가리켜서 난 그리로 갔고, 맞은편에서 두 손으로 철판을 들어 올리며 고갯짓을 하기에 나는 철판을 들어올렸다. 시체를 밖에 주차되어 있던 앰뷸런스 뒤 칸에 실었다. 그리곤 나도 그 남자를 따라 시체를 실은 칸에 탑승했다. 내가 탄 차량이 하얀 건물로 들어설 때 시체를 실은 다른 차량이 같이 진입했다. 그 시체는 얼굴을 내놓은 채 입관했는데 시체를 감싸고 있는 흰 천 위에는 화려한 꽃들이 덮여 있었다. 남자와 난 시체를 들고 건물 안으로 들어갔다. 그곳에는 두 구의 시체가 더 있었는데 그 시체 위에는 화려한 꽃들로 장식되어 있었다. 우리가 운송해온 시체도 그 옆에 놓았다. 얼굴을 내놓고 가슴에 화려하게 화환으로 장식된 세 구의 시체와 아기 손바닥만한 빨간 꽃 한 송이를 얼굴에 붙인 시체는 많은 대조를 이뤘다. 풍요 속에 빈곤이라는 말이 떠올랐다.

'가난한 자는 죽을 때도 가난하게 죽는구나!'

그에게도 가족이 있을 텐데 어떻게 해서 마지막 가는 길인데도 아무도

찾아오지 않는 걸까. 가난이 정녕 죄인가, 가난하게 살다 가는 사람에게
는 그의 죽음을 애도해주는 사람이 세상천지에 단 한명도 없단 말인가.
난 쓸쓸해졌다. 나는 다음 생에는 같은 삶이 되지 않기를 빌어주었다.

　다른 시체들은 친지들에 의해 하나씩 화장터로 향했다. 우리도 '가난
한 시체'를 들고 화장터로 향했다. 나와 동행한 그 남자가 화장터의 인부
에게 귓속말로 'Together! Together! 함께! 함께!'를 반복하고는 자리를
떴다. 이 말은 화장시킬 때 다른 시체와 함께 섞어 화장시켜 달라는 뜻인
것 같다. 시체를 화장할 돈이 없으니까 말이다. 가난한 시체는 그렇게 흔
적 없이 연기처럼 사라진다는 사실이 나를 슬프게 했다.

　나는 마더 테레사 하우스의 '죽음의 집'으로 복귀했다. 오늘 화장터에
데려간 환자가 혹시 그동안 내가 돌본 환자는 아닐까? 아니라면 그럼 누
가 없어진 걸까? 나는 차마 환자들을 살펴 볼 자신이 없었다. 만약 돌본
환자 중에 눈에 보이지 않는 환자가 있다면 죄를 짓고 돌아온 기분일 것
같아서 병실엘 들어가지 못하고 빨래하는 곳으로 갔다.

프랑스 중년 여성 두 분이 내게 말을 걸었다. 그 두 분은 이곳 인도에 오직 봉사활동을 하러 왔다고 했다. 4일 전에 캘커타에 도착했는데, 2주간 여기 머물며 봉사활동을 하고 바로 파리로 돌아간다고 했다. 얘기를 들어보니 그 두 분은 내 또래의 자녀를 두고 있었다. 나의 세계 일주 얘기를 듣고 대단하다고 격려해 주었다. 그러면서 자녀들에게 나를 소개시켜 주고 싶다고 했다. 아이들이 나를 통해 자극을 받고 좋은 점을 배웠으면 좋겠다고.

그 많은 환자의 빨래를 다 손으로 빨기 때문에 언제나 그렇듯 빨래가 산더미처럼 쌓였다. 감염 우려가 있어서 여기는 독한 세제를 사용해서 빨래를 한다. 거품을 부걱부걱 내면서 기를 쓰고 빨래를 빨았다. 독한 세제 물에 발을 담그고 있다 보니 발도 퉁퉁 부어올랐다. 허리가 끊어져 나가는 것처럼 아프고 손가락도 너무 아팠지만, 무엇보다도 발에 묻은 세제를

씻어도 통증이 가시지 않았다. 헹군 빨래를 들고 옥상으로 올라가 널었다. 그러자 다시 환자들 생각이 떠올랐다. 내 몸이 아플 땐 거기에 신경을 쓰느라 잊고 있었는데 맑은 공기를 마시니까 오히려 환영처럼 병실의 풍경이 재생되었다.

'죽음의 집'에서 죽어가는 사람들

봉사자들은 환자를 대할 때 멸균 장갑을 껴야한다. 고름이 손이나 팔뚝에 묻어도 꾹 참고 환자를 대해야 할 때가 있다. 발이 굳고 상처가 있는 한 환자가 소독 중이다. 그는 몸 상태도 좋지 못하지만 정신 또한 장애를 갖고 있다. 그렇지만 눈동자가 아주 맑고 착하게 생겼다. 집에 머물기에는 그의 나이가 너무 아깝다. 그는 고통 때문에 허공에 손을 젓고 있었다. 난 그의 옆에 앉아 손을 잡았다. 소독이 끝나자 환자도 내 손등에 살며시 뽀뽀를 한다. 그의 온기가 따스하게 전해진다.

'이 친구는 자기가 지금 어디에 와 있는지 알고 있을까? 여기가 죽음을 기다리는 집이라는 사실을 모를 테지, 모를 거야. 죽기만을 기다리는 집이란 걸 알면 저렇게 맑은 웃음을 웃을 수는 없을 테니까.'

나는 가슴이 답답해졌다. 진정으로 마음을 주고 사랑을 주었던 환자가 거짓말처럼 사라지고 없을 때 난 그동안 무엇을 한 건지, 신의 뜻이 어디에 있는지 원망하게 되었다. 내가 봉사하고 있는 이 행위가 옳은 건지 아닌지도 헷갈렸다.

며칠간 성심성의껏 돌보았던, 내게 뽀뽀를 해줬던 장애를 가진 그 환자의 상태가 심각한지 산소 호흡기를 대고 있었다. 숨 쉬는 게 불규칙할 뿐만 아니라 벅차 보였다. 가망이 없는 건지 아니면 더 이상 손을 쓸 수 없는 건지, 산소호흡기 외에 다른 조치를 취하지 않고 있었다. 예감이 좋

261

지 않았다. 옆에서 같이 돌보던 장기 봉사자 친구에게 여기 온 이후로 환자가 죽는 걸 몇 번 보았는지를 물었다.

"사흘에 두 명씩."

그는 이렇게 간단하게 말하고는 그 할아버지 환자와 나를 번갈아 쳐다봤다. 그러고 보니 어제만 해도 자리에 있던 환자가 눈에 보이지 않는다. 내일 왔을 때 할아버지가 안 보이는 건 아닌가? 그렇게 빨리? 난 무서워서 얼른 병실을 빠져 나왔다.

병실에 들어가자 내 눈은 저절로, 며칠째 치료해 주고 있던 장애우 쪽으로 시선이 갔다. 그런데 거기 산소 호흡기에 의지한 채 가파르게 숨을 쉬고 있는 사람이 있었다. 그 사람도 상태가 아주 심각해 보였다. 암튼 그 장애우의 안부가 궁금해서 주변을 살펴보았지만 눈에 뜨이지 않았다. 불길한 예감이 엄습해왔다. 다행히 장애우는 화장실 쪽에서 휠체어에 실려 이쪽으로 오고 있었다. 내가 안도의 눈빛을 하는 걸 본 그 장애우는 낙심한 듯 어깰 늘어뜨렸다. 내 심중을 다 이해하는 그런 몸짓이었다. 저 사람은 내가 죽은 줄 알았나보다, 하는 그런 이해의 몸짓 말이다.

빨래를 하러 갔는데 이곳 남성 직원들이 예전에 내가 들어갔던 그 장소의 문을 여는 걸 보게되었다. 그리고 흰색 천이 덮인 시체 한 구를 들고 나왔다.

'오 마이 갓!'

어제까지 오줌통을 비워드리고 고통스러워 할 때 손을 잡아드렸던 그 할아버지 환자분이 돌아가신 것이다! 어찌된 영문인지 그 분 얼굴 위엔 아기 손바닥만한 빨간 꽃 한 송이마저도 붙어 있지 않았다. 돌아가신 그 분을 위해 슬퍼해 줄 사람이 없다는 것도 너무 슬펐다. 죽어가는 집에, 죽기 위해 들어오는 환자를 돌본다는 것에 환멸을 느꼈다. 도대체 삶은 무엇이고 죽음이 무엇이란 말인가. 결국 삶이란 죽기 위해 준비된 것인 가? 언젠간 나도 죽음을 맞이할 날이 올 텐데 모르겠다, 그저 막연하게 두렵다는 것 밖에는. 내가 지금 정확히 알고 있는 거라고는 내가 삶과 죽음에 대해 모른다는 사실이다. 오늘 따라 미사 시간이 몹시 기다려진다.

그 뒤 거의 매일 하루에 한 명씩 죽어 나갔고, 그걸 보는 나는 더 이상 놀라워하지도 애통해 하지도 않게 되었다. 어차피 그 집은 죽어가는 사람들을 위한 집이었으므로 그걸 인정해야 하는 것이 그 집의 진정한 봉사자의 의무라는 걸 이해했으므로…….

여행하며 생각하며

모처럼 콘서트 티켓도 사고 길거릴 쏘다니며 사진도 찍었다. 이곳 인도는 사진 찍기가 아프리카보다 편하다. 아프리카는 안전상 위험해 쉽지 않는데 여기는 그렇지 않다. 현지 어른들과 아이들이 서로 자기를 찍어달라고 아우성이었지만 모델료를 달라고 요구하지는 않았다. 관광에 때 묻지 않은 모습이 보기 좋았다. 언젠가 이들도 아프리카의 에티오피아 아이들처럼 사진을 대가로 돈을 요구하거나 사진 찍는 것에 불편해 하려나? 아닐 수도 있다. 우리나라 어린이들은 외국인이 사진을 찍자고 하면 돈을 요구하지 않지 않은가. 인도 어린이들도 그렇게 되기를 나는 바랐다.

서커스도 구경했다. 태어나서 처음이었다. 링 돌리기, 코끼리 자전거 묘기, 공 묘기, 다트 묘기, 오토바이 묘기, 체조선수 묘기 등등 다양한 주제로 다채롭게 서커스를 했다. 저녁을 먹으러 음식점으로 갔다. 내가 어떤 메뉴를 시켜야 될지 몰라 고민할 때 현지 주인 아주머니가 한국인인지 일본인인지 물었다. 코리언이라고 하니 두말없이 코리언은 이 메뉴를 먹는다며 알아서 골라줬다. 과연 매콤하니 맛있었다. 신기했다. 코리언의 입맛이 하나로 통일되어 좋아하는 메뉴가 있다는 게, 또한 일본인에게도 그들이 좋아하는 메뉴가 딱 있다고 했다. 어떻게 입맛이 하나로 정해질 수 있을까?

하루 종일 돌아다녔더니 코가 매캐하고 너무 답답했다. 숨쉬기가 힘들 정도로 인도의 공기가 좋지 않았다. 집으로 돌아가는 택시를 잡아타려고 시도했지만 여의치 않아 50루피라는 가격을 협상하고 릭샤 오토에 올라 탔다. 목적지에 도착해 50루피를 지불했는데 어이없게 한 사람당 50루피씩 가격을 매겼다. 말도 안 되는 가격이었다. 협상한 대로 돈을 넘겨주고 가거나 아니면 경찰서로 가면 문제가 해결될 일이었다. 이런 일은 너무 흔해서 여행을 많이 한 나로서는 해결책을 확실하게 알고 있었다. 그러나 친구들은 영어가 통하지 않는 운전기사를 이해시키려고 땀을 빼고 있었다. 결국 캐나다 친구가 20루피를 더 주고 마무리지었다.

내 눈에는 친구들의 이와 같은 행동이 여행 초보로밖에 안 보였다. 왜 그를 설득하려고 했냐고 물었더니, 만약 그가 칼을 소지하고 있으면 어떻게 하냐고 했다. 총을 소지하고 있는 아프리카보다 낫다, 라고 말해 주었다. 숙소에 와서 하루 종일 답답했던 코를 풀었다. 코 안에 검은 흙먼지가 가득했다. 에티오피아 아디스 아바바의 매연이나 먼지보다 더 심했다. 지금까지 내가 여행한 40개 넘는 국가 중에서 최악이었다. 환경이 그러하니 그들의 삶 또한 그렇게 되는 게 아닌가 싶었다.

마음이 무거웠다. 기분을 전환할 만한 게 뭐 없을까 궁리하던 끝에 칼리카트 사원으로 갔다. 가이드를 따라다니며 여기 저기 설명을 들었다. 염소를 제사장에 바치는 곳을 보고 칼리카트 신도 보았다. 그 사이에 신발을 벗고 기도를 올렸다. 이마에 빨간색 점도 찍고 꽃도 던지고 소원을 빌었다. 여행에서 얻은 경험이 헛되이지 않기를, 책 출판, 학교 진학, 가

족들의 안녕, 그리고 여행길에서 만난 모든 친구들과 한국 친구들의 안녕을 빌었다. 그리고 모든 죽어가는 이들의 명복을 빌었다. 어쩜 나는 사진을 찍거나 구경을 하기 위해서가 아니라 이 일, 그러니까 죽어가는 이들의 명복을 빌기 위해서 사원에 갔는지도 모른다.

빈민들은 어느 나라에나 존재한다는 것을 나는 지금까지 여행하면서 보고 또 보았다. 그런데 이렇게 한 나라의 다수가 빈민인 경우는 거의 없었다. 한 예로, 요즘에 옷감이 얼마나 질기고 튼튼한가. 그런데 인도의 거리엔 어디가나 헐벗은 사람들이 많다. 바닥에서 쓰러져 누워 있는 노인들, 예닐곱 살 먹은 아이들과 그 애들의 어린 동생들, 이들은 모두 누더기나 다름없는 옷을 걸치고 있었다.

그래도 희망적인 것은 이 애들은 그 차림으로, 그러니까 구걸을 하면서도 학교에 간다. 그런데 맨발의 늙은 할아버지가 이끄는 릭샤를 타고

등교하는 어린이들도 많다. 충격이었다. 어느 한 개인의 각성만으로는 이 나라의 가난은 해결될 일이 아닌 듯했다. 그러나 부의 분배가 다시 재배 치되거나 아니면 좀 더 근본적인 해결책이 있어야 그들의 헐벗은 몸을 가려 줄 수가 있고 허기를 채워줄 수 있지 싶었다.

어제 레바논에서 항공(에티오피아 항공사) 사고가 나서 250명 전원이 사망했다는 뉴스를 들었다. 여행하기 전에는 이런 뉴스를 접하면 그저 먼 나라의 소식이겠거니 했다. 그런데 이제는 직접 피부에 와 닿는다. 이번 여행에 난 레바논과 에티오피아 항공사를 둘 다 이용했기 때문에 더욱 그렇다. 내가 직접 가본 곳의 이야기도 그렇고 내가 만나본 이들이 사는 나라의 소식 또한 무심하게 들어 넘길 수가 없다.

떠나기 직전에 나는 마더 테레사 수녀님의 묘지를 참배했다. 묘지는 바로 마더 테레사 안에 있었다. 수녀님 앞에 무릎을 꿇고 기도했다. 봉사활동을 목적으로 세계 6대륙을 돌았지만 내가 했던 봉사가 너무나 미미해서 감히 수녀님의 발끝에도 못 미친다는 것, 그리고 이것마저도 기실은 나를 위한 것이었음을 고백했다. 그러나 비록 지금은 힘이 부족하지만 훗날 큰 사람이 되어 수녀님이 추구하려 했던 목적처럼 공익을 위해 많은 이들을 돕겠다고 서원誓願했다.

이제 여길 떠나야 할 시간이므로 우리 참가자들은 앞에 나가 섰다. 늘 그래왔듯이 남은 사람들은 떠나는 봉사자들을 위해 작별 송을 불러줬다.

"Thank you thank you thank you."

"Wish you wish you wish you."

"Bless you bless you bless you."

노래 선물에 이어 작은 선물도 받았다. 답례로 난 포옹을 했는데 수녀님은 한국 사람들은 원래 포옹을 안 한다며 불편해 하셔서 나는 좀 어색했다. 아무래도 내가 너무 오래 해외에 나와 있었나 보다. 빨래터를 둘러

봤다. 그때 창고에서 직원 두 분이 철판 위 시체를 끌고 나왔다. 감정이 메말라버린 건지 익숙해져버린 건지 시체를 싣고 나가는 그들을 그냥 바라보았다.

마더 테레사 수녀님이 쓰셨다던 방을 둘러봤다. 여기서 오랫동안 일하는 일본 여성분께서 오늘 떠나는 이들을 위한 자리를 마련해주었다. 'Thank you, love you, miss you, bless you.' 노래를 들었다. 가슴이 따뜻해지는 노랫말을 듣고 울적해 있는데 친구들이 날 안아줬다. 짐을 챙긴 후 밖으로 나와서 단체 사진을 찍었다. 프랑스 중년 여성 아멜리와 오딜과도 사진을 찍었다. 이들은 그동안 나에게 많은 이야기를 해주었으며 친근하게 대해줬으므로 나에겐 소중한 분들이어서, 내 명함과 새 지폐 천 원을 선물로 주었다. 명함 뒤에 적어준 그녀의 한글 이름과 나의 웃음 표시를 너무 좋아했다. 그녀들은 나중에 프랑스 파리로 꼭 오라고 했다.

"태호가 오기만 한다면 먹여주고 재워줄게. 꼭 한번 와."

"맞아, 안 되면 부인이랑 신혼여행으로 꼭 와. 약속할 수 있지?"

나중에 한국에 돌아왔을 때, 이분들로부터 엽서를 받았다. 미술관을 경영하는 오너였으며 정식으로 초대한다는 내용의 엽서였다. 이분들을 만난 건 행운이었다.

269

열네 번째 프로젝트,
히말라야 등정기

나는 내 젊은 날의 긴 투어의 종착점을 히말라야로 잡았다. 7일간의 여정으로 히
말라야 등정에 임하다 보면 또 다른 나를 만나게 될 것 같았다. 미지에 대한 설렘
과 그동안의 여정에 대한 끄트머리가 맞물려서 비비 꼬였다. 내 기분은 뫼비우스
의 띠처럼 어느 것이 겉이고 또 어느 것이 속인지 모르게 아주 복잡하게 얽혔다.
실타래를 풀 듯 그동안 거쳐 온 여행지에서의 일들을 되짚어 보며 좀 정리를 하고
있는데 부모님으로부터 전화가 왔다. 그렇잖아도 앞으로 일주일간 소식이 끊기게
될 터여서 그 사실을 알려드리려던 참이었다고 말씀드렸더니, 오늘이 바로 내 생
일이란다.

히말라야 등정기

네팔의 히말라야 인근 도시인 포카라에 도착하여 산악여행사에 갔다. 나와 함께 등반할 가이드 겸 포터 람과 인사를 나눈 뒤 나는 그와 함께 장비를 빌리기 위해 산악용품점으로 향했다. 가서 보니 자기 단골 가게였고, 내가 알고 있는 가격보다 10퍼센트 정도는 비쌌다. 난 약간 기분이 좋지 않았다. 그렇다고 다른 델 가기도 뭣해서 그냥 사이즈에 맞는 물건을 골랐다. 재킷, 바지, 등산화, 침낭, 양말, 장갑을 빌리고 근처 슈퍼마켓에 들러 산행에서 먹을 과자를 샀다. 그런데 거의 모든 제품들이 인도에서 그대로 수입된 제품으로 인도 루피 가격이 표시되어 있었다. 네

팔 경제, 자국 산업이 인도에 많이 종속되어 있다는 것을 느꼈다.

히말라야 ABCAnnapurna Base Camp(해발 4,130m)를 오르기 위해서는 사전에 TIMS(산악허가증)을 받아야 한다. 일정은 7일로 잡았다.

'아, 히말라야! 내가 간다!'

나는 내 젊은 날의 긴 투어의 종착점을 히말라야로 잡았다. 7일간의 여정으로 히말라야 등정에 임하다 보면 또 다른 나를 만나게 될 것 같았다. 미지에 대한 설렘과 그동안의 여정에 대한 끄트머리가 맞물려서 비비 꼬였다. 내 기분은 뫼비우스의 띠처럼 어느 것이 겉이고 또 어느 것이 속 인지 모르게 아주 복잡하게 얽혔다.

실타래를 풀 듯 그동안 거쳐 온 여행지에서의 일들을 되짚어 보며 짐 정리를 하고 있는데 부모님으로부터 전화가 왔다. 그렇잖아도 앞으로 일 주일간 소식이 끊기게 될 터여서 그 사실을 알려드리려던 참이었다고 말 씀드렸더니, 오늘이 바로 내 생일이란다. 난 히말라야에 온 정신이 집중 돼 있어서 까맣게 잊고 있었다. 식구들은 모두 모여서 돌아가며 수화기를 바꿔주었다. 내가 산에 가는 게 걱정이 돼서 보험을 넣었다고 하셨다. 내 가 혼자 여행을 하는 건 줄 알았는데 아니다, 그 뒤에는 항상 나를 위해 기도해주시는 나의 부모님이 계셨다는 것을 오늘 새삼 느낀다.

트래킹 시작, 첫째 날

7시 30분쯤 출발했다. 가이드가 이것저것 설명해줄 걸 기대했는데 내 가 묻는 질문조차 대답을 잘 안 한다. 자기 발걸음 속도에 맞춰 먼저 가 버렸다. 사진 찍을 시간조차 주지 않는다. 여행은 어디를 가느냐도 중요 하지만 그에 못지않게 누구와 함께 가느냐도 중요한데 아무래도 난 동반 자를 잘못 만난 듯싶다. 사실 첫 인상부터가 별로 맘에 안 들었다.

　8시 30분쯤 돼서 Staring point에 도착했다. 제일 먼저 Permission check point가 보였고 그 다음 Tims check point가 보였다. 산으로 올라가는 길인데, 유치원생부터 교복을 입은 초·중·고등학생들이 등교하고 있었다. 이런 산간 지역에 학교가 있다는 게 신기했다. 가이드인 람은 산악 베테랑이다. 그는 현지인임에도 영어를 아주 잘했다. 어떻게 배웠냐고 물어보았다.

　그는 산악 가이드가 꿈이었는데 영어를 못해서 처음엔 포터(짐꾼)로 산행을 시작했다 했다. 그때 등산객들과 대화를 많이 나누다보니 자연스럽게 실력이 늘어서 4년 뒤엔 가이드를 하게 되었다고 했다. 영어를 열심히 배워 그가 하고 싶어 했던 목표를 이루어 냈다는 것. 역시 영어는 'Talk Talk Talk다.' 라고 나는 다시 한번 내 머릿속에 각인시켰다. 그에겐 가이드 분야에서 최고가 되어야겠다는 목표가 있었다. 그러나 람은 내가 볼 때 그다지 좋은 포터는 아니었다. 프로 의식이 없고 성정의 결도 울퉁불퉁했다. 따라서 함께 하는 나는 심기가 좀 불편했다.

난 그를 보면서 네팔 정부에 대하여 한번 생각해 보았다. 사람들이 흔히 히말라야는 알아도 네팔은 모르는 경우가 많다. 나라를 인지하는 위상이나 경제적인 측면으로 볼 때 히말라야를 찾는 관광객을 절대 무시할 수 없다. 그러니만큼 네팔 정부에서는 가이드들에게 제대로 된 교육을 시켜야 한다고 생각한다. 적어도 히말라야를 등정하려고 하는 사람들이라면 다른 숱한 나라들을 이미 경험해 보았을 테고, 그런 사람들은 말하지 않더라도 친절하게 열심히 최선을 다해 봉사하는 포터라면 당연히 그에 상응하는 보상을 해주게 될 테니 말이다.

숙소의 네팔 식당 아줌마가 내게 어느 나라 사람이냐고 물어서, Korea라고 말해주었다. 아줌마는 '아빠' 라고 발음했다. 어떻게 '아빠' 라는 한국말을 알고 있냐고 물으니 자기 나라 구룽어도 'Father' 가 아빠라고 했다. 그러면서 '엄마' 도 구룽어로 똑같다고 했다. 옆에 있는 사람들도 고

갤 끄덕였다. 내가 추워서 몸을 떠니 '아 추워'라고 말하면서 '아 추워'
도 한국어와 구릉어가 똑같다고 했다. 신기했다. 몇몇 한국어와 네팔 구
릉어가 똑같다니.

트래킹, 둘째 날

전날 일기를 쓰고 자려 했는데 결국 그대로 잠들어버렸다. 몸 상태가
좋지 못하다. 인도에서 걸린 감기가 심해져 콧물과 가래가 계속 나왔다.
람이 와서 아침을 먹으라고 말했지만 아침 먹을 기분이 아니어서 일어나
짐을 정리했다. 양말을 챙기다보니 어제 땀에 젖은 그대로 얼어버린 상태
였다. 방에 있는 물엔 살얼음이 끼었다.

짐을 챙겨 나오니 어제 어둠에 가려 보이지 않았던 눈 덮인 산이 멀리
서 보인다. 그 산을 보니 기분이 좀 나아진다. 람의 행동은 전날과 대동
소이하고 산행도 그렇고, 중간에 쉴 때 중국분이 내 패션을 보고
Good(독특하고 눈에 띈다는 식으로)이라고 해서 난 모처럼 만에 활짝
웃을 수 있었다. Bamboo lodge에서 토마토소스 스파게티로 식사를 했
다. 물이 떨어져 끓인 물을 시켰는데, 가격이 비쌌다. 산간지대의 물건들
은 당나귀로 운반했다. 하지만 고도가 높아지자 상인들이 직접 생활필수
품을 운반했다.

Himalaya lodge에서 잠시 쉬고 있을 때, 단체 한국 관광객을 만났다.
그 단체를 가이드 하는 분도 한국인이었다. 그분이 네팔어로 내 가이드에
게, 어디서 언제 출발했는지 묻더니 내가 하루에 정말 많이 움직였다며
Deurai까지만 이동하라고 말해주었다. 그쪽 팀에서 가져온 음식을 꺼내
놓았다. 총각김치와 각종 밑반찬들. 모두 한국에서 직접 해 온 걸로 보였
다. 따뜻한 밥과 한국 반찬들이 사무치게 그립다. 불현듯 나도 저렇게 여

행단체를 통해 여행하고 싶다는 생각이 들었다. 한국 음식을 먹고 같은 지역 사람들과 함께 여행하는 것.

피곤한 몸을 침대에 눕혔다. 죽은 듯이 곯아떨어져 몸을 이완시키고 싶었는데 속이 울렁거렸다. 음식이 넘어올 것처럼 구역질이 나오며 토하고 싶다. 잠을 잘 수 없는 것은 물론이고 가만히 누워 있기가 힘들 정도로 두통의 강도가 심했다. 이마와 손에 식은땀이 끈적거리고 정말 못 견디겠다. 숨이 차고 정신까지 몽롱하고 이러다 죽는 것 아닌가……! 내가 막 이렇게 사경을 헤매고 있는데 람이 들어왔다. 그의 설명에 의하면 내가 고산병을 앓고 있다는 것이었다. 그는 내일 일정을 이야기하려고 들어온 모양인데, 내 상태가 너무 좋지 않다고 했다.

아, 고산병이 이런 거였구나. 내가 히말라야 ABC를 오를 거라고 하자 주위에서 만류했다. 지금이 겨울 중에서도 가장 심한 혹한기인데다가 최근에 히말라야에 눈이 쌓여 위험하다고, 그리고 고산병도 결코 가볍게 볼 일이 아니라고, 이런 조건들은 실제 상황이니 새겨들으라고. 하긴 여기 숙박시설들이 거의 문을 닫은 걸 봐도 그 위험도는 감이 잡힌다. 그렇다고는 하나, 지금까지 세계 오지를 위험을 무릅쓰고 홀로 누빈 내가 이 정도도 못 견딘다니 말이 되나, 그런 생각을 하며 일부러 잠을 청했다. 내일 일은 내일 생각하기로 하고. 그런데 너무 춥다. 발가락이 너무 시려서 잠이 안 온다. 인도에서 걸린 감기가 더 심해졌다. 콧물과 가래가 많이 나온다.

트래킹, 셋째 날

밤새 비가 내렸다. 양말과 등산화가 마르지 않고 그대로다. 축축한 양말 중에서 상태가 좀 나은 걸로 골라 신었다. 옷도 입은 걸 벗어 놨다 도

로 추워 입었고 몸도 제대로 씻지를 못하고 있다. 람이 어제 내가 굉장히 빨리 트래킹을 한다고 이야기를 했다. 난 그냥 보통 때의 보폭대로 산행했을 뿐인데.

난 오늘도 그냥 평상시 내 걸음대로 걷고 있다. 물집 잡혔던 곳에서 고통이 느껴진다. 문득 군대에서 행군했을 때가 생각난다. 물집이 잡힌 곳 위에 또 물집이 잡히고 그렇게 물집이 발바닥에 여러 개가 잡히면 지휘통제실에 보고를 하는데, 이때 50원짜리 동전 크기 이하면 접수를 받아주지 않았었다. 행군 다음 날 절뚝거리며 근무지로 걸어가 근무교대를 했다. 어쩌면 그때의 경험이 오늘의 나에게 할 수 있다는, 이건 아무것도 아니라는 용기를 주는지도 모른다.

내리막길을 사정없이 내려오다 보니 무릎에 압력이 여러 번 가해졌다. 무릎에서 통증이 느껴졌다. 돌계단에 발을 디딜 때마다 충격 흡수가 안 되어 더 아프다.

트래킹, 넷째 날

아침에 일어나니 전날보다 더 추워졌다. 고도가 3천 미터가 넘는데다
가 겨울이라서 주변이 눈으로 완전히 다 뒤덮이고 얼어버린 상태였다. 위
쪽으로 올라가면 이보다 더 춥고 위험한건 자명한 사실이리라. 옆방 팀은
ABC 등반을 포기하고 내려간다고 했다. 이보다 더 위험한 상황으로 들
어가고 싶지 않아서라고 했다. 햇살이 퍼지면 낫지 않겠느냐고 설득을 하

려다 말았다.

옆방 팀이 되돌아가는 걸 보니 기분이 별로 좋지는 않았다. 히말라야에 오는 동안 나는 숱한 고비를 넘겼다. 사기도 당하고 안전에 위협도 받고. 그렇지만 난 여기까지 왔다. 이 코스가 내 장기 투어의 마지막인데, 고지가 코 앞인데 여기서 접을 수는 없다. 도전은 젊음의 특권이다! 문법에 맞는지 어쩐지는 잘 모르겠는데, 지금 내 머릿속엔 그 말이 조합되고 그 말이 모토가 되어 난 여기 남기로 한다.

아침을 팬케이크로 먹었다, 아니 우겨넣었다. 음식이라고 하기에 너무 형편없는데다가 도통 식욕이 일지 않았다. 식사 후에 양치를 하려는데 물이 꽁꽁 얼어버려서 한 방울도 나오지 않았다. 손이 곱아서 짐 싸는 게 더뎠다. 세상은 온통 눈으로 덮이고 꽁꽁 언 상태다. 첫날에는 눈이 보이지 않다가, 둘째 날부터는 눈이 보이기 시작하더니 넷째 날엔 눈밖에 보이지 않는다.

적막한 가운데 계곡 사이로 물 흐르는 소리가 들릴 뿐이다. 가도 가도 눈뿐이다. 산인지 길인지, 길인지 산인지 도무지 분간이 안 된다. 아니, 구태여 분간 할 필요가 있을까? 갑자기 그런 생각이 든다. 누굴 만나러 가는 것도 아니고 딱히 무얼 이루려고 하는 것도 아니고 단지 정상이 거기 있어서 갈 뿐이다. 난 앞만 보고 힘차게 걸었다. 정말 힘들었다. 한국 단체 관광팀을 만났을 때 가이드가, 너무 빨리 걸으면 현지 포터들이 싫어해, 라고 했다. 그들은 쉬엄쉬엄 가면서 여러 날 분의 일당을 받고 싶어 한다고.

난 그렇게 흐느적거리며 걷는 건 큰 산에 대한 예의가 아니라고 생각했다. 적어도 히말라야를 품으려면 인간이 가진 체력을 다 소진할 정도로 한번 도전해봐야 할 것 같았다. 죽어라 하고 걸으니까 어느 지점부턴가

람이 리드를 했다.

"여기서부터는 위험한 지역이라 빨리 걸어갈 거니 너도 빨리 쫓아와. 10시가 되기 전에 이 구간을 지나야 해."

경종처럼 람의 말이 내 귀를 뚫고 들어왔다. 최근에 이곳에서 눈사태로 등산객이 사망했다고 해서 위를 쳐다보니 산 절벽이 머리 바로 위에 있다. 난 정신이 번쩍 들었다. 멀리 MBC(Machapuchare Base Camp해발 3,700m)가 보인다 해가 뜨고 나니 이젠 덥다. MBC에서 떨어진 곳에서 수분을 보충하기 위해 물 1리터를 채웠다. 가격이 100루피, 정말 비싸다. MBC에서 다시 ABC로 향했다. MBC에서 ABC까지 1시간 반 가량의 거리라고 했는데 다리에 피로가 누적돼서 시간이 조금 더 걸렸다. 햇빛에 녹아버린 눈 때문에 내가 미끄러졌다. 마침내 ABC까지 올라왔다.

온통 눈이다. 순백의 설원에서 나는 일단 만세를 불렀다. 산 정상을 건너온 한 줄기 바람이 내 겨드랑이를 뚫고 지나갔다. 그때 무슨 신의 말씀처럼 시구가 떠올랐다.

'나의 영혼 굽이치는 바다와 백합의 골짜기를 지나 마른 나뭇가지 위에 다다른 까마귀 같이.'

나는 지혜를 달라고 기도했다. 그러자 느닷없이 어떤 목소리가 들리는 듯했다.

"오태호, 너는 세계를 품었는가!"

"……!"

그 행간에, 마더 테레사 하우스의 '죽음을 기다리는 집'에서 죽어가는 환자를 보며 내 마음에 새겼던 나의 미래가 기억의 수면으로 떠올랐다. 처음 여행을 시작하던 때, 6대륙을 내 발로 직접 밟아 보겠다. 이게 내 꿈이었다. 나는 나하고 한 약속을 지켜 장장 600여 일간의 여행을 마쳤

다. 자, 스물세 살의 한 대학생이 있는데 그는 혼자서 세계 일주를 할 것이다. 그 청년은 그 미션을 완수한 것이었다. 그걸 완수하면 세계가 내품 안에 들어올 줄 알았다. 그런데 막상 히말라야의 정상에 오르고 나니깨닫는 게 있었다. 난 세계를 품으러 여기 온 게 아니라, 나의 이상이 무엇인지 그걸 궁구하기 위해 이곳에 왔다는 새로운 진실을 얻었다.

ABC 캠프에 있는 식당 안에는 많은 여행자들이 이곳을 다녀갔다는 증명으로 사진과 글을 벽에다 붙여 놨다. 나도 흔적을 남길까 하다가 사진만 찍고 말았다. 대신 밀린 일기를 작성했다. 사진 포인트가 좋은 곳을찾아 움직이며 사진을 찍었다. 내 여행을 마무리하는 영상도 담았다. 부모님과 누나, 그리고 여행 중 만난 모든 이에게 고마움을 표하는 영상 또한 찍었다. 찍고 또 찍고 배터리가 다 떨어질 때까지 찍었다. 수백 장을찍었건만 아쉬움은 계속 남는다. 이 멋진 광경을 뒤로 하고 떠나야 한다

니, 페루 마추픽추에서도 그랬다.

람의 뒤를 따라가며 연신 멀어져 가는 안나푸르나를 바라봤다. 눈에 덮인 설경! 그걸 무어라 형용할지……!

귀국 전 날

드디어 그 수십 장의 비행기 티켓 중에 이제 한국행 티켓만이 남았다. 내 여행이 끝난다고 생각하니 기분이 뒤숭숭하고 한편으론 떨리고 설렌다. 여행이 내 모든 것을 바꿔버렸다. 난 너무 변화되어서 한국에 돌아가면 똑같은 삶을 살 것 같지 않다. 나에게 많은 변화가 생겼다.

가장 큰 변화는, 일기 쓰는 습관이 몸에 배었다. 그것은 결코 쉬운 일이 아니었다. 만약 누군가 여행 중에 무엇이 가장 힘들었느냐고 묻는다면, 난 일기 쓰는 것이라고 말할 것이다. 앞에서도 잠깐 언급했다시피 숙소에서는 물론이고 달리는 기차에서, 트럭에서, 카페에서, 난 자투리 시간을 이용하여 일기를 작성했다. 그래서 얻어진 건 무엇인가? 지금 이 책을 내게 되었다. 처음부터 내가 여행을 해서 책을 내야지 생각했던 건 아니다. 그런데 많은 경험이 쌓이고 그걸 기록하다보니 책을 내고 싶어졌다. 우연인지 필연인지 난 여행 중에 세계 여러 나라의 사람들을 무척 많이 만났다. 함께 생활하면서 또는 스치면서 우린 친구가 되었고 난 그 인연을 소중하게 생각한다. 나는 이제 내 책으로 그들을 찾아갈 것이다. 그러므로 해서 내가 다시 연락하겠다는 약속을 우선 이행하게 되는 셈이 된다.

그 외에도 여행 후 변한 점이 많다. 배우고 싶은 것들이 너무 많아졌다. 정말 쉬지 않고 머릿속에 꽉꽉 채우고 싶다. 그리고 또 하나, 시간의 소중함을 새삼 깨달았다. 불과 몇 분 사이에 비행기를 놓치고 기차를 놓쳐서 크나큰 낭패를 봤다. 한번 스케줄이 꼬이기 시작하면 꼬리에 꼬리를 물고 어긋날 때도 있어서 정말 시간의 소중함을 절실히 느꼈다. 정해진 시간 안에 정해진 일을 마치는 것. 이것이 시간을 제대로 활용하는 길이다. 『20대가 끝나기 전에 꼭 해야 할 21가지』를 쓴 신현만 씨가 말했다. "우리 인생이라는 시간을 놓고 볼 때, 이십대엔 이십대가 할 일이 있고 삼십대엔 삼십대가 할 일이 있다. 누구나 알다시피 이십대엔 준비하는 시기 즉, 파종의 시기이다. 이십대에 좋은 씨를 뿌리지 않으면 삼십대에 가서 철 늦은 농사를 시작하게 될 것이다. 그렇게 되면 그때부터는 매우 허둥대는 삶을 살아가게 될 것이다."

현재를 알차게 살아야 한다는 것을 이번 여행을 통하여 구체적으로 깨달았다. 여행을 떠나기 전엔 그저 막연하게 훌륭한 사람이 되고 싶다고 생각했다. 그런데 이젠 어떻게 해야 훌륭한 사람이 되는가를 이해하게 되었다.

도전하는 자만이 가슴 뛰는 삶을 살 수 있다

아직 게이트가 열리지 않았고 사람들이 줄을 서서 기다리고 있다. 이 줄이 한국으로 가는 사람들이라고 생각하니 떨린다. 곧 사람들이 기내로 들어가기 시작했고 나도 발걸음을 떼어 놓았다. 항공기 문 바로 앞에서 한국 신문을 배포하고 있었다. 2년 만에 처음으로 한국 신문을 접하게 된 것이었다. 신문에는 왜 그렇게 일본과 비교하는 내용이 많은 건지, 일본을 꺾었다는 내용 그 다음으로 1등 문화. 어느 분야가 됐든 1등이라는 소재는 모두 이슈가 되는 한국 사회. 문득 여행 전 나의 시야와 현재 내가 바라보는 그것과는 차이가 있다는 사실에 나 자신이 놀랐다.

비행기가 곧 한국 상공에 도착한다는 안내 방송이 나왔다. 타이 항공 직원인 한국 여성이 방송을 했다. 승무원도 한국 여성이다. 서양 여자들만 보다가 한국 여자를 보니 예쁘다는 생각이 든다. 엽서를 작성하다 말고 나는 밖을 내다보았다. 밤이다 보니 불빛만 보일 뿐 이곳이 한국 같다는 느낌이 들지 않았다.

마치 한국이라는 새로운 나라에 여행을 온 것 같다. 같은 항공기를 타고 있는 현지인을 잡아서 친해진 후 정보를 캐물어야 한다는 강박관념이 내 의식을 지배했다. 이 나라 여행자 거리는 어디에 있지? 숙소는 백패커인가, 아니면 게스트하우스인가, 호스텔인가? 그리고 그곳까지 어떻게 가는지. 이런 생각이 마구 뒤섞여 있는데, 창밖으로 아시아나항공기가 보인다. 대한항공기가 한 번에 이렇게 많이 몰려 있는 것도 처음이다.

항공기를 빠져 나왔다. 바닥 시트에 쓰여 있는 한글이 어색하다. 한국 사람이 신기했다. 기차를 타고 수화물 찾는 곳까지 이동했다 나리타와 뉴욕 공항이 생각난다. 그곳에서 수화물 찾는 곳으로 향하기 전 출입국관리소가 보였다. 여행하면서 내국인 우선 정책을 써서 외국인보다 내국인을 먼저 보내는 시스템이 항상 부러웠다. 외국인은 항상 늦었기 때문에. 그런데 아무것도 작성하지 않고 여권만 내미니 통과다. 내국인의 특권이 느껴져 어깨가 으쓱해졌다. 짐을 챙겨 밖으로 나왔다. 내 이름을 부르는 소리가 들린다. 2년 만에 부모님의 얼굴을 보니 느낌이 이상했다. 군대에서도 이렇게 오랫동안 떨어져 있지는 않았으니 말이다. 엄마가 와서 나를 안으셨다. 가족을 만나는 건 역시 좋다. 그런데 막상 만나니까 할 말이 없었다. 엄마가 물으셨다.

"너 또 나가고 싶냐?"

"아니요, 네버!"

난 고갤 절레절레 흔들었다. 카메라로 이제 더 이상 기록하지 않아도 된다는 해방감이 나를 편안하게 해주었다. 내가 한국을 거닐고 있다는 사실이 믿기지 않았다. 지나가는 사람들을 유심히 관찰하는 버릇은 아직도 남아있다. 숙소를 돌아다니며 뜨거운 물이 나오는지, 인터넷이 되는지, 방 상태는 깨끗한지, 도미토리는 있는지 등을 고민하지 않아도 된다니 여기가 바로 내 나라 대한민국인 것이다. 공항버스에서 내린 후 집으로 향하는 택시를 탔다. 차량에 신용카드 결제기기가 장착되어 있었다. 캐나다 오타와에서 봤었는데 한국도 그게 되다니 신기했다. 택시 기본요금이 1,800원이었는데 2,400원으로 올랐다.

부모님과 식사를 하러 왔다. 그렇게 먹어보기 힘든 한국 음식을 마주하고 있으니 지난 여행 때 비싸서 사먹지 못하던 때가 떠올랐다. 주위 사람들이 어느 나라 말을 하는지. 자세히 듣게 됐는데 모든 사람들이 예외 없이 한국말을 하니 적응이 안 된다. 가방에 카메라와 노트북을 더 이상

챙겨가지 않아도 된다는 행복감. 도난 걱정에서도 벗어났고 인터넷 속도가 빨라서 기분이 저절로 상승됐다.

한국에 오자마자 짐도 제대로 풀지 못한 상태로 다음 날 학교 수업을 들으러 갔다. 시간을 함부로 쓰지를 못하겠다. 지난 반성은 나를 놓아주지 않는다. 시간을 돈으로 살 수 없으니까 말이다. 할 일은 많은데 시간은 부족하고 스케줄이 너무 빡빡한가, 몸이 지친다. 그래도 난 달리는 말에게 채찍을 휘두른다. 빠샤빠샤!